Wilhelm Kuehs

Die Bienenkönigin

Kärnten-Krimi

W0378462

Sowohl die im Buch vorkommenden Personen als auch die Handlungen sind frei erfunden. Namen und Ähnlichkeiten mit Personen oder tatsächlichen Handlungen sind zufällig und nicht gewollt.

Wilhelm Kuehs, geboren 1972 in Wolfsberg/Kärnten. Studium der Germanistik sowie der Allgemeinen und Vergleichenden Literaturwissenschaft in Klagenfurt. Seine langjährige Tätigkeit als Journalist für Kärntner Zeitungen macht Wilhelm Kuehs zum Insider in Wirtschaft und Politik des Landes. Er kennt die Kärntner Abgründe wie kaum ein zweiter. Er hat mehrere Romane und Sachbücher verfasst und lebt mit seiner Familie heute in Völkermarkt.

Mehr Informationen zum Autor:

Wilhelm Kuehs

Die Bienenkönigin

Kärnten-Krimi

federfrei
www.federfrei.at

© Verlag federfrei
1. Auflage
Marchtrenk, 2023
www.federfrei.at

Umschlagabbildung:
© Игорь Кляхин, Adobe Stock
Lektorat:
E. Reisinger
Satz und Layout:
Verlag federfrei
Printed in EU
ISBN 978-3-99074-223-5

Für meinen Großvater Stefan Bachler,
der mich zu den Bienen mitgenommen hat.

1. Kapitel

1

Imkerin stirbt durch Bienenstich
Auf einem Bauernhof in der Umgebung von Maria Rain ereignete sich gestern ein folgenschwerer Vorfall. Eine 32-jährige Imkerin wurde offensichtlich während der Arbeit von einer Biene in den Hals gestochen. Die Reaktion auf den Stich war so heftig, dass die Frau selbstständig keine Hilfe mehr holen konnte. Als der Notarzt eintraf, stellte er nur noch den Tod fest.

Ernesto Valenti las die dürre Meldung noch einmal und sah sich im Großraumbüro der Kärntner Tagespost um, konnte den zuständigen Redakteur aber nirgends sehen. Eigentlich ging Ernesto dieser Artikel nichts an. Er kümmerte sich nur um seine eigene Regionalausgabe. Aber für ein paar Tage vertrat er den Chef vom Dienst, und deshalb musste er auch alle Texte der anderen Regionalausgaben lesen und freigeben.

Also griff er zum Telefonhörer und ließ sich mit dem Redakteur verbinden. Der hatte aber nicht viel zu dem Einspalter zu sagen. Eine Pressemeldung der Polizei war ihm heute Vormittag aufgefallen, und weil es kurios sei, dass eine Imkerin durch einen Bienenstich sterbe, habe er ein paar Zeilen geschrieben. Er wusste aber weder den Namen der Imkerin noch sonst irgendetwas. So wie er klang, hatte er auch keine besondere Lust, der Geschichte weiter nachzugehen.

»Ist gut«, meinte Ernesto. »Ich werde ein bisschen herumtelefonieren und sage dir dann Bescheid, ob wir noch etwas machen oder nicht.« Er legte auf und zog ein verkniffenes Gesicht. Es schien immerhin möglich, dass an der Sache etwas dran war. Eine Imkerin, die an einem Bienenstich stirbt, das war unter

Umständen mehr wert als ein Viertel einer Außenspalte in der Regionalausgabe.

Ernesto drehte sich zum Computer und begann zu recherchieren. Er wollte einerseits mehr über die Frau herausfinden, andererseits interessierte ihn auch die Todesursache. Die Polizeimeldung sah er sofort. Dort stand nichts weiter als in dem Artikel. Der Redakteur hatte die Sätze nur etwas umformuliert. Sicher gab es aber noch mehr Informationen, und so rief Ernesto bei der Pressestelle der Polizei an. Dort hatte man den Bericht der Polizeidienststelle Maria Rain vorliegen, und der war wesentlich umfangreicher als die Meldung.

»Sie wissen doch, das ist immer so«, sagte die Beamtin am anderen Ende der Leitung.

»Steht irgendwo, was genau passiert ist?«

»Allerdings. Der Vater hat den Notarzt gerufen, und bald ist auch die Polizei eingetroffen. Als der Notarzt den Tod festgestellt hat, wurde die Abteilung für Leib und Leben verständigt. Die haben die weiteren Ermittlungen übernommen.«

»Das hat es aber nicht in die Pressemeldung geschafft«, sagte Ernesto.

»Die geben selbst einen Bericht heraus, wenn sie es für notwendig halten«, meinte die Beamtin.

»Sie können mir aber wenigstens den Namen der Toten verraten.«

»Normalerweise darf ich das nicht. Mehr kann ich Ihnen nicht sagen.«

Während des Telefonats hatte Ernesto darüber nachgedacht, wer die Tote sein könnte. Es gab eine sehr bekannte Imkerin in der Gegend. Melitta Schober. Zu ihr würde auch das Alter passen. Sie musste etwa Anfang bis Mitte dreißig sein. Er kannte sie als Funktionärin des Landesverbandes für Bienenzucht. Wenn das stimmte, war das eine ganz andere Geschichte, und der Einspalter war eindeutig zu wenig.

Auf der Webseite des Landesverbandes für Bienenzucht fand Ernesto ihr Foto, eine Handynummer und eine E-Mail-Adresse. Er rief an und ließ es so lange läuten, bis er aus der Leitung geworfen wurde. Es gab keinen Anrufbeantworter. Das mochte noch nichts bedeuten. Sie konnte ihr Telefon irgendwo weggelegt haben, oder sie hatte gerade keine Lust ranzugehen.

Ernesto recherchierte weiter und stieß auf die Website des Bauernhofs von Melitta Schobers Vater. Im Impressum stand eine andere Mobilnummer, und Ernesto zögerte nicht, sie zu wählen. Diesmal läutete es nur dreimal, bis sich eine Männerstimme meldete.

»Helmut Schober«, stellte sich der Mann vor.

»Ernesto Valenti, Kärntner Tagespost. Ich möchte mit Ihnen über Ihre Tochter reden.«

»Es war nur eine Frage der Zeit, bis einer von euch anruft«, sagte Schober unfreundlich.

»Dann stimmt es also, dass ihr etwas zugestoßen ist?«, fragte Ernesto.

»Sie ist gestorben.«

»Ihre Tochter war eine prominente Persönlichkeit unter den Imkerinnen und Imkern in Kärnten. Ich schreibe gerade einen Nachruf«, sagte Ernesto. »Vielleicht können wir uns unterhalten.«

»Ist gut«, kam es barsch.

Ernesto stellte die üblichen Fragen. Melitta Schober war gestern schon am Vormittag zu den Bienen gegangen. Sie hatte dort gearbeitet und sich wie immer Zeit gelassen. Am Nachmittag, so gegen sechzehn Uhr, hätte sie wieder am Bauernhof sein sollen. Dort ist sie aber nicht aufgetaucht, und als sie um siebzehn Uhr immer noch nicht zurück war, hatte ihr Vater sie gesucht und am Boden des Bienenhauses gefunden. Zu diesem Zeitpunkt war sie vermutlich schon tot. Ja, ganz sicher lebte sie nicht mehr. Trotzdem hatte der Vater die Rettung und den Notarzt alarmiert.

Der Arzt legte sich bald auf eine Todesursache fest. Ein Bienenstich in den Hals. Der Stich musste sie im Rachen getroffen haben, und daraufhin waren die Atemwege zugeschwollen.

»Das hat der Arzt gesagt. Sie ist erstickt. Er hat gemeint, es muss sich um einen Unfall handeln. Ich habe gesagt, das kann nicht sein. Meine Tochter hat immer einen Anzug getragen, wenn sie zu den Bienen gegangen ist. Es ist also unmöglich, dass sie eine Biene in den Hals gestochen hat.«

»Ausgeschlossen ist es nicht, oder? War sie allergisch gegen Bienengift?«

»Ich habe die Polizei gerufen, und die Beamten haben ein Protokoll aufgenommen«, erzählte Schober weiter. Die Prozedur hätte lange gedauert, und die ganze Zeit sei seine Tochter tot auf dem Boden gelegen. Der Notarzt wollte schon wieder gehen, aber die Polizei hinderte ihn daran. Man bräuchte noch seine Aussage und eine Abschrift des Totenscheins.

Schober versuchte, dem Arzt und der Polizei zu erklären, wie seltsam ihm das alles vorkam. Noch vor ein paar Stunden hatte er mit seiner Tochter geredet, und jetzt war sie tot. Einfach so. Sie war doch immer zu den Bienen gegangen, und nie war etwas Schlimmes passiert. Ein paar Stiche, sicher, die hatte es gegeben. Das ist doch ganz normal bei einer Imkerin, aber so etwas war unvorstellbar.

Das wundere ihn nicht besonders, meinte der Notarzt. Die Biene hatte die Frau an einer ungünstigen Stelle gestochen. Direkt in den Hals. Die Schwellung sei gar nicht so bedeutend, aber eben schlimm genug.

»Ich habe darauf bestanden, dass er in den Totenschein nicht einfach irgendeine Todesursache einträgt. Er konnte sich ja nicht hundertprozentig sicher sein, dass es wirklich ein Bienenstich war«, sagte Schober.

»Aber alles deutet darauf hin. Wie kommen Sie darauf, dass es nicht so war?«

»Ein Gefühl«, sagte Schober. »Ich bin mir fast sicher, dass der Bienenstich nichts mit ihrem Tod zu tun hat. Da war noch etwas anderes.«

»Und was?«

»Ich weiß es nicht. Aber ich möchte, dass man es herausfindet. Meine Tochter soll obduziert werden. Deshalb habe ich den Arzt gebeten, die Todesursache als ungeklärt anzugeben.«

»Hat er das getan?«

»Nach langem Reden hat er es so hineingeschrieben. Er sagte, er sei sich zwar ziemlich sicher mit dem Bienenstich, aber immerhin könnte es doch sein, dass etwas anderes an ihrem Tod schuld sei, ein Herzinfarkt vielleicht. So unwahrscheinlich das auch sein mag.«

2

Ein paar Minuten später hatte Ernesto Major Horst Steinkellner am Apparat, aber wie so oft wollte Steinkellner nichts sagen. Diesmal, so meinte er, weil es gar nichts zu berichten gab. Die Angelegenheit beruhe auf nichts weiter als auf der hysterischen Reaktion des Vaters nach dem Tod seiner Tochter.

»Es gibt überhaupt keinen Fall«, sagte Steinkellner. »Die junge Frau ist an einem Bienenstich gestorben, weiter nichts. Das ist völlig klar.«

Staatsanwalt Auffenstein war über die Angelegenheit bereits informiert, aber wie es aussah, wollte auch er sie nicht weiterverfolgen. Man musste sehen, was die Obduktion ergab, doch viel durfte man sich nicht erwarten. Zumindest nichts anderes als die Bestätigung des Verdachts des Notarztes.

»Es werden ohnehin viel zu wenige Obduktionen durchgeführt«, sagte Ernesto. »Oft genug sehen die Ärzte nicht genau hin, wenn ein Toter vor ihnen liegt. Vielleicht kommt in diesem konkreten Fall nichts Neues zutage. Schaden wird es aber auch nicht.«

Steinkellner grummelte etwas ins Telefon und legte auf, ohne sich zu verabschieden. Es konnte gut sein, dass Steinkellner diesmal recht hatte und nichts weiter an der Sache dran war. Aber selbst wenn es so war, blieb immer noch eine Geschichte zu schreiben. Melitta Schober hatte sich als junge Frau unter all den Männern durchgesetzt und einen Verein zur Erhaltung der Carnica-Biene mitbegründet. Allein das war einen Nachruf wert, und Ernesto beschloss, sich darum zu kümmern.

Eigentlich hatte er dafür im Moment keine Zeit. Nachdem er mit Steinkellner telefoniert hatte, las er einen Artikel über ein Feuerwehrfest in Spittal an der Drau und einen über einen Verkehrsunfall zwischen Weitensfeld und Gurk. Es gab nichts zu beanstanden, und besonders bemerkenswert waren die Nachrichten auch nicht. Für seine eigene Ausgabe in Unterkärnten hatte er eine große Geschichte über einen Paragleiterverein eingeplant, und auf der zweiten Seite gab es noch einen Bericht vom Gemeinderat in Bleiburg.

Das alles arbeitete er ab, so schnell er konnte, und warf dabei kaum einen Blick auf die Seiten im Internet, die er zu Melitta Schober gefunden hatte. Die Geschichte von der toten Imkerin hatte keine Eile. Sie war auch morgen noch tot, und der Nachruf kam auch noch zur rechten Zeit. Für eine Weile überflog er einen Artikel nach dem anderen, korrigierte ein Wort, stellte einen Satz um, bald ließ er es sein, nahm seine Zigaretten und ging hinauf aufs Dach.

Der alte Liegestuhl knarrte, als sich Ernesto setzte und ausstreckte. Er fischte sich eine Zigarette aus der Packung und zündete sie an. Nach drei, vier Zügen stippte er die Asche in den Kaffeebecher, der neben dem Liegestuhl stand.

Nie hätte er sich darauf einlassen sollen, Winfried Auer als Chef vom Dienst zu vertreten, nicht einen Tag, nicht einmal eine Stunde. Er hatte keine Ahnung, ob die Chefredaktion davon überhaupt wusste und damit einverstanden war. Immerhin hatte es in den letzten Jahren einige Reibereien gegeben. Ernestos Stil war nicht so gut angekommen. Seine Hartnäckigkeit, wenn es darum ging, Dingen auf den Grund zu gehen.

Die Zigarette war von selbst bis zur Hälfte heruntergebrannt, als Ernesto wieder an ihr zog. Er sah auf die Uhr auf seinem Mobiltelefon. Es waren noch ein paar Stunden bis Redaktionsschluss, und im Grunde war er mit seiner Arbeit fertig. Er hatte die meisten Artikel bereits freigegeben, und den Rest konnte er erledigen, wenn er zurück war. Das muss sich ausgehen, dachte er, packte seine Sachen und ging direkt hinunter in die Tiefgarage.

3

Auf dem Weg aus der Stadt drehte Ernesto die Musik lauter. Willi Resetarits und Ernst Molden sangen gerade davon, dass sie die Gasse, in der sie aufgewachsen waren, kaum noch wiedererkannten. Das konnte man auch von Klagenfurt sagen, das an seinen Rändern ins Umland gewuchert war, sodass nun Geschäftshäuser in die Äcker hineinragten.

Doch so weit war Ernesto noch nicht. Gerade bog er auf die Rosentaler Straße ein und fuhr Richtung Süden. Vorbei am großen Supermarkt, vorbei an der Abzweigung zum Wörtherseestadion ging es weiter die Straße entlang. Vor ihm tauchte ein LKW auf, Ernesto überholte auf der linken Fahrspur und beschleunigte.

Bald hatte er den LKW hinter sich gelassen und nahm die große Kurve, die ihn nach Lambichl und die Straße entlang Richtung Maria Rain führte. Die Häuser links und rechts wichen zurück und machten der Bahntrasse und Feldern Platz. Vereinzelt tauchten Baumgruppen auf.

Das Navi führte Ernesto über die Bahngleise in den Ort, schon sah er das Gemeindeamt, fuhr weiter auf einer Straße, die zwischen Einfamilienhäusern in einem Feldweg endete. Hier kam er nicht weiter, er drehte um, gab die Adresse neu ein und merkte erst jetzt, dass er einen Fehler gemacht hatte. Also fuhr er ein Stück zurück, wieder aus dem Ort hinaus und über die Bahngleise auf die Hauptstraße und von dort auf die andere Seite.

Die Räder knirschten über den Lehmboden und den Kies, als Ernesto in den Hof einbog. Er hielt vor dem Stall und stellte den Motor ab. Die Stalltür schwang auf, und ein Mann in blauer Arbeitsmontur trat heraus. Als er Ernesto sah, hob er die Hand.

»Ich dachte nicht, dass Sie so schnell vorbeikommen«, sagte Helmut Schober, als Ernesto sich vorgestellt hatte.

»Nur ein paar Fragen«, sagte Ernesto und folgte Schober in den Stall.

Auf der Schwelle schlug ihm der Gestank von Ammoniak und Fäkalien entgegen. Die Schweine quietschten, als sie hörten, dass jemand den Gang betrat.

»Die sind quasi nur mehr für den Eigenbedarf«, sagte Schober. »Wir hatten vor, die Schweine ganz loszuwerden. Die Kühe gibt es seit zehn Jahren nicht mehr.«

»Sie führen den Bauernhof im Nebenerwerb?«, fragte Ernesto über den Lärm der Schweine hinweg.

Helmut Schober kippte ein Schaff mit gekochten Erdäpfeln in die Rinne, und die Schweine drängten sich vor, stießen aneinander und rammten die Schnauzen ins Futter.

»Bis auf die Bienen wollten wir die Tiere aufgeben«, sagte Schober und ging weiter, öffnete eine andere Tür und führte Ernesto hinaus in den Hof. »Sie müssen wissen, es war schon geplant, und das meiste ist bereits umgesetzt.« Er zeigte mit ausgestrecktem Arm auf ein ehemaliges Stallgebäude. Auf der Fassade stand zu lesen: »Tierarztpraxis Schober«.

Melitta Schober hatte ihr Studium der Veterinärmedizin vor ein paar Jahren beendet und danach in einer Tierklinik gearbeitet. Aber ihr Traum war eine eigene Praxis, sie hatte Geld gespart, und die Bank gab ihr den nötigen Kredit, um den Kuhstall umzubauen und daraus ein Warte- und ein Behandlungszimmer zu machen. Helmut Schober öffnete die Tür, und Ernesto konnte den gefliesten Boden und den großen metallenen Tisch sehen, auf dem die tierischen Patienten begutachtet und behandelt werden sollten.

»Das wird jetzt alles so bleiben«, sagte Schober und wischte sich die Tränen aus dem Gesicht.

»Aber hier haben Sie sie nicht gefunden?«, fragte Ernesto.

»Das war im Bienenhaus. Kommen Sie.«

4

Von Weitem hörte Ernesto das Brummen. Die Sonne wärmte die Bienenstöcke, die entlang einer Hecke aufgestellt waren. Die Bienen surrten vor den Fluglöchern. In großen Gruppen kamen sie aus den Stöcken hervor und flogen pfeilschnell davon, während andere sich, beladen mit Nektar, näherten und auf den Flugbrettern landeten. Es war wie eine sich ständig erneuernde Wolke aus Insekten, die vor den Bienenstöcken stand.

Ernesto konnte das warme Wachs und den frischen Honig riechen. Langsam machte er ein paar Schritte auf den ersten Stock zu. Die glänzenden Leiber der Bienen umschwirrten ihn für einen Moment.

Hinter ihm öffnete Helmut Schober die Tür des Bienenhauses. Es war nur ein Raum, vielleicht vier mal drei Meter groß. An der einen Wand standen ein Schreibtisch und ein Regal, darin ein alter Smoker, den man verwendete, um die Bienen mit Rauch zu beruhigen. Ernesto entdeckte ein paar Packungen mit Wachsplatten, Diagnosegitter für den Varroabefall und etliches andere Kleinzeug für die Imkerei. An der anderen Wand stand ein Sofa. Darauf lag eine zusammengeknüllte Imkerjacke.

»Die muss Sie sich noch ausgezogen haben«, sagte Schober, als er Ernestos Blick bemerkte. »Jedenfalls bevor sie zusammengebrochen ist.«

An diesem Tag war Melitta Schober früh ins Bienenhaus gegangen. Sie wollte nach den Stöcken sehen, die sich in unmittelbarer Nähe des Hofes befanden. An der Hecke gab es etwa dreißig Stück, und diesmal stand eine Schwarmkontrolle auf dem Programm. Dazu musste man den Stock öffnen und Rähmchen für Rähmchen inspizieren und nachsehen, ob die Bienen sogenannte Weiselzellen angelegt hatten, also Zellen, in denen neue Königinnen herangezogen wurden. Fand man eine solche Weiselzelle, konnte man davon ausgehen, dass die Bienen bald schwärmen würden. Dabei verlässt ein Teil des Bienenvolkes mit der alten Königin den Stock und sucht sich eine neue Unterkunft. Um das zu verhindern, musste Melitta Schober jede einzelne Weiselzelle finden und vernichten.

»Sie hat an den Bienen gearbeitet«, sagte Helmut Schober. »Dort vorn stehen drei neue Stöcke. Die hat sie aus Völkern gebildet, die sich schon in Schwarmstimmung befanden. Sie hat ein paar Waben entnommen und so ein neues Volk geschaffen.«

Ernesto nickte. Es war eine langwierige und mühselige Arbeit, die sich Melitta Schober für diesen Tag vorgenommen hatte. Eine Arbeit, bei der man die Bienen störte und bei der man leicht gestochen werden konnte.

»Direkt beobachtet haben Sie Ihre Tochter nicht?«, fragte Ernesto.

»Ich war nicht zu Hause. Nach der Schicht, kurz nach drei bin ich zurückgekommen. Sie war noch nicht in ihrer Wohnung, aber gedacht habe ich mir nichts dabei. Erst als sie nicht zum Essen aufgetaucht ist.«

Ernesto fragte, wie viele Bienenstöcke die Familie insgesamt besaß, ob die dreißig beim Haus alle waren. Der Vater schüttelte den Kopf. Es gab noch einmal fünfzehn, etwas weiter entfernt an der Grenze zum Nachbarhof. Oder besser gesagt, es hatte sie gegeben, denn die Bienen waren alle eingegangen. Der Bauer dort hatte seine Felder wohl mit Pestiziden behandelt. Das hatten die Bienen nicht überlebt. Aber es gab noch weitere Stöcke. Alles in allem vielleicht hundertfünfzig Stück. Den größten Teil davon hatten sie gemeinsam betreut. Aber die Stöcke hier beim Bienenhaus gehörten ganz allein seiner Tochter.

»Sie wollte das so haben wie früher, als sie noch klein war. Deshalb habe ich ihr auch immer ein paar Stöcke überlassen, mit denen sie machen konnte, was sie wollte«, sagte Schober.

Ein Auto fuhr in den Hof, bremste und blieb neben ihnen stehen. Die Wagentür schwang auf, und eine Frau stieg aus. Sie kam auf Helmut Schober zu, ignorierte Ernesto und fasste Schober an den Schultern.

»Was machen wir jetzt? Sie wollen die Leiche nicht freigeben«, sagte sie. Tränen standen ihr in den Augen.

»Wir müssen warten«, meinte Schober.

»Aber wie soll ich mich …« Sie brach ab und wandte sich zur Seite.

»Es wird noch ein paar Tage dauern«, sagte Ernesto und machte einen Schritt auf die Frau zu. »So eine Obduktion …«

»Ich will es gar nicht wissen«, unterbrach ihn die Frau. »Dabei weiß ich es nur zu genau«, sagte sie halblaut. »Sie werden sie aufschneiden. Nein, ich …« Sie schlug sich die Hände vors Gesicht.

»Du sollst nicht daran denken«, sagte Helmut Schober.

»Wie soll ich nicht? Die ganze Zeit habe ich kein anderes Bild im Kopf, und du bist dafür verantwortlich.«

»Willst du nicht wissen, woran sie gestorben ist?«

»Ich habe selbst Leichen obduziert im Studium. Das ist eine hässliche Sache.«

»Es muss einfach sein, Isolde«, sagte Schober. »Sie hat doch immer einen Schutzanzug getragen, wenigstens eine Jacke und einen Schleier. Es ist nicht möglich, dass sie eine Biene gestochen hat.«

»Selbstverständlich kann es sein. Aber du hast schon recht. Man muss es klären. Es könnte etwas anderes gewesen sein. Dennoch glaube ich das nicht«, sagte Isolde und sah Ernesto an. »Und Sie? Wer sind Sie?«

»Mein Name ist Ernesto Valenti, ich komme von der Kärntner Tagespost.«

»Von der Zeitung?«

Ernesto nickte. »Melitta Schober war eine bekannte Imkerin«, sagte Ernesto. »Vielleicht können Sie mir etwas über sie erzählen.«

»Ich könnte Ihnen viel erzählen, aber ich weiß nicht, ob ich das möchte. Es muss nicht in der Zeitung stehen, was für ein besonderer Mensch Melitta war. Das ändert nichts mehr.«

»Isolde«, sagte Helmut Schober. »Wir können ihr Andenken doch ehren, nicht wahr?«

»Es ist doch jetzt alles vorbei«, sagte Isolde Hartmann. »Ihr Andenken? Ich will sie zurückhaben, sonst gar nichts. Das darf doch nicht sein, dass sie einfach tot ist, einfach weg, und dass sie nie wieder kommt, nie mehr bei den Bienenstöcken steht und ganz vertieft ist in ihre Arbeit und gar nicht merkt, wenn man sich ihr nähert.« Sie begann zu weinen, nahm ein Taschentuch aus der Hosentasche und tupfte sich die Tränen weg.

5

Verdiente Imkerin tragisch verunglückt

Melitta Schober (32) hatte sich als Imkerin einen Namen gemacht. Nun starb sie unter noch nicht restlos geklärten Umständen in ihrer Bienenhütte.

Aufgewachsen am elterlichen Hof in Maria Rain bei Klagenfurt, interessierte sich Melitta Schober sehr bald für die Bienen, die ihr Vater betreute, und schon als Teenager durfte sie ihre eigenen Bienen halten. »So hat sie die Faszination gepackt«, erzählt ihr Vater, »und sie blieb dabei.« Aus den drei Stöcken, mit denen sie begann, wurden bald mehr, und auch während ihres Studiums der Veterinärmedizin in Wien gab sie die Imkerei am heimatlichen Hof nicht auf. Immer mehr engagierte sich Melitta Schober auch für den Schutz der Bienen und war Mitbegründerin eines Vereins zur Erhaltung der Carnica-Biene. Außerdem setzte sie sich gegen den Einsatz von Pestiziden in der Landwirtschaft ein. Diese gelten als besonders gefährlich für Bienen und werden für das Bienensterben verantwortlich gemacht. Das hat ihr nicht nur Zuspruch eingebracht. Bauernverbände bezeichneten ihre Arbeit als Aktionismus und Panikmache.

Als Imkerin war Melitta Schober überaus erfolgreich und gewann mehrere nationale Auszeichnungen für ihre Honigprodukte. Besonders ihre sortenreinen Honige konnten die Jurys immer wieder überzeugen. Sie gehörte zur Szene der innovativen Jungimker in diesem Land, die neue Wege in Herstellung und Vermarktung einschlagen wollten. Mit Melitta Schober verliert die Kärntner Imkerszene eine junge und streitbare Kraft, von der noch viel zu erwarten gewesen war.

2. Kapitel

1

Der Wind frischte am späten Nachmittag ein wenig auf und fuhr Ernesto durchs Haar, als er an den Obstbäumen vorbei in Richtung der Bienenstöcke ging. Für heute hatte er seine Arbeit in der Redaktion erledigt. Die Regionalausgaben waren abgesegnet und für den Druck bereit, und er hatte sich geschworen, Winfried Auer, den Chef vom Dienst, nie auch nur mehr für eine Stunde zu vertreten. Ständig wollte jemand etwas von ihm, und ständig musste er den Redakteuren hinterher sein, damit sie ihre Artikel einigermaßen rechtzeitig ablieferten. Besonders langwierig war heute die Geschichte von der Neueröffnung einer Sparkassenfiliale in St. Veit gewesen. Die zuständige Redakteurin hatte um zehn Uhr damit begonnen, und um sechzehn Uhr, als Ernesto gehen wollte, war sie immer noch nicht fertig gewesen. Also hatte er ihr den Text entzogen und selbst geschrieben. Jetzt war sie wütend auf ihn und wollte sich bei Auer beschweren, sobald er von seinem Seminar zurück war.

Im Grunde war es Ernesto egal, aber er ärgerte sich trotzdem. Auf seinem Weg zu den Bienen versuchte er das alles abzustreifen und hinter sich zu lassen. Er hatte etwas Wichtigeres vor. Wie Melitta Schober musste auch er eine Schwarmkontrolle durchführen. Nur würde das bei seinen fünf Stöcken nicht annähernd so lange dauern.

In der Werkstatt zog er sich seine Imkerjacke an und setzte sich die Imkerhaube auf. Sorgfältig schloss er den Reißverschluss, der die Haube mit der Jacke verband, kontrollierte noch einmal, ob alles dicht schloss und stülpte sich die Lederhandschuhe über. Kurz musste er noch an die Arbeit in der Redaktion denken, aber als er sich umdrehte und die Bienen sah, die aus den Stöcken hinauf in den Himmel flogen, vergaß er es. Mit dem Stockmeißel in der Hand trat er an den ersten Bienenstock und hebelte den Deckel in die Höhe. Ein helles Surren stieg von den Waben auf, und die Bienen sammelten sich oben an den Trägern der Rähmchen, als wollten sie Ernesto begrüßen.

Sofort merkte er, dass die Bienen heute ruhig waren. Der Ton milderte sich von dem anfänglichen Surren zu einem dunkleren Brummen. Vorsichtig löste Ernesto eines der Rähmchen aus dem Bienenstock und hob es hoch. Er konnte eingelagerten Nektar sehen und neu angelegte Zellen auf den Waben. Aber das war nicht, was er suchte. Irgendwo verbarg sich möglicherweise eine Königinnenzelle.

Als er mit dem ersten Stock fertig war, wandte er sich dem zweiten zu und wiederholte seine Inspektion. Dabei schweiften seine Gedanken zu Melitta Schober und ihrem ungewöhnlichen Tod.

Er hatte noch nie gehört, dass jemand an einem Bienenstich gestorben war, außer er litt unter einer Allergie, und davon hatte ihr Vater nichts gesagt. Das musste er ihn bei nächster Gelegenheit noch einmal fragen, und diese Gelegenheit würde bald kommen, denn Ernesto wollte die Sache nicht auf sich beruhen lassen. Er würde noch heute versuchen, Steinkellner zu erreichen. An dieser Stelle wurden seine Gedanken wieder unterbrochen, weil er eine lange, dicke Königinnenzelle fand. Sie klebte unten an einem Rähmchen. Mit dem Stockmeißel brach er sie ab und fing sie auf, um sie einzustecken.

2

Später, er hatte die Imkerjacke abgelegt, stand er an der Tür zur Keramikwerkstatt und sah Sonja zu, wie sie auf der Töpferscheibe arbeitete. Er rauchte eine Zigarette und merkte, dass seine Hände immer noch nach Wachs und Bienen rochen. Für ein paar Minuten sagte niemand etwas. Sonja sah nicht einmal hoch, sondern konzentrierte sich auf die Vase unter ihren Händen. Als sie fertig war, stand sie auf und nahm Ernesto die brennende Zigarette aus den Fingern.

»Du denkst über die Tote nach. Das kann ich dir ansehen«, sagte sie.

»Es ist doch seltsam, dass eine Imkerin auf diese Weise stirbt.«

»Vielleicht war es ein allergischer Schock. Du weißt ja, man kann viele Male gestochen werden, und irgendwann ist es einer zu viel.«

»Davon war in der Presseaussendung nicht die Rede. Möglich ist es aber. Der Vater ist überzeugt, dass irgendetwas nicht stimmt.«

»Was denkt er denn, was die Ursache war?«

»Er hat einfach ein komisches Gefühl, und wenn ich ehrlich bin, habe ich das auch.«

»Inwiefern?«

»Keine Ahnung, aber mir erscheint das alles überaus seltsam. Warum hat sie keine Hilfe gerufen? Hatte sie ihr Handy nicht dabei? Das wäre doch merkwürdig. Jedenfalls muss ich ihren Vater danach fragen. Ein Bienenstich in den Hals. Das kann sicher vorkommen, aber schwillt das dermaßen schnell zu, dass man nicht mehr in der Lage ist, den Notruf zu wählen? Ich weiß nicht recht.«

»Der Bienenstich war also nur ein Zufall.«

»Oder so.«

»Glaubst du an ein Verbrechen?«, fragte Sonja und gab Ernesto die rauchende Zigarette wieder zurück.

»Nicht notwendigerweise. Die Frau könnte einfach an etwas anderem gestorben sein. Das wird die Obduktion zeigen.«

3

Als Ernesto die Redaktion betrat, saß Winfried Auer schon hinter seinem Schreibtisch. Die Glastür hatte er angelehnt, vor ihm lagen die Regionalausgaben der letzten beiden Tage. Ernesto klopfte, aber Auer reagierte nicht.

»Soweit ich sehen kann, hast du nichts Schlimmes angestellt, während ich weg war«, sagte Auer nach einer Weile. »Aber du hast dich absentiert. Ein Chef vom Dienst hat hier zu sein, immer und für alle. Ist das klar?«

»Da ich nie dein Nachfolger sein werde, ist das unerheblich«, antwortete Ernesto.

»Aber so war es nicht abgemacht. Du hast anwesend zu sein.«

»War das überhaupt mit der Chefredaktion abgesprochen, dass ich für dich einspringe?«

»Ich würde es so formulieren: Es hatte niemand etwas dagegen.«

»Weil niemand davon wusste.«

Auer verzog die Lippen zu einem gequälten Lächeln. »Du sollst nicht so viel fragen. Außerdem hast du die Sache ganz gut gemacht.«

»Ich kümmere mich um meine Regionalseiten«, sagte Ernesto und drehte sich um. Auer sah ihm nach, nickte und las weiter. Ernesto suchte sich einen freien Schreibtisch und loggte sich ins System ein.

Die morgige Ausgabe war so gut wie fertig. Als Titelgeschichte brachte Ernesto die Debatte über ein neues Einkaufszentrum in Völkermarkt. Seit Jahren bemühten sich die Parteien im Gemeinderat um die Ansiedlung eines weiteren Großmarkts auf der grünen Wiese. Das Land Kärnten war dagegen und verweigerte den positiven Bescheid. Ernesto hatte den Bürgermeister und den zuständigen Landesrat befragt. Er las die Geschichte noch einmal durch, aber die tote Imkerin wollte ihm nicht aus dem Kopf. Die Vehemenz, mit der der Vater auf eine Obduktion bestanden hatte, irritierte Ernesto.

Diesmal erreichte Ernesto Major Horst Steinkellner. Der Obduktionsbericht war noch nicht fertig, Ernesto fragte nur der Form halber. Eigentlich wollte er wissen, ob Steinkellner irgendwelche Anhaltspunkte hatte.

»Alles, aber auch wirklich alles, weist auf einen Unfall hin«, sagte Steinkellner. »Es gibt keinen Grund zu ermitteln.«

»Was haben Sie gesehen, als Sie am Tatort ankamen?«

»Eigentlich geht Sie das nichts an, Valenti. Eine tote Frau und einen Notarzt, der den Tatort, falls es einer war, so verunreinigt hat, dass die Spurensicherung quasi sinnlos sein wird.«

»Sie werden dennoch eine durchführen?«

»Havlicek wird noch heute dort eintreffen und untersuchen, was noch zu untersuchen ist.« Steinkellner wollte weiter nichts sagen. Der Akt lag bei ihm auf dem Schreibtisch, und dort würde er vorerst auch bleiben. Spätestens jedoch mit dem Obduktionsbericht würde die Sache ein Ende finden.

4

Ernesto traf Helmut Schober bei den Bienenstöcken. Der Mann zog gerade ein Rähmchen aus der Beute. Dabei trug er weder einen Schleier noch eine Imkerjacke. Die Bienen schwirrten um ihn herum, stießen gegen seine Brust und sein Gesicht. Aber er zeigte sich davon unbeeindruckt und arbeitete ruhig weiter. Jetzt zuckte Helmut Schober ein wenig zusammen. Es musste ihn wohl eine Biene gestochen haben.

Ohne ihn anzusprechen ging Ernesto zum Bienenhaus und öffnete die Tür. Es war alles so wie vor zwei Tagen. Die zusammengeknüllte Imkerjacke lag immer noch auf dem Sofa. Ernesto musste daran denken, wie Helmut Schober betont hatte, dass seine Tochter niemals ohne Schutz zu den Bienen ging.

Beim ersten Mal hatte Ernesto keine Gelegenheit gehabt, den Raum genau zu inspizieren. Auf dem Schreibtisch lag ein Päckchen mit Wachsplatten. Daneben stapelten sich Rähmchen, und einige davon waren schon mit neuen Wachsplatten ausgestattet. Melitta Schober hatte sie vorbereitet, um neue Stöcke zu bilden. Aber sie war nicht mehr dazu gekommen, sie ins Freie zu tragen.

Während Ernesto überlegte, fuhren draußen mehrere Wagen vor. Die Seitentür eines Vans öffnete sich mit einem Rauschen, und Ernesto hörte, wie sich Männer unterhielten. Er erkannte eine der Stimmen. Es war die von Wolfgang Havlicek, Leiter der Spurensicherung der Kriminalpolizei.

»Ich dachte, Sie wären schon hier gewesen«, sagte Ernesto, als er auf Havlicek zuging. »Sonst hätte ich das Bienenhaus nicht betreten.«

»Die Sache hat keine Priorität«, sagte Havlicek. »Aber nachsehen müssen wir.« Er wuchtete einen Koffer aus dem Van und schleppte ihn an Ernesto vorbei zum Bienenhaus. »Haben Sie irgendetwas angefasst?«, fragte er.

»Nichts. Allerdings habe ich den Raum vorgestern und heute betreten. So wie viele wahrscheinlich.«

Havlicek schüttelte missbilligend den Kopf.

»Aber ich habe schon etwas herausgefunden.« Ernesto erzählte ihm von den Wachsplatten und den Rähmchen.

»Normalerweise würde man doch alle neuen Ableger vorbereiten und die Mittelwände aus Wachs vorher einlöten und erst danach zu den Bienen gehen. Das wäre effizienter. Ein Schritt nach dem anderen«, sagte Havlicek.

»Sie kennen sich aus?«

»Nur hobbymäßig. Mit dreißig Stöcken oder was hier steht«, er wies auf die Bienenstöcke entlang der Hecke. »Damit wäre ich überfordert.«

»Angeblich sind es noch mehr. Aber mir wären auch die dreißig zu viel«, sagte Ernesto. »Meine fünf reichen mir vollkommen.«

»Wenn es mehr als zehn sind, artet es in Arbeit aus«, meinte Havlicek. »Das ist kein Vergnügen mehr. Ich wusste gar nicht, dass Sie auch imkern.«

»Seit ein paar Jahren. Mit wechselndem Erfolg allerdings.«

»Interessant. Müssen wir uns einmal ausführlich darüber unterhalten«, sagte Havlicek, und sie tauschten ihre Telefonnummern aus.

Mittlerweile hatte auch Helmut Schober bemerkt, was in seinem Hof vorging, und kam auf Ernesto und Havlicek zu. »Hat die Kriminalpolizei endlich eingesehen, dass etwas nicht stimmt?«, fragte er und wischte sich die Hände an den Hosen ab.

»Wir machen nur unsere Arbeit«, antwortete Havlicek.

»Dann machen Sie das«, sagte Helmut Schober.

Havlicek schlug sein Notizbuch auf und las etwas durch. »Wir können gleich damit anfangen. Erzählen Sie mir, was Sie wissen. Wann ist Ihre Tochter an diesem Tag zu den Bienen gegangen?«

Havlicek notierte sich, was Schober zu sagen hatte, und machte sich an die Untersuchung des Bienenhauses. Seine Mitarbeiter stellten das Kamerastativ auf und begannen zu fotografieren. Schritt für Schritt inspizierten sie den Eingangsbereich des Bienenhauses, die Stufen, die Schwelle und den Boden, auf dem die Leiche von Melitta Schober gelegen hatte.

Vorsichtig ging Havlicek durch den Raum. Er fotografierte den Tisch und die darauf befindlichen Rähmchen und Wachsplatten. Währenddessen wartete Ernesto beim Eingang. Sie unterhielten sich darüber, wie Melitta Schobers Arbeitsablauf gewesen sein musste. Mit Sicherheit hatte sie einige Ablegerkästen vorbereitet, aber im Zuge der Kontrolle müssen ihr mehr und mehr Völker aufgefallen sein, denen man Bienen entnehmen musste, und so war sie irgendwann zum Bienenhaus zurückgekehrt, um weitere Ablegerkästen zu holen.

Vorhin hatte Ernesto Notizen auf dem Schreibtisch bemerkt, aber er war nicht mehr dazu gekommen, sie zu lesen. Havlicek hielt sie jetzt mit einer Pinzette hoch und stäubte sie auf der Suche nach Fingerabdrücken ein.

»Was steht dort?«, wollte Ernesto wissen.

»Das ist vermutlich ein Termin. Elf Uhr hat sie geschrieben.«

»Kann ich das einmal sehen?«

»Dazu ist es jetzt zu spät. Ich packe es ein und nehme es mit, aber ich kann Ihnen das Foto zeigen.«

»Das reicht mir vollkommen.« Ernesto blickte auf das Display der Kamera. Auf dem Foto war ein blauer Haftnotizzettel zu sehen. In der linken oberen Ecke stand »11 Uhr« und darunter das Initial »I«.

»Sie hatte eine Verabredung«, sagte Ernesto.

»Kann durchaus sein. Ich würde aus dem Zettel noch keine großen Schlüsse ziehen«, meinte Havlicek.

»Es steht kein Datum und kein Wochentag dabei. Es könnte also irgendein Tag gewesen sein«, sagte Ernesto.

»Genau.«

»Aber vielleicht finden wir heraus, wer oder was dieses I ist.«

»Nur, wenn tatsächlich ermittelt wird, und davon gehe ich im Moment nicht aus«, sagte Havlicek.

Zum Schluss kam Havlicek zu dem Sofa mit der Imkerjacke. Ohne die Jacke zu berühren, untersuchte er sie. Sie war voller Flecken von Propolis und Wachs. An der Vorderseite waren dunkle Streifen zu sehen. Der Schleier, der über einen Reißverschluss mit der Jacke verbunden war, lag schräg auf der Decke und war etwas eingedrückt. Alles machte den Eindruck, als hätte Melitta Schober die Jacke achtlos ausgezogen und hingeworfen.

Havlicek nahm den Schleier genauer in Augenschein. Vielleicht war er an einer Stelle gerissen oder löchrig, sodass eine Biene den Weg ins Innere gefunden haben könnte. Mit einer Lupe untersuchte er die Struktur des Schleiers. »Wenn sie den getragen hat, kann sie keine Biene in den Hals gestochen haben. Der Schleier ist intakt«, sagte er.

5

Ernesto drehte sich zu Helmut Schober um. Der wartete mitten im Hof, und die Beamten der Spurensicherung gingen um ihn herum, als sei er bloß ein Hindernis.

»Haben Sie gehört, was Doktor Havlicek gesagt hat?«, fragte Ernesto.

Helmut Schober verneinte, also wiederholte Ernesto es.

»Aber sie hat immer eine Jacke oder sogar einen Anzug getragen«, sagte Schober.

»War sie allergisch?«, fragte Ernesto.

»Sie wollte nur nicht gestochen werden. Mir dagegen ist es egal«, sagte Schober. »Macht mir nicht viel aus. Meine Tochter war vorsichtiger. Das ist alles.«

»Sie hätte also ohne Schutz zu den Bienen gehen können. Das wäre nicht weiter gefährlich gewesen.«

»Hätte sie nie gemacht.«

»Wahrscheinlich«, sagte Ernesto. »Wissen kann man es nicht.«

»Ich bin mir sehr sicher«, sagte Schober und nickte. »Ja, sehr sicher.«

»Etwas ganz anderes. Sagt Ihnen die Initiale I irgendetwas? Die Spurensicherung hat einen Zettel gefunden.«

Schober antwortete nicht gleich. »Ein I, das ist eigenartig …«

Ein weiteres Auto fuhr auf den Hof, bremste scharf. Isolde Hartmann stieg aus.

»Was ist denn hier los?«, fragte sie und wartete keine Antwort ab, sondern ging auf Helmut Schober zu und umarmte ihn.

»Ich habe es in der Praxis nicht ausgehalten«, sagte sie und löste sich von Schober. Daraufhin sah sie Ernesto an. »Hat die

Polizei endlich eingesehen, dass etwas nicht stimmt?«

»Sehen Sie das jetzt auch so?«, fragte Ernesto zurück.

Isolde Hartmann räusperte sich. »Ich kann es mir einfach nicht vorstellen.«

»Die Spurensicherung hat eine Notiz gefunden«, sagte Ernesto. »Eine Uhrzeit und ein I. Könnten Sie damit gemeint sein, I wie Isolde?«

»Nein, das glaube ich nicht. Ich weiß auch nicht. Im Moment kommt mir vor, ich verstehe gar nichts mehr. Aber ich bin froh, dass die Polizei gekommen ist.«

»Allzu große Hoffnungen würde ich mir nicht machen«, sagte Ernesto. »Es ist vorerst nur die Spurensicherung.«

6

Während Havlicek weiter den Schreibtisch untersuchte und ein mögliches Beweisstück nach dem anderen katalogisierte, verwickelte Ernesto Isolde Hartmann in ein Gespräch.

Hartmann erzählte davon, dass sie sich an dem Tag, als ihre Lebensgefährtin starb, frei genommen hatte. Sie führte eine Wahlarztpraxis für Allgemeinmedizin in Maria Rain, und sie konnte sich die Zeit einteilen. Irgendwann, so sagte sie, würde sie vielleicht eine Kassenstelle annehmen. Aber jetzt noch nicht.

Es war etwas mehr als zwei Jahre her, dass sie einander kennengelernt hatten. Sie hatten sich zum ersten Mal beim Baden im Strandbad am Wörthersee getroffen. Dort waren sie nebeneinander zu liegen gekommen. Melitta hatte ein Buch über Bienen dabei, und Isolde war neugierig und fragte danach.

Bald stellten sie fest, dass sie ganz in der Nähe wohnten, einander bis jetzt aber noch nie begegnet waren. Das war in so einem kleinen Dorf wie Maria Rain doch verwunderlich. Allerdings war Isolde Hartmann erst vor ein paar Jahren aus Klagenfurt hierhergezogen, in den Speckgürtel der Stadt, wo Leute lebten, die sich eine Wahlärztin leisten konnten.

Sie sprachen eine lange Zeit miteinander, unterhielten sich über Bienen und das Imkern und darüber, was sie sonst noch so im Leben machten.

»So haben wir uns kennengelernt«, sagte Isolde Hartmann.

Melitta rief Isolde bald an, ob sie nicht vorbeikommen und die Bienen aus der Nähe sehen wollte. Bis zu diesem Zeitpunkt hatte Isolde keine Erfahrungen mit Bienen gemacht, und sie hielt sich ehrfürchtig einige Meter entfernt und wagte es zunächst nicht, Melitta zu folgen und einen der Stöcke zu öffnen. Von der Ferne sah sie zu, wie Melitta eine Wabe herauszog und in die Höhe hielt. Sie winkte ihr, und so überwand sich Isolde und ging hin, beobachtete die Bienen, wie sie auf der Wabe herumliefen. Sie folgte Melittas Anweisungen und nahm die Wabe in die Hand, drehte sie und besah sie sich. Auf der Oberseite befand sich Honig, wie ihr Melitta erklärte, und darunter hatte die Königin Eier gelegt. Einige waren noch ganz frisch, kaum zu sehen am Boden der Zellen, andere hatten sich bereits zu kleinen Maden entwickelt und viele lagen schon unter einem Deckelchen aus Wachs verborgen. Sie wuchsen und entwickelten sich in der Dunkelheit und würden in ein paar Tagen als junge Bienen schlüpfen.

»Da habe ich mich in sie verliebt«, sagte Isolde Hartmann und lächelte. Aber das Lächeln kippte schnell, und ihr traten Tränen in die Augen. »Wir wollten im Sommer heiraten.«

7

Als Wolfgang Havlicek seine Arbeit beendete, standen Ernesto und Isolde Hartmann immer noch im Hof und unterhielten sich.

Jetzt sah Ernesto, wie Havlicek mit einer Schachtel voller Asservaten ins Freie trat, und ging auf ihn zu. Isolde Hartmann folgte ihm.

»Etwas gefunden?«, fragte Ernesto.

»Wie man es nimmt«, antwortete Havlicek. »Es ist interessant, was wir nicht gefunden haben, nämlich ihr Handy. Das war nicht im Bienenhaus, und der Vater weiß auch nicht, wo es geblieben ist. Haben Sie vielleicht eine Idee?«, wandte er sich an Isolde.

Isolde schüttelte den Kopf. »Eigentlich hatte sie das Handy immer dabei, so wie fast jeder. Auch wenn sie zu den Bienen ging. Um zu fotografieren.«

»Ja, aber das Handy ist nicht hier«, sagte Havlicek noch einmal.

»Das kann sich doch nicht in Luft aufgelöst haben«, meinte Ernesto.

»Vermutlich nicht. Aber im Bienenhaus war es nicht.«

»Haben Sie sonst noch etwas gefunden?«

»Ich darf mit Ihnen gar nicht darüber reden«, sagte Havlicek.

»Aber mit mir können Sie reden«, sagte Isolde. »Ich bin ihre Lebensgefährtin.«

»Wissen Sie vielleicht etwas über diese Notiz mit dem I und der Uhrzeit?« Havlicek stellte die Kiste in den Van und fischte den Asservatenbeutel mit dem Zettel heraus. »In der Schachtel unter dem Tisch haben wir noch ein paar von diesen Zetteln gefunden. Alle mit Uhrzeit und Initialen, die meisten zerknüllt. Das muss ihr System gewesen sein, um sich Termine zu notieren. Aber ich werde daraus nicht schlau.« Havlicek sortierte die Asservatenbeutel neu und murmelte dabei vor sich hin. Ernesto verstand nur so viel, dass sich Havlicek darüber beschwerte, welches Chaos der Notarzt hinterlassen hatte und dass es kaum verwertbare Spuren gab.

»Eine Frage habe ich noch, ich glaube das könnte wichtig sein«, sagte Ernesto. »Die Jacke, die Imkerjacke, die war doch intakt? Also keine Löcher oder so?«

»Aber sie könnte sie schlampig angezogen haben«, sagte Havlicek. »Nur ein kleiner Fehler, das weiß ich von mir selber, und schon schlüpft eine Biene hinein, und dann ist es beinahe unvermeidlich, dass sie sticht.«

In diesem Moment trat Helmut Schober zur Gruppe. Er wischte sich übers verschwitzte Gesicht und beugte sich über die Schachtel mit den Asservaten. »Haben Sie etwas gefunden? Jetzt ist doch klar, was passiert ist oder etwa nicht?«

»Vielleicht wissen Sie, was es mit dem Zettel hier auf sich hat? Wofür das I steht?«

»Ja, es ist mir zuerst nur nicht eingefallen. Aber nachdem ich jetzt nachgedacht habe, ist es mir klar geworden. Das I steht für Imker, und zwar für den Lorenz Theuersberger. Mit dem muss sie einen Termin gehabt haben.«

3. Kapitel

1

An diesem Vormittag saß Ernesto in der Regionalredaktion in Wolfsberg und sah die Artikel für den morgigen Tag durch. Es war nichts besonders Spannendes dabei, höchstens die Geschichte vom Stadionbad, das nach einem Blitzeinschlag ein paar Tage geschlossen hatte. Außerdem gab es Dringenderes. Auer wollte noch heute einen Artikel über den Ermittlungsstand im Fall Melitta Schober. Bis Mittag musste der Text fertig sein, und am Nachmittag hatte sich Ernesto mit Isolde Hartmann verabredet. Also machte er sich an die Arbeit und rief Major Horst Steinkellner an. Aber Steinkellner versuchte, ihn abzuwimmeln. Weder der Bericht der Spurensicherung noch der Obduktionsbericht sei abgeschlossen.

»Sie müssen doch irgendetwas haben«, sagte Ernesto.

»Einen vorläufigen Obduktionsbericht. Aber der ist nicht für die Öffentlichkeit bestimmt.«

»Sie können mir trotzdem sagen, was drinnen steht.«

»Damit ich es morgen in der Zeitung lese? Nein, ganz sicher nicht.«

»Wenn ich Ihnen verspreche, die Information nicht zu nutzen? Sie wissen, Sie können mir vertrauen.«

»Was wollen Sie damit?«

»Ich will es wissen, weiter nichts.«

»Sie können sich sicher sein, wir nehmen die Sache ernst. Ich habe mit dem Gerichtsmediziner telefoniert. Die Obduktion wird noch heute stattfinden, und Doktor Havlicek wird auch anwesend sein.«

In diesem Moment hörte Ernesto das Anklopfzeichen auf seinem Mobiltelefon. Es war Sonja. Aber Ernesto ging nicht ran.

»Was hat der Gerichtsmediziner gesagt?«, wollte Ernesto von Steinkellner wissen.

»Das ist jetzt wirklich off records«, sagte Steinkellner.

»Versprochen.«

»Dem ersten Augenschein nach ist Melitta Schober erstickt. Eine Schwellung im Halsbereich hat zuerst zu Atemnot und weiter zum Verschluss der Luftröhre geführt. So in etwa, die erste Diagnose.«

»Das ist doch nicht neu. Es war also ein Bienenstich?«

»Das hat der Gerichtsmediziner noch nicht bestätigt. Aber es spricht doch alles dafür. Valenti, beißen Sie sich nicht so fest an der Geschichte.«

Ernesto legte auf und rief Sonja zurück.

»Du solltest schnell nach Hause kommen«, sagte sie statt einer Begrüßung. »Es hängt ein Bienenschwarm im Apfelbaum.«

2

Schon als er aus dem Auto ausstieg, konnte Ernesto es sehen. Über dem größten der Apfelbäume schwirrten hunderte Bienen. Eine Wolke aus Insekten hüllte die Äste ein und erfüllte die Luft mit einem eigentümlichen Geräusch, ein hoher Ton, der anzeigte, dass sich die Bienen in Aufregung befanden. Ohne eine Imkerjacke überzustreifen, ging er auf den Baum zu und besah sich das Schlamassel aus der Nähe.

Als er die Bienen beobachtete, wie sie sich an einem Ast zu einer Traube zusammenballten, überlegte er, was er falsch gemacht hatte. Hatte er nicht Rähmchen für Rähmchen genau inspiziert und nach Königinnenzellen gesucht? Das hatte er, und er hatte auch einen Ableger mit einer frischen Königinnenzelle gebildet. Aber er musste etwas übersehen haben, sonst gäbe es jetzt keinen Schwarm einzufangen.

Die Traube wuchs. Immer mehr Bienen ließen sich auf dem Ast nieder und hingen bald U-förmig durch. Der Schwarm sammelte sich schon, und so würde er nun ein paar Stunden an dieser Stelle bleiben, während Suchbienen in der Umgebung nach einem möglichen Nistplatz Ausschau hielten. So weit wollte es Ernesto aber nicht kommen lassen.

Im alten Schuppen standen leere Bienenbeuten. Ernesto nahm eine und prüfte, ob sie sauber war. Das würde die neue Behausung des Bienenschwarms werden. Nun galt es, die Bienen vom Baum herunterzubekommen. Dafür hatte Ernesto eine eigene Kiste gekauft. Sie war leicht und bestand aus dünnem Holz und Drahtgitter. Mit einem breiten Klebeband versuchte Ernesto, die Kiste an einer langen Stange zu befestigen. Er zog etwas von der Rolle und heftete die Stange an die Kiste, aber die Verbindung hielt nicht besonders gut, und die Stange wackelte hin und her. Deshalb nahm Ernesto noch mehr Klebeband und zwang zuerst das obere und danach das untere Ende der Kiste an die Stange. Aber auch das funktionierte nicht. Ernesto riss alles wieder ab, und vor seinen Füßen türmte sich ein Knäuel aus Klebeband. Als er es zusammenknüllen und wegtragen wollte, merkte er, dass es an seiner Hose und an seinen Händen klebte. Jedes Mal, wenn er es von den Fingern gelöst hatte, haftete es wieder woanders, und so kämpfte er mit dem Band, bis er beim Mülleimer war und es dort mühsam abstreifte.

Noch einmal begann er von vorn, legte die Stange auf die Kiste und klebte nun Zentimeter für Zentimeter ab. So lange, bis sich die Stange unter dem Band nicht mehr bewegte. Sicher war er sich nicht, ob diese Konstruktion auch wirklich halten würde, wenn er zu dem Bienenschwarm ging, aber es war das Beste, was er im Moment zustande brachte. Er schlüpfte in seine Imkerjacke und machte sich an die Arbeit.

Mühsam schleppte er den leeren Bienenstock und einen großen metallenen Trichter aus dem Schuppen bis unter den Apfelbaum. Dann holte er die Stange mit dem Schwarmfangkorb. Weit oben im Apfelbaum hörte er die Bienen, wie sie mit den Flügeln schlugen. Es war nun ein sanfteres Geräusch. Ein Zeichen, dass sie noch nicht bereit waren wieder aufzubrechen.

Der Schwarm hing so hoch in den Zweigen, dass Ernesto mit der Kiste nur schwer herankommen würde. Es blieben ihm jedoch nicht viele Möglichkeiten.

Die Beute stand unter dem Apfelbaum. In die Öffnung am oberen Ende hatte Ernesto den Metalltrichter gesteckt, und die ersten Bienen kamen angeflogen, um zu sehen, was sich hier tat. Unter den besten Umständen würde es reichen, die Beute hier zu platzieren und zu warten. Irgendwann würden die Suchbienen auf die leere Behausung aufmerksam werden und vielleicht den ganzen Schwarm hierher lotsen. Möglicherweise fanden sie aber auch eine bequemere Unterkunft.

Das wollte Ernesto nicht riskieren, und so trat er mit der Schwarmfangkiste unter den Apfelbaum, hob sie hoch und hielt sie genau unter den Schwarm.

Die Bienen ließen sich von diesem neuen Gegenstand nicht irritieren und blieben in der Traube sitzen. Darauf hatte Ernesto gehofft. Aber es fehlten fünfzehn Zentimeter bis zum Ast, an dem die Bienen sich gesammelt hatten. Den musste Ernesto treffen.

Mit einer schnellen, heftigen Bewegung sprang Ernesto hoch und stieß die Kiste gegen den Ast. Ein Teil der Bienen plumpste nach unten. Ernesto konnte spüren, wie die Kiste schwerer wurde. Noch einmal drückte Ernesto die Schwarmfangkiste nach oben. Dabei lösten sich einige Streifen des Klebebandes und die Kiste hing schief an der Stange. Ein Sausen erhob sich, und gerade jetzt stach ihn die erste Biene. Die Imkerjacke war über den Hosenbund gerutscht, und gleich stach ihn noch eine zweite in den nackten Bauch. Er biss die Zähne zusammen und versuchte, den Schmerz zu ignorieren, aber es brannte höllisch.

Nun waren die Bienen überall. Ernesto konnte spüren, wie sie wütend gegen den Schleier flogen und ihn umkreisten. Das Rauschen ihrer Flügel übertönte beinahe jedes andere Geräusch. Schnell holte Ernesto die Kiste zu sich und leerte ihren Inhalt in den Trichter. Bienen purzelten gegen die Metallwände und rutschten nach unten in die Beute. Die meisten flogen gleich wieder auf, und Ernesto hatte den Verdacht, dass die Königin bei diesem Fang nicht dabei gewesen war. So wartete er ein paar Minuten, bis sich die Bienen wieder zur Traube gesammelt hatten, und versuchte es erneut.

Die Stiche schmerzten, und Ernesto nutzte die Pause, um zu kontrollieren, ob die Stachel in der Haut hängen geblieben waren. Schnell strich er mit den behandschuhten Fingern über die Einstichstellen und wischte die Stacheln weg. Über ihm formierte sich wieder eine Traube aus Bienen. Sie saßen gerade an der gleichen Stelle wie vorher, und es wurden wieder mehr. Also hatte er die Königin noch nicht eingefangen.

Nun näherte sich Ernesto erneut dem Apfelbaum. Der Schwarmfangkorb rutschte ein wenig auf der Stange hin und her. Das Klebeband hatte sich an einigen Stellen gelöst, aber Ernesto ignorierte das und hoffte, die Konstruktion würde wenigstens noch einen Versuch überstehen.

Als er den Schwarmfangkorb in die Höhe hob und durch die Zweige schob, löste sich ein weiterer Streifen vom Klebeband und der Korb hing nun schräg an der Stange. Aber für einmal würde es schon gehen, dachte Ernesto und stieß den Korb in die Höhe. Er traf den Ast, an dem die Bienen saßen, und eine große Masse fiel hinein. Doch in diesem Moment löste sich das letzte Klebeband und der Schwarmfangkorb purzelte herunter, direkt auf Ernestos Kopf.

Schnell zuckte er zurück. Aber es war zu spät. Wütende Bienen hüllten ihn ein, er spürte Stiche an Armen und Beinen. Dennoch packte er den Schwarmfangkorb und leerte die Bienen in den Metalltrichter. Es waren so viele, dass sie die Öffnung verstopften. Nur langsam rutschten sie in das Innere der Beute. Erst dann entfernte sich Ernesto von den Bienen. Einige wenige folgten ihm bis in den Hof und umsurrten ihn immer noch aufgeregt und wütend. Aus der Entfernung konnte er sehen, wie diesmal einige Bienen auf dem Metalltrichter sitzen blieben und heftig mit den Flügeln zu schlagen begannen. Neben der Beute lag der Schwarmfangkorb, von dem Reste von Klebeband abstanden, die Stange lehnte am Apfelbaum.

3

Nach einer halben Stunde Arbeit machte Ernesto eine Pause. Im Hof, ungefähr zehn Meter von dem Apfelbaum entfernt, öffnete er den Reißverschluss der Imkerhaube und klappte sie zurück. Er steckte sich eine Zigarette an und befühlte die Stiche. Eine kleine, rote Schwellung, in ein paar Stunden war alles wieder vorbei. Das war bei Melitta Schober nicht so gewesen. Sie hatte heftig auf den Bienenstich reagiert. Die Geschichte beschäftige ihn, selbst während er hier stand und den Bienen zusah, die verwirrt über dem Bienenstock hin und her zischten. Einige hatten sich am Flugloch versammelt und ließen ihre Flügel surren. Ein Zeichen dafür, dass die Königin gefangen war.

Vorsichtig streckte Betty, die alte Labradorhündin, ihren Kopf aus der Haustür. Als sie Ernesto in der Imkerjacke sah, drehte sie gleich wieder um. Sie hatte keine guten Erfahrungen mit Bienen gemacht. Ihr schwarzes Fell reizte die Insekten zum Angriff, und jedes Mal, wenn sie den Stöcken zu nahe kam, wurde sie gestochen.

Sonja war weniger scheu, auch wenn sie selbst nicht mit den Bienen arbeiten wollte. Sie sah Ernesto von der Töpferwerkstatt aus und gesellte sich zu ihm.

»Erledigt?«

»Ich hoffe. Wenn sie nicht wieder davonfliegen. Ich muss los. Die Beute lass ich bis heute Abend unter dem Baum.« Er zog seine Imkerjacke aus und legte sie über die Bank, die vor dem Haus stand. Sein Blick schweifte noch einmal zurück zu den Bienen. Die zogen ihre Kreise über dem Apfelbaum und der Beute, und es war nicht zu sagen, was von beiden sie bevorzugten. Oben an den Zweigen hatte sich wieder eine kleine Traube aus Insekten gebildet. Ernesto überlegte, ob er die Jacke noch einmal überstreifen und die Bienen einfangen sollte. Doch er ließ es bleiben. Die Königin war entweder eingefangen oder auch nicht. Er musste jetzt ein Interview mit Isolde Hartmann führen.

4

Sie trafen einander vor dem Bienenhaus in Maria Rain. Isolde Hartmann wartete bei der geschlossenen Tür. Die Arme vor der Brust verschränkt, ging sie auf und ab.

»Warum wollten Sie mich eigentlich noch einmal sprechen?«, fragte sie und machte ein paar Schritte in Richtung der Bienenstöcke. Ernesto folgte ihr und bald standen sie vor einem Ableger und beobachteten die Bienen am Flugloch. Es war alles ruhig, nur wenige Bienen verharrten auf dem Anflugbrett.

»Jetzt muss man mindestens vier Wochen warten«, sagte Isolde Hartmann. »Danach gibt es eine neue Königin.«

»Werden Sie sich um die Bienen kümmern?«

»Nein. Dazu verstehe ich zu wenig davon. Ich bin nur manchmal mitgegangen, auch wenn mich Bienen wirklich faszinieren. In der Theorie kann ich Ihnen fast alles darüber erzählen.«

»Haben Sie die Verletzung, an der Ihre Lebensgefährtin vermutlich gestorben ist, gesehen?«

»Als ich hier ankam, war Melitta noch nicht zugedeckt. Ich wollte ihr noch einmal ins Gesicht sehen, verstehen Sie?«

»Helmut Schober hat Sie gleich verständigt, als er die Tote gefunden hat?«

»Sofort, unmittelbar, nachdem er den Notarzt gerufen hat. Ich bin vielleicht eine halbe Stunde später angekommen. Ich wollte gerade in das Bienenhaus gehen, aber in diesem Moment war der Notarzt schon hier, und es war ein Riesendurcheinander. Ich bin zuerst gar nicht in die Hütte hineingekommen, konnte Melitta nur aus der Ferne sehen.« Sie erzählte, wie die Rettungssanitäter herumstanden und warteten, wie die Polizei auftauchte und versuchte, sie und Melittas Vater vom Bienenhaus fernzuhalten. Der ganze Hof war voller Fahrzeuge.

»Ich bin irgendwann an den Sanitätern vorbei, habe die Polizei ignoriert, und wenigstens bis zur Treppe habe ich es geschafft. Von dort aus konnte ich sie sehen. Der Hals war ganz angeschwollen. Das war leicht zu erkennen. Ich erinnere mich auch noch, dass ihr Mund ein wenig offen stand. Jetzt bereue ich es, dass ich mich so vorgedrängt habe. Besser wäre es gewesen, wenn ich dieses Bild nicht in meinem Kopf hätte.«

»Warum hat Melittas Vater Zweifel an der Unfalltheorie?«, fragte Ernesto.

»Ich glaube, es geht vor allem um die Imkerjacke. Melitta hatte die Jacke nicht an, was nahelegt, dass sie ohne Jacke zu den Bienen gegangen ist.«

»Und ist das so ungewöhnlich?«

»Absolut, das hätte sie niemals gemacht. Es wäre zumindest das erste Mal gewesen. Sie wurde so gut wie nie gestochen. Einerseits, weil sie sehr vorsichtig war, und andererseits, weil sie immer eine Jacke und einen Schleier trug.«

»Aber wie soll es sonst passiert sein? Wenn es kein Unfall war, wie ihr Vater behauptet, muss es …« Ernesto vollendete den Satz nicht, weil ihm nichts einfiel, wie Melitta Schober zu dieser

Schwellung am Hals gekommen sein könnte. »Wann ist die Kriminalpolizei aufgetaucht?«

»Die haben nicht lange auf sich warten lassen.«

Major Steinkellner war schnell vor Ort. Er befragte den Notarzt und den Vater, und danach wandte er sich auch an Isolde Hartmann. Sie hatte ihm auf seine Fragen geantwortet, wusste jetzt aber kaum mehr, worum es gegangen war. Der Auftritt des Majors dauerte nur kurz. Zum Schluss sprach er noch einmal mit dem Notarzt, schüttelte den Kopf, stieg in seinen Wagen und fuhr davon.

»Es hatte nicht den Anschein, als ob er die Sache besonders ernst nimmt«, sagte Isolde Hartmann.

5

Als Ernesto das Gespräch mit Isolde Hartmann beendete, fiel ihm wieder der Zettel ein, der im Bienenhaus gefunden worden war. Darauf stand ein »I« und eine Uhrzeit. Helmut Schober hatte eine Ahnung gehabt, wer damit gemeint gewesen sein könnte, und Ernesto fragte Isolde Hartmann jetzt danach.

»Der Lorenz Theuersberger«, sagte Isolde. »Der wohnt hier ganz in der Nähe. Wenn Sie Glück haben, ist er um diese Zeit sogar zu Hause.«

Mit heruntergelassenen Fensterscheiben fuhr Ernesto die Straße entlang, von draußen wehte warme Luft herein, spielte um sein Gesicht und trug den Duft von Blüten mit sich. Für ein paar Momente dachte Ernesto nicht an die Tote, sondern an den Frühling und die Arbeiten, die bei den Bienen bevorstanden. Er musste nach dem eingefangenen Schwarm sehen und ihm Futtersirup geben, und die anderen Stöcke musste er noch einmal nach Königinnenzellen durchsuchen und vielleicht noch einen Ableger bilden.

Ein geschotterter Weg führte zum Bauernhof. Das Tor zu einer großen Halle stand offen. Dort stapelten sich Bienenbeuten in Gelb und Rot und Blau, sorgfältig getrennt nach Zargen, Böden und Deckeln. Als Ernesto den Wagen abstellte, schoss ein Hund aus der Halle hervor und sprang an der Seitentür hoch. Hechelnd drückte er seine Schnauze gegen das Glas.

»Ist ja schon gut«, sagte Ernesto.

Der Hund rannte um das Auto herum und wedelte mit dem Schwanz. Ernesto streckte die Hand aus und fuhr dem Tier über den Kopf, streichelte es zwischen den Ohren.

»Wo ist denn dein Herrchen?«, fragte Ernesto und ging auf die Scheune zu. »Herr Theuersberger?«

Es kam keine Antwort, also drang Ernesto noch ein Stück weiter vor. Dort fand er Theuersberger. Er war damit beschäftigt, Rähmchen in die Zargen zu schlichten.

Ernesto stellte sich vor, und der Hund umkreiste ihn, stupste ihn mit der Schnauze an.

»Sie kommen von der Zeitung? Ich weiß nicht, was ich Ihnen sagen soll«, meinte Theuersberger.

»Wenn Sie Melitta Schober am Tag ihres Todes getroffen haben, waren Sie möglicherweise der Letzte, der sie lebend gesehen hat.«

»Es tut mir leid, was passiert ist. Kann man sich gar nicht vorstellen«, sagte Theuersberger. »Ich bin, glaube ich, so um halb zwölf wieder gegangen. Da war sie am Leben, das kann ich beschwören.«

»Warum haben Sie Melitta Schober an diesem Vormittag besucht? Gab es einen besonderen Grund dafür?«

»Das kann man wohl sagen. Es war wegen dieser verdammten Pestizide.« Theuersberger deutete mit dem Arm in Richtung Ausgang. »Bis hierher zu meinem Haus ist das Gift noch nicht gekommen. Es hat nur die Bienen oben am Acker erwischt. Ein paar von den Stöcken gehören Melitta und ein paar gehören mir.

Die sind alle eingegangen. Wir wollten darüber reden, was wir unternehmen sollen.«

Vor drei Wochen hatte es die ersten Anzeichen gegeben. Bienen waren torkelnd auf den Flugbrettern herumgeirrt. Sie schlugen verzweifelt mit den Flügeln, waren orientierungslos und krümmten sich. Ein Zeichen dafür, dass sie Insektengift abbekommen hatten.

In den folgenden Tagen häuften sich die toten Bienen vor den Fluglöchern. Es bildeten sich Klumpen, und es wurden immer mehr. Wenn man sie mit dem Handbesen abkehrte, dauerte es nur Stunden, und schon wieder fand man tote Arbeiterinnen. Sie starben schnell, und bald waren die Waben verlassen und der Stock leer. Sie hatten sich totgeflogen.

Eigentlich hätten die Stöcke zu dieser Zeit vor Leben summen müssen. Bei Sonnenschein drängten die Bienen jetzt ins Freie und sammelten Nektar von den Feldern und Bäumen ringsum. In diesem Frühling verstummten sie aber allmählich. Von Tag zu Tag wurden es weniger Bienen.

So etwas konnte viele Ursachen haben. Deshalb hatten sie Bienen eingesammelt und eingefroren. Sie hatten die zuständigen Stellen informiert, und die waren mit einem Sachverständigen angerückt. Sogar die Polizei war gekommen. Dreißig Stöcke waren verloren. Der Sachverständige hatte weitere Proben genommen, Fotos geschossen und sich die Umgebung angesehen.

Wenn es eine Vergiftung gegeben hatte, war vermutlich das Rapsfeld ganz in der Nähe die Ursache. Ohne weitere Analyse konnte man es aber nicht sagen. Also nahm der Sachverständige auch hier Proben und packte alles ein, um es ans Labor zu schicken. Die Ergebnisse waren am Vortag ihres Treffens gekommen, und so hatten sie miteinander telefoniert und ein Gespräch vereinbart.

»Das ist die Geschichte«, sagte Theuersberger. »Dreißig verlorene Stöcke, und das wollte weder sie noch ich hinnehmen.«

»Was stand in dem Laborbericht?«, fragte Ernesto.

»Der Raps wurde mit Insektiziden behandelt. Aber ob es einen direkten Zusammenhang zum Tod der Bienen gibt, will das Labor nicht bestätigen.«

»Das wollen sie nicht, weil sie es nicht können oder weil sie die Folgen fürchten?«, setzte Ernesto nach.

»Sie wissen, wie das ist. Die Analyse ergibt kein hundertprozentig sicheres Ergebnis, also kann man die Werte nicht verwenden. Aber ich bin mir sicher, wer dafür verantwortlich ist. Es kann nur der Ogris sein. Das ist sein Rapsfeld, und weit und breit gibt es sonst niemanden.«

und etwas zu essen bestellt. Und als sie so dasaß, hatte sie die Idee, sie könnte doch noch zum Friseur gehen, bevor sie nach Hause zurückkehrte.

Später kaufte sie ein Buch, einen Roman, von dem sie wusste, dass Melitta ihn lesen wollte, und zum Schluss war sie noch in die Praxis gefahren, ein bisschen Papierkram erledigen. Dort erreichte sie der Anruf von Helmut Schober, und sie hatte alles liegen und stehen gelassen, um auf den Hof zu kommen.

»Das ist die ganze Geschichte«, sagte Isolde Hartmann, nahm einen letzten Zug von ihrer Zigarette und dämpfte sie an den Stufen des Bienenhauses aus. »Das habe ich auch schon diesem Major erzählt. Er wollte alles ganz genau wissen, so als ob ich ein Alibi brauchen würde. Das ist doch lächerlich.«

»Ich würde sagen, wenn er solche Fragen zu stellen beginnt, nimmt er die Sache langsam ernst, oder sind Sie nicht der Meinung, dass hier etwas überaus merkwürdig ist?«

»Merkwürdig?«

»Als Medizinerin, erscheinen Ihnen die Todesumstände nicht auch seltsam?«

»Mir kommt im Moment alles sehr eigenartig vor. Es ist mir, als würde ich in einen Nebel eintauchen, und in diesem Nebel kann ich weder sehen noch denken.«

5

Major Horst Steinkellner kam über den Hof auf sein Auto zu. Als er Ernesto sah, blieb er kurz stehen und änderte die Richtung. Sie trafen einander in der Mitte, und Steinkellner schüttelte den Kopf.

»Dass ich Sie hier treffe, damit hätte ich eigentlich rechnen sollen«, sagte er. »Aber es gibt nichts, was Sie schreiben könnten, Valenti.«

»Sie ermitteln, das ist eine Neuigkeit, und damit ist es eine Geschichte«, sagte Ernesto. »Was glauben Sie, was ist wirklich passiert?«

Steinkellner zuckte mit den Schultern. »Ehrlich gesagt, bin ich mir nicht einmal sicher, ob ein Verbrechen vorliegt. Die Biene könnte sonst wie in ihren Mund gekommen sein.«

»Aber sie führen Befragungen durch. Wie ich annehme, haben Sie gerade den Vater interviewt.«

»Der redet wie ein Wasserfall«, sagte Steinkellner. »Keine Ahnung, aber er reitet darauf herum, dass es kein Unfall gewesen sein kann. Warum ist er sich so sicher? Weil er selbst etwas mit dem Tod seiner Tochter zu tun hat? Oder weil er etwas weiß, das er nicht erzählt?«

»Hat er ein Alibi?«

»Noch nicht überprüft, aber das sollte kein großes Problem sein. Er sagt, er hat gearbeitet und seine Schicht ging von acht Uhr morgens bis fünfzehn Uhr, dann ist er nach Hause gefahren. Seine Tochter hat er aber erst gegen siebzehn Uhr gesucht und gefunden.«

»Sie wollen herausfinden, wer am Tatort gewesen sein könnte?«

»Am möglichen Tatort«, sagte Steinkellner.

»Haben Sie mit Havlicek darüber geredet?«

»Der hat die Sache doch erst ins Rollen gebracht. Und Sie sind ganz seiner Meinung?«

»Ich habe keine Ahnung«, sagte Ernesto. »Aber die Frage, wie die Biene in den Rachenraum gekommen ist, sollte man unbedingt klären, bevor man den Fall zu den Akten legt.«

»Wir arbeiten daran, und ich kann Sie nur bitten, sich nicht einzumischen. Aber diese Bitte ist wie immer vergeblich, wenn Sie schon hier stehen und mit den Leuten reden.«

5. Kapitel

1

Regen setzte ein. Ernesto beobachtete die fallenden Tropfen durch die geöffnete Redaktionstür. Außer ihm war am Nachmittag niemand mehr im Regionalbüro der Kärntner Tagespost in Wolfsberg, und auch er hätte längst Schluss machen können. Seit über einer Stunde durchsuchte er die sozialen Medien nach Melitta Schober, und er hatte jede Menge Meldungen und Postings gefunden. Es waren viele Beileidsbekundungen dabei. Der Landesverband für Bienenzucht hatte eine Traueranzeige auf seine Homepage gestellt. Dort war unter anderem auch aufgeführt, dass sie als Referentin für Imkerkurse gearbeitet hatte.

Ernesto rief beim Landesverband an und erwischte eine Sekretärin. Die verband ihn mit einem Vorstandsmitglied. Der Mann war für die Öffentlichkeitsarbeit zuständig. Er erzählte Ernesto, was er über Melitta Schober wusste. Sie trat schon als Mädchen dem Verband bei. Mit vierzehn besuchte sie ihren ersten Imkerkurs. Zu dieser Zeit hatte sie seit zwei Jahren ihre eigenen Bienenstöcke.

Er habe sie selbst unterrichtet, daran könne er sich ganz genau erinnern. Noch während ihrer Zeit an der Oberstufe hatte sie den Kurs für die Facharbeiterausbildung angefangen und auch abgeschlossen, und damals hatte sie auch damit begonnen, selbst Königinnen zu züchten.

Während der Mann redete, versuchte Ernesto, sich Melitta Schober als Mädchen vorzustellen. Wenn sie am Nachmittag von der Schule kam, besuchte sie ihre Bienen. Wie selbstverständlich es für sie gewesen sein muss, die Stöcke zu kontrollieren, abzuschätzen, wie es den Bienen ging, ob der Honig schon reif war für die Ernte und die vielen anderen Dinge, die man im Jahreslauf zu beachten hatte. Es war ihr so zur Gewohnheit geworden, dass sie nicht mehr darüber nachdachte. So erschien sie ihm in der Erzählung dieses Mannes, der mit der Fassung kämpfte und nun zu weinen begann. Dass jemand so jung sterben musste, war nicht gerecht, schon gar nicht, wenn er so talentiert und klug war wie Melitta.

Nachdem er das Telefonat beendet hatte, überflog Ernesto seine Notizen. Langsam formte sich eine bestimmte Geschichte aus den Informationen, die er über Melitta Schober zusammengetragen hatte.

Melitta Schober war eine junge Frau, die ganz genau wusste, was sie wollte. Auch auf ihren Social-Media-Profilen erweckte sie diesen Eindruck. Viele Fotos zeigten sie bei den Bienen oder manchmal auch mit einer Honigwabe. Daneben fand Ernesto viele Schnappschüsse von der Arbeit am Hof. Nur manchmal war etwas anderes zu sehen. Ein Foto von ihr und Isolde Hartmann, beide lächelten in die Kamera. Sie waren auf einem Ausflug in Italien.

Besonders kurios erschien ihm eine Nachricht aus einer Bezirkszeitung. Der Artikel war acht Jahre alt und auf dem Foto war Melitta Schober im Dirndl und mit einem Diadem auf dem Kopf zu sehen. Sie stand auf einer Bühne und lächelte. Um die Schulter trug sie eine Schärpe, auf der stand: »Kärntner Bienenkönigin«. Der Text berichtete davon, dass Melitta Schober beim Honigfest in Ferlach zur neuen Bienenkönigin gewählt worden war. Ihre Aufgabe für das kommende Jahr bestand darin, Botschafterin für Bienen und Honig in ganz Kärnten zu sein.

Die Suche in den sozialen Medien war nur mäßig erfolgreich. Ernesto lehnte sich zurück und scrollte durch die Postings in die Vergangenheit. Irgendwann wiederholten sich die Bilder, weil Melitta Schober Erinnerungen noch einmal geteilt hatte. Aber das interessierte Ernesto nicht besonders. Im Grunde wollte er etwas finden, das aus dem Üblichen herausstach.

Vor der geöffneten Tür strömte der Regen auf die Straße, wurde lauter und lauter. Ernesto erhob sich und trat hinaus unter die Dachtraufe. Die Regentropfen spritzten vom Asphalt hoch und benetzten seine Hosen. Es roch nach nasser Erde und Laub, und Ernesto blieb eine Weile stehen. Erst als ein Wagen durch die Straße kam und das Wasser aufwühlte, ging er zurück ins Büro.

2

Noch einmal setzte sich Ernesto zum Computer und gab den Namen Melitta Schober in die Suchmaske ein. Diesmal suchte er nach Bildern von ihr und fand zunächst kaum etwas anderes als auf ihren Social Media Accounts. Aber nach einiger Zeit stieß er auf ein Foto, das nicht zu den anderen passte. Melitta Schober war mit einem Transparent abgebildet. Darauf stand mit Sprühfarbe in krakeliger Schrift geschrieben: »Gegen den Bienentod!« Darunter ein Schild mit der Aufschrift: »Stoppt den Einsatz von Pestiziden!«

Als Ernesto das Bild anklickte kam er zu einem Artikel der Kärntner Tagespost von vor zwei Jahren.

Aktivistin kurzzeitig festgenommen

Bei einer Kundgebung gegen die Verwendung von Pestiziden wurde die Aktivistin Melitta S. von der Polizei verhaftet.

Am Montag kam es auf dem Hof eines Landwirtes in Maria Rain zu einem Zwischenfall mit Umweltaktivisten. Gegen sechs Uhr morgens, als der Bauer mit seinem Traktor aufs Feld fahren wollte, um Pestizide auszubringen, stürmten mehrere Aktivisten den Bauernhof und verhinderten die Ausfahrt, indem sie den Traktor in Beschlag nahmen und sich daran anketteten.

Der Landwirt Werner O. sah keinen anderen Ausweg, und rief die

Polizei. Als die Beamten eintrafen, hielten die Aktivisten den Traktor immer noch besetzt. Die jungen Männer und Frauen entfernten sich aber freiwillig, als sie von der Polizei dazu aufgefordert wurden. Nur Melitta S. weigerte sich und wurde festgenommen.

Gefunden hatte Ernesto das Bild, weil in einem Kommentar unter dem Artikel Melitta Schobers voller Name erwähnt wurde. Ein Leser hatte geschrieben: »Eine ganz mutige Aktion unserer lieben Melitta Schober. Immer weiter so.«

Ernesto durchforstete das Archiv der Kärntner Tagespost. Dort tauchten noch ein paar weitere Artikel im Zusammenhang mit der Besetzung des Traktors auf.

Der erste berichtete darüber, dass gegen die Aktivisten Anklage wegen Hausfriedensbruch, Besitzstörung und Sachbeschädigung erhoben wurde.

Aktivisten stehen vor Gericht

Gegen Melitta S. und ihre Mitangeklagten wird heute der Prozess am Landesgericht Klagenfurt eröffnet.

Wegen der Besetzung eines Traktors am Grundstück des Landwirtes Werner O. beginnt heute das Verfahren gegen fünf Beteiligte. Im vergangenen Mai, so die Staatsanwaltschaft, schlichen sich die Angeklagten auf das Grundstück des Landwirtes Werner O. und ketteten sich an seinen Traktor. Mit Bannern und Schildern machten sie darauf aufmerksam, dass der Landwirt Pestizide ausbringe, die vor allem für Bienen schädlich sein sollen. Die Anführerin der Demonstranten, Melitta S., beschuldigt den Landwirt, etliche ihrer Bienenvölker mit seinen Spritzmitteln getötet zu haben. Sie kündigt an, Gegenklage zu erheben.

Die Angeklagten zeigten sich in allen Punkten geständig, brachten aber als mildernden Umstand ein, dass ihrer Meinung nach Gefahr im Verzug gewesen war, und sie nur mit äußerster Not den Einsatz der Pestizide verhindern konnten.

Der Richter sah in den angeführten Einwänden keine Milderungsgründe. Sehr wohl sei aber im Urteil zu berücksichtigen, dass die Angeklagten allesamt unbescholten sind. Nach einstündiger Verhandlung wurden die Angeklagten zu Geldstrafen verurteilt.

Ernesto versuchte herauszufinden, ob Melitta Schober tatsächlich eine Gegenklage eingereicht hatte, fand dazu aber nichts im Zeitungsarchiv. Dafür tauchten weitere Artikel mit ihr auf. In einem wurde ein Vortrag von ihr angekündigt. Es ging darin um die Geschichte der Carnica-Biene und ihre Erhaltenswürdigkeit. Ein Foto zu einem anderen Artikel zeigte sie wieder einmal vor ihren Bienenstöcken. Sie trug einen Schleier und war daher nur schlecht zu erkennen.

Kärntner Aktivistin gegen Pestizide

Die bekannte Imkerin Melitta Schober startet eine Petition gegen den Einsatz von Pestiziden.

»Pestizide sind für den Tod tausender Bienenvölker verantwortlich«, begründet Melitta Schober ihre Initiative. »Wir wollen ein EU-weites Verbot dieser Giftstoffe erreichen, damit unsere Bienen, aber auch alle anderen Insekten vor den Auswirkungen von Pestiziden geschützt sind. Es ist eine Überlebensfrage. Nur wenn wir es schaffen, die Landwirtschaft ohne diese Gifte zu betreiben, werden wir in Zukunft gesunde Lebensmittel produzieren können. Wir vergiften nicht nur die Umwelt, sondern auch uns selbst«, erklärt Melitta Schober ihre Beweggründe.

Die Petition liegt nun österreichweit auf und kann online unterschrieben werden. Ziel der Unterschriftenaktion ist es, ein höheres Bewusstsein für Umweltfragen zu erreichen. Nach Ablauf der Frist wird die Unterschriftenliste sowohl an die Bundesregierung als auch an das EU-Parlament überreicht.

3

Mittlerweile hatte der Regen beinahe aufgehört, und Ernesto kam trocken von der Redaktion zu seinem Wagen, der beim alten Kino parkte. Der Boden dampfte, und feiner Nebel machte sich breit. Die Wischer fuhren zwei-, dreimal über die Scheiben, und die Tropfen verschwanden. Als er den Wagen startete, schaltete Ernesto die Klimaanlage ein, und bald wehte ein kühler Lufthauch aus den Lüftungsschlitzen.

Eigentlich hatte Ernesto für heute genug. Der Spur mit den Pestiziden und dem Hausfriedensbruch bei diesem Werner O. konnte er auch morgen noch nachgehen. Er bog auf die Autobahn ein und stellte die Musik lauter. Je weiter er nach Süden fuhr, desto heftiger wurde der Regen wieder. Die roten Rücklichter verschwammen im herabstürzenden Wasser, und die Scheibenwischer legten einen Gang zu. Zwischendurch überlegte Ernesto, ob er nicht auf den Pannenstreifen fahren und das Schlimmste abwarten sollte. Aber er fuhr weiter. Als er von der Autobahn abfuhr, klackte das erste Hagelkorn gegen die Karosserie des Wagens.

Zuerst nur vereinzelt, bald immer schneller kamen die Hagelkörner, zerplatzten, wenn sie auf der Windschutzscheibe auftrafen und rutschten das Glas entlang nach unten. Der Regen schien derweilen etwas abzuklingen, doch der Hagel wurde immer heftiger. Als Ernesto in die Einfahrt bog, prasselte es so stark, dass er stehen blieb und gar nicht ausstieg. Die Luft war weiß, und auf dem Boden sammelten sich erste Haufen. Der Lärm dröhnte im Inneren des Autos. Ernesto riss die Tür auf, und schon erwischte ihn das erste Hagelkorn. Er bückte sich und lief, aber lange bevor er den Eingang erreicht hatte, waren sein Haar und sein T-Shirt nass. Die Kälte kroch ihm über den Nacken, und er nahm dankbar das Handtuch an, das ihm Sonja reichte, sobald er die Tür hinter sich geschlossen hatte.

Noch während er sich das Haar abtrocknete, wurde draußen der Hagelschlag kräftiger. Die Hagelkörner schossen durch den Kirschbaum und zerrissen die Blätter, schlugen auf die Früchte und pflückten sie von den Zweigen. Ernesto wollte sich gar nicht vorstellen, was der Hagel mit dem Rest des Gartens anstellte. Immer mehr Hagelschloßen sammelten sich in der Einfahrt, bildeten eine weiße Schicht wie aus grobkörnigem Schnee.

Als der Sturm nachließ, öffnete Ernesto vorsichtig die Haustür. Auf der Matte und in den Arbeitsschuhen, die dort standen, türmten sich Hagelkörner und alles war vom Regen durchnässt. Es war rutschig wie auf einer Eisplatte und Ernesto hatte Mühe, bis zur Töpferwerkstatt zu kommen. Dort hatte das Wasser durch die Tür ins Innere gedrückt.

Immer noch regnete es, aber nicht mehr allzu stark. In feinen Schnüren, so schien es, fielen die Tropfen aus einem immer lichter werdenden Himmel. Die Wolken wanderten Richtung Süden, und dort konnte Ernesto noch die Dunkelheit des Gewitters sehen, wie sie sich über der Ebene ballte und vor den Bergen zurückwich. Ernesto kontrollierte den Bienenstand. Dort war alles in Ordnung. Bei den Ziegen und Schafen war weiter auch nicht Schlimmes geschehen, nur ein älteres Schaf hatte es nicht rechtzeitig unters Dach geschafft und triefte jetzt vor Nässe und blökte mitleiderregend, als es Ernesto bemerkte.

4

Am nächsten Tag saß Ernesto in der Redaktion in Klagenfurt und sah sich die Meldungen der Freiwilligen Feuerwehren und der Polizei an. Der Hagelsturm war vom Klagenfurter Becken über das Rosental bis ins Jauntal gezogen und hatte Bäume umgeworfen, Bäche über die Ufer treten lassen und in der Landwirtschaft großen Schaden angerichtet. Mit dem zerschossenen Rhabarber und den zerstörten Kirschen waren Sonja und Ernesto noch glimpflich davongekommen.

Im Rosental hatte der Sturm besonders gewütet, hatte mit umstürzenden Bäumen Stromleitungen gekappt und in Maria Rain war die Energieversorgung noch nicht wiederhergestellt. Etwa dreihundert Haushalte warteten darauf, dass der Strom wieder anging. Für diese Region war Ernesto nicht zuständig, also wandte er sich den Meldungen aus dem Jauntal zu und schrieb eine Aufmachergeschichte über die Feuerwehren, die beinahe die ganze Nacht im Einsatz gestanden hatten. Er notierte sich einige Daten aus den Einsatzberichten für die Ausgabe von übermorgen, in der er einen Artikel über die Schäden in der Landwirtschaft bringen wollte.

»Gibt es im Fall Schober schon etwas Neues?«, fragte Winfried Auer im Vorbeigehen.

»Nichts, was einen Artikel hergibt«, antwortete Ernesto. »Die Kriminalpolizei lässt sich ein bisschen gar viel Zeit. Aber ich werde heute nachhaken und sehen, ob Steinkellner schon eine Spur hat.«

»Und du, ist dir etwas aufgefallen?«

»Sie hatte eine Fehde mit einem Bauern, ganz in der Nähe ihres Hofes. So wie ich es verstanden habe, grenzen die Grundstücke direkt aneinander.«

»Das ist doch ein Anfang«, und schon war Auer wieder weg.

Noch einmal überflog Ernesto seinen Artikel für die morgige Ausgabe. Er überlegte, ob er Steinkellner anrufen sollte, hatte das Mobiltelefon schon in der Hand und legte es wieder hin. Zuerst wollte er diesen Bauern ausfindig machen und mit ihm reden. Vielleicht brachte ihn das weiter.

Im Moment wusste er aber noch nicht einmal mit Sicherheit, wie der Bauer hieß. Ein gewisser Werner O. Bei seinem Gespräch mit Lorenz Theuersberger war der Name Ogris gefallen. Das war der Bauer, den sie für den Tod ihrer Bienen verantwortlich machten. Eine Suche im Internet ergab einige Treffer. Der Name war weit verbreitet, aber Ernesto fand bald einen Landwirt mit Namen Ogris aus Maria Rain und eine Telefonnummer.

Das Telefon klingelte, aber es ging niemand ran. Dann kam die Mobilbox, und Ernesto sprach eine kurze Nachricht, in der er erklärte, wer er war, und dass er mit Ogris reden wollte. Aber Ernesto hatte keine Lust zu warten. Er brach auf, um nach Maria Rain zu fahren.

Als er auf Ogris' Hof ankam, schienen die Gebäude verlassen. Ernesto ging zum Wohnhaus und läutete. Eine Frau öffnete ihm, und er fragte nach Werner Ogris. Das sei ihr Mann, antwortete sie, und Ernesto könne hier gerne auf ihn warten, denn er müsse jeden Moment vom Feld zurückkommen. Sie bot ihm einen Kaffee an, aber Ernesto kam gar nicht dazu, mehr als einen Schluck aus der Tasse zu nehmen, als Ogris durch die Tür trat und den Schlüssel seines Traktors auf den Tisch scheppern ließ.

»Es ist noch ein Glück, dass wir versichert sind«, sagte er und setzte sich. »Sind Sie von der Versicherung?«, sprach er Ernesto an. »Das ist aber schnell gegangen.«

Ernesto schüttelte den Kopf und stellte sich vor.

»Schreiben Sie über den Hagelschlag? Das sollten Sie. Haben Sie gesehen, was das Wetter angerichtet hat? Nein? Schauen wir uns das doch gemeinsam an.«

Ernesto wollte erklären, dass er wegen Melitta Schober gekommen war, aber da war Ogris schon aufgestanden und hatte sich die Schlüssel wieder geschnappt. »Gehen wir«, sagte er noch einmal und sah sich zu Ernesto um.

Sie fuhren ein kurzes Stück einen Feldweg entlang, Ernesto hinter dem Fahrersitz des Traktors eingeklemmt. Bald hielt Ogris, öffnete die Tür und zeigte mit ausladender Geste auf die Felder. »Das hier ist alles vernichtet«, sagte er.

Rundum lag der Raps platt auf der Erde. Das Feld reichte weit bis zu einem Waldsaum im Süden, und es schien, als stünde keine einzige Pflanze mehr. In der Nähe konnte Ernesto sehen, wie der Hagel gewütet hatte. Die Blüten abgeschlagen, die Stängel zerrissen und niedergedrückt. So war keine Ernte mehr möglich.

»Ein Totalausfall«, sagte Ogris. »Wollen Sie keine Fotos machen für die Zeitung?«

»Ich bin nicht wegen des Hagels hier«, sagte Ernesto. »Aber es ist eine interessante Geschichte.«

»Worum geht es sonst?«

»Um Melitta Schober.«

»Das ist eine tragische Sache«, sagte Ogris.

»Sie kannten sie näher?«

Ogris lachte. »Das kann man so sagen. Wenn Sie hier sind und diese Fragen stellen, wissen Sie sicher schon, dass wir eine kleine Auseinandersetzung hatten.«

»Sie haben sogar einmal die Polizei geholt, um Melitta Schober von Ihrem Grundstück zu entfernen.«

»Einmal? Einmal ist es in der Zeitung gestanden, und einmal habe ich es angezeigt, weil es echt nicht mehr anders gegangen ist. In Wirklichkeit war sie ständig hier und hat sich beschwert. Die Pestizide würden ihre Bienen umbringen. Dabei habe ich extra wegen ihr immer nur in der Nacht gespritzt, wirklich, ich war sehr vorsichtig. Ich habe Rücksicht genommen. Irgendwann war es trotzdem zu viel. Wie sie sich an den Traktor gekettet hat.«

»Damals haben Sie sie angezeigt?«

»Ja, obwohl sie zu dieser Zeit mit meinem Sohn zusammen war. Das konnte ich nicht mehr ertragen.«

Ogris erzählte von der Aktion. Melitta Schober hatte sich mit einem Vorhängeschloss an den Kühler des Traktors gekettet und trat mit den Füßen, wenn man sich ihr näherte. Erst als die Polizei kam, gab sie ihren Widerstand auf und ließ sich losmachen. An diesem Tag war Werner Ogris' Geduld erschöpft.

»Heute tut es mir leid, nicht nur, weil sie gestorben ist. Das ist wirklich schlimm. Man kann sich das gar nicht vorstellen, dass sie nie wieder hier auftauchen und sich aufregen wird.«

»Sie hatten gerade wieder Streit mit Melitta Schober? Es ging um dreißig tote Bienenstöcke bei Ihrer Grundstücksgrenze.«

»Dafür kann ich nichts, und das habe ich ihr auch gesagt. Der Acker wurde in der Nacht gespritzt, das hat die Bienen nicht umgebracht.«

»Aber Melitta Schober hat das behauptet.«

»Es gibt keine Beweise. Sie hat gesagt, sie hätte Proben ans Labor geschickt, aber noch kein Ergebnis erhalten, so lange wollten wir die Sache ruhen lassen.«

5

Auf dem Rückweg schaute Ernesto beim Hof von Helmut Schober vorbei.

Er fand ihn und Isolde Hartmann auf der Bank vor dem Haus. Sie saßen dort und tranken Apfelsaft, Isolde Hartmann rauchte eine Zigarette. Sie stand auf, als sie Ernesto sah, und ging ein paar Schritte auf ihn zu.

»Die Polizei war heute schon hier«, sagte sie und bot Ernesto einen Platz an. »Dieser Major Steinkellner hat uns beide ganz genau befragt und Melittas Sachen mitgenommen. Ihren Laptop und Unterlagen aus ihrem Büro. Das Handy ist immer noch nicht aufgetaucht.«

Ernesto setzte sich und ließ Isolde Hartmann weitererzählen. Die Spurensicherung wollte sich auch die Bienenstöcke und das Wohnhaus vornehmen, möglicherweise würde man dort noch etwas von Wichtigkeit finden. Isolde Hartmann konnte sich das zwar nicht vorstellen, aber ihr war alles recht, nur schnell sollte es gehen.

»Jetzt sieht die Polizei ein, dass etwas nicht stimmt«, meldete sich Helmut Schober. »Dieser Kommissar hat gesagt, er wird uns Bescheid geben, wenn sich etwas Neues ergibt.«

»So lange werde ich nicht warten«, meinte Ernesto.

»Wir sitzen hier schon die ganze Zeit, und ich sollte langsam aufbrechen, um meine Abendordination vorzubereiten«, sagte Isolde Hartmann. »Ich muss mich wirklich beeilen.« Sie reichte Ernesto die Hand. »Ich glaube nicht, dass die Polizei die Sache ernst nimmt. Aber wir werden ja sehen.«

Ernesto und Helmut Schober blieben allein zurück. Sie schwiegen für einen Moment, dann klopfte sich Helmut Schober auf die Schenkel. »Ich muss zu den Bienen«, sagte er. »Auch wenn es ein Trauerspiel ist. Haben Sie das mitbekommen mit dem Hagel?«

Der Sturm hatte die Bienenbeuten schwer getroffen und einige von ihnen abgedeckt. Regen war eingedrungen und hatte die Bienen getötet. Für sie gab es keine Rettung mehr. Die anderen Stöcke hatten das Unwetter gut überstanden, aber es war dennoch eine Katastrophe. Der ganze Raps war zerschlagen und kaputt. Keine einzige Blüte hatte überlebt. Die Bienen würden in den nächsten Wochen kaum noch Nektar finden.

»Es wird keinen Frühlingshonig geben. Das ist ein Jammer«, sagte Helmut Schober und verabschiedete sich von Ernesto.

6. Kapitel

1

Auf seinem Weg vom Schreibtisch hinauf auf das Dach der Kärntner Tagespost kam Ernesto an der Kulturredaktion vorbei. Čertov sah hinter seinem Schreibtisch auf und winkte ihm zu. Also bahnte sich Ernesto einen Weg durch die Stapel aus Büchern, die hier auf dem Boden lagen. Er hatte den Eindruck, dass der Durchgang von Monat zu Monat enger wurde. Čertov schien das nicht zu stören.

»Setz dich«, sagte Čertov, als Ernesto an seinen Schreibtisch herangetreten war. Aber auf dem einzigen Sessel, der dort stand, türmte sich ein Stapel Papier.

»Stell ihn einfach auf den Boden«, sagte Čertov. »Irgendwann werde ich aufräumen müssen, aber nicht heute.« Er tippte noch etwas in die Tastatur und wandte sich Ernesto zu. »Du bist ein seltener Gast geworden. Hab dich schon ein paar Tage nicht mehr gesehen.«

»Ich glaube, es gibt einen neuen Mordfall.«

»Was heißt, du glaubst?«

»Es ist nicht ganz sicher, wie die junge Frau gestorben ist.« Ernesto erklärte ihm die Umstände. »Deshalb ermittelt die Polizei auch nur halbherzig.«

»Aber du hast schon etwas herausgefunden? Eine Imkerin. Glaubst du, da fällt eine Geschichte für mich ab? Du könntest etwas über die Bedeutung der Bienenzucht für die Kultur schreiben. Etwas über Bienenwachs und Honig. Ohne Bienenwachs hätte es keine Kerzen gegeben, und das Mittelalter wäre wirklich ein finsteres Zeitalter gewesen.«

Ernesto schüttelte den Kopf. »Deshalb bin ich nicht hergekommen«, sagte er. »Ich glaube, dafür habe ich keine Zeit.«

»Irgendetwas über Alltagskultur«, sagte Čertov. »Oder meinetwegen auch über die Mythologie. Wusstest du, dass Bienen in den antiken Sagen eine zentrale Rolle spielen? Sie haben Zeus beschützt, als er von seinem Vater gesucht wurde, der ihn auffressen wollte. Und vor allem, kennst du die Geschichte von Aristaios?«

»Noch nie gehört, aber du wirst mir gleich von ihm berichten.«

»Das werde ich«, meinte Čertov.

Aristaios war der Sohn des großen Gottes Apoll und der Nymphe Kyrene. Aufgezogen von den Nymphen, erlangte der Junge viele Fertigkeiten, die den Menschen damals noch fremd waren. Er wusste bald, wie man aus Oliven Öl pressen konnte, und er verstand, wie man Korn anbaut, erntet und zu Brot verarbeitet. Die geheimste Kunst, die ihm seine Erzieherinnen offenbarten, war aber die Bienenzucht.

Aristaios machte sich auf und zog durch Griechenland, reiste bis nach Sizilien und Sardinien, um sein Wissen zu verbreiten. Dort traf er wilde Stämme, denen er den Ackerbau, die Viehzucht und die Imkerei beibrachte.

In Thrakien traf Aristaios auf den Sänger Orpheus und seine Geliebte Eurydike. Als er Orpheus zum ersten Mal hörte, war er überwältigt von diesem Gesang, der die Bäume zum Tanzen brachte. Aber noch viel mehr faszinierte ihn Eurydike. Sie war eine Baumnymphe, die aus den Wäldern gekommen war, um Orpheus überallhin zu folgen. Aristaios war ihr sogleich verfallen, so sehr erregte ihn ihre Schönheit. Wie anmutig sie sich bewegte und wie leicht sie ihren Kopf senkte, wenn Orpheus die traurigen Töne spielte. Aristaios folgte dem Sänger und seiner Nymphe. So kamen sie von Dorf zu Dorf, und Orpheus schenkte den Menschen die Musik und Aristaios den Honig.

Im Herbst, als Orpheus' Musik allmählich leiser wurde und zum Winter hin verstummte, wuchs in Aristaios das Verlangen nach Eurydike, und er stellte ihr nach. Sie floh vor ihm über Wiesen und durch Wälder. Doch im Dickicht, in dem sie Schutz suchte, lag eine Schlange und biss Eurydike in den Knöchel.

Die Nymphe starb und trat den langen Gang in die Unterwelt an. Mit ihr starben auch alle Bienen, die Aristaios je eingefangen und den Menschen geschenkt hatte. In diesem Winter verschwanden die Bienen aus der Welt, und Aristaios war daran schuld.

»Aber er hat die Bienen wieder zurückbekommen«, sagte Ernesto.

»In Kummer versunken ging er zu seiner Mutter Kyrene und bat sie um Rat«, fuhr Čertov fort. »Er musste einen Stier opfern und eingraben, sodass nur mehr seine Hörner aus der Erde ragten. Aus dem Kadaver erhob sich ein Bienenschwarm.«

2

Während Ernesto bei Čertov gesessen hatte, war die Einladung zu einer Pressekonferenz der Staatsanwaltschaft eingetroffen. Staatsanwalt Auffenstein kündigte darin neue Erkenntnisse im Fall Melitta Schober an. Viel mehr stand hier nicht, und Ernesto konnte sich auch nicht vorstellen, worum es ging. Steinkellner und Auffenstein hatten doch sicher noch keine Verhaftung vorgenommen? Oder hatten sie etwas herausgefunden, das Ernesto entgangen war?

Auer rief Ernesto zu sich. »Hast du die E-Mail schon gesehen? Du gehst hin und berichtest mir umgehend, was es so Spannendes gibt, dass es eine Pressekonferenz rechtfertigt und es nicht einfach mit einer Aussendung getan ist«, sagte Auer. »Mach schon, verschwinde.«

Doch ganz so eilig war es nicht. Ernesto konnte gut zu Fuß aufbrechen und den Termin leicht einhalten. Es war ein lauer

Vormittag, also ließ er seine Jacke über dem Stuhl hängen und machte sich auf. Der Weg führte ihn in die Innenstadt, vorbei an aufgelassenen Geschäftslokalen. Die meisten hielten hier nicht lange durch. Die Konkurrenz der Einkaufszentren am Stadtrand war zu groß. Einzig ein paar Gasthäuser hatten überlebt.

Im Landesgericht musste Ernesto bei der Sicherheitskontrolle warten. Für die Geschichte mit Melitta Schober interessierten sich zwar nur eine Handvoll Journalisten, aber das Kamerateam eines Fernsehsenders war gerade eingetroffen, und die Beamten inspizierten die Ausrüstung. Endlich hatte man sie durchgeschleust. Ernesto leerte seine Taschen aus, legte das Mobiltelefon, die Geldtasche und den Autoschlüssel in eine Plastikschale und machte einen Schritt durch den Scanner. Er sammelte seine Sachen wieder ein und stieg hinauf in den zweiten Stock. Dabei ging ihm die Geschichte von Aristaios nicht aus dem Sinn. Čertov wollte damit sicher nur seine überragende Bildung beweisen. Sogar diesen zweit- oder drittrangigen Gott der griechischen Antike kannte er nicht nur beim Namen, er wusste sogar eine Geschichte über ihn zu erzählen. Aber das war es nicht, was Ernesto beschäftigte. Ohne es zu ahnen, hatte Čertov den Nagel auf den Kopf getroffen, zumindest, wenn es um die toten Bienen ging.

Die Tür zum Konferenzsaal stand offen, an der Wand klebte ein Zettel mit der Aufschrift »Pressekonferenz«, und die Leute vom Fernsehen waren auch schon da und positionierten ihre Kamera in der Mitte des Raumes.

Noch während der Kameramann sein Gerät einrichtete, öffnete sich die Tür an der hinteren Wand und Auffenstein und Major Horst Steinkellner traten ein. Die Gespräche verstummten, und die Journalisten suchten ihre Plätze. Ernesto setzte sich ganz vorne hin und legte sich den Notizblock auf die Knie.

Auffenstein wiederholte in der Einleitung, was die Behörden bis jetzt herausgefunden hatten. Es seien von Anfang an äußerst schwierige Ermittlungen gewesen. Zumal sich die Situation so dargestellt hatte, als handle es sich um einen Unfall. »Aber durch die hartnäckige Arbeit unserer Mitarbeiter konnte aufgedeckt werden, dass es Ungereimtheiten gibt«, sagte er und erklärte weitschweifig, dass man zunächst von einer natürlichen Todesursache ausgegangen war.

Doch nun hatte sich die Lage geändert. Es waren neue Hinweise aufgetaucht, die eine nähere Untersuchung des Leichnams und weitere Auswertungen der Spuren im Labor notwendig machten. »Wir können getrost behaupten, wir haben einen Durchbruch im Fall Melitta Schober erzielt«, sagte Auffenstein. »Nachdem eine Biene im Hals der Toten gefunden worden war, hat die Staatsanwaltschaft weitere und tiefergehende Untersuchungen angeordnet. Die Ergebnisse haben Zweifel über die Art und Weise des Todes von Melitta Schober geweckt. Wie es scheint, wurde die Biene im Rachenraum der Toten platziert, um von der eigentlichen Todesursache abzulenken.« Auffenstein räusperte sich und legte beide Hände auf den Tisch vor sich. »Wir haben es also mit einem überaus eigenartigen Verbrechen zu tun.«

Aufgrund dieser Indizien veranlasste die Staatsanwaltschaft weitergehende Nachforschungen. Die Leiche wurde noch einmal obduziert, Gewebe- und Blutproben wurden im Labor eingehend untersucht.

»Unser Augenmerk liegt auf Fremdstoffen, die die Schwellung im Halsbereich ausgelöst haben könnten«, erläuterte Auffenstein. »Das Labor hat nach vielen möglichen Giften gesucht, und unsere Chemiker sind fündig geworden. Melitta Schober hatte eine ungewöhnlich hohe Menge Apitoxin, also Bienengift, im Blut, viel mehr, als es bei einem einzelnen Bienenstich der Fall sein könnte.«

3

Melitta Schober war also an einer Vergiftung gestorben. Die normale Menge an Gift, die eine Biene bei einem Stich abgibt, liegt unter 0,1 mg. Eine verschwindend geringe Dosis, die aber verheerende Wirkung haben kann.

Ernesto recherchierte dazu ein wenig und fand schnell umfangreiche Informationen zu Inhalt und Zusammensetzung des Bienengifts. Der Hauptbestandteil ist Melittin, ein sogenanntes kationisches Polypeptid.

Wenn eine Biene zusticht und ihren Stachel verliert, pumpt die Giftdrüse noch etwa zwanzig Sekunden weiter und injiziert das Gift in die Haut des Opfers. Dem kann man nur entgegenwirken, indem man den Stachel durch eine schnelle Bewegung wegstreicht.

Hauptverantwortlich für eine allergische Wirkung ist das Melittin. Außerdem beinhaltet das Gift noch Histamine und Neurotransmitter, die ebenfalls für heftige Reaktionen sorgen können. Schnell werden Zellwände angegriffen. Diese werden durchlässig, sodass sich das Gift rasch ausbreiten kann.

Das aus über sechzig Komponenten gebildete Gift kann in höheren Dosen einen Menschen töten. Nur müssen dazu wirklich sehr viele Bienen zustechen. Im Internet war nur eine vage Zahl zu erfahren. So hätten Menschen angeblich die Stiche von mehreren hundert Bienen überlebt. An anderer Stelle war davon die Rede, dass schon fünfzig Stiche ausreichten, um einen Erwachsenen zu töten.

Der Fall Melitta Schober wurde durch die neuen Informationen aber keinesfalls klarer. Es stellten sich immer neue Fragen, auf die Staatsanwalt Auffenstein und Major Steinkellner keine Antworten hatten.

Zwar gingen sie mittlerweile von einem Tötungsdelikt aus, sie konnten allerdings nichts zum Hergang der Tat sagen. Bei der neuerlichen Obduktion des Rachenraums wurde nach einer Einstichstelle gesucht, gefunden wurde nichts. Das Gift wurde Melitta Schober also nicht durch einen Stich in den Rachen injiziert. Wie es aber sonst in den Körper gelangt war, stellte ein Rätsel dar.

Es war eine sehr spezielle Mordmethode, jemanden mit Bienengift zu töten. Der Täter musste nicht nur wissen, dass Bienengift potenziell tödlich war, er musste auch eine ausreichende Menge davon zur Verfügung haben und wissen, wie man es einem Menschen verabreicht. Vor allem aber schien die Idee an sich sehr abseitig. Wem fiel so etwas überhaupt ein, und wie führte man die Tat durch?

Zunächst galt es, Bienengift zu besorgen. Man konnte es den einzelnen Bienen nicht einfach entnehmen. Dazu war eine spezielle Technik nötig. Um Bienengift zu gewinnen, platziert man vor dem Flugloch ein Gitter, durch das man elektrischen Strom leiten kann. Auf diese Weise bringt man die Bienen zum Zustechen. Das Gift wird auf einer Glasplatte darunter aufgefangen und, sobald es getrocknet ist, abgeschabt. Dieser Vorgang bringt Unruhe in das Bienenvolk und macht es aggressiv, aber man schädigt die Bienen dadurch nicht.

Die nächste Frage war, ob man dieses Bienengift irgendwo kaufen konnte, oder ob man es selbst herstellen musste. Bei einer Suche im Internet fand Ernesto Salben und Emulsionen, die angeblich Bienengift enthielten, und auf einigen Seiten wurde auch Bienengift in Pulverform angeboten. Was man aber für den Mord brauchte, war wohl das flüssige Bienengift. Auch das fand Ernesto, allerdings nur als einprozentige Lösung zur kosmetischen Anwendung. Es sollte gegen Falten im Gesicht wirken, die Haut wieder glatt erscheinen lassen. Umbringen konnte man damit niemanden.

Die Recherchen führten Ernesto bald in die verschiedenen Anwendungsgebiete von Bienengift. Zuallererst wird es in der

Medizin bei der sogenannten Hyposensibilisierung eingesetzt, also bei der Therapie zur Behandlung von Bienenstichallergien. Dabei wird den Patientinnen und Patienten immer wieder eine geringe Menge des Giftes injiziert, um den Organismus daran zu gewöhnen. Eine sehr langwierige und aufwendige Methode, aber die einzige, die man zur Verfügung hat. So eine Therapie dauert in der Regel bis zu drei Jahre. Erst danach kann man sich dem Allergen wieder gefahrlos aussetzen.

Isolde Hartmann als Medizinerin musste mehr über die Sache wissen. Ihre Telefonnummer hatte Ernesto schnell herausgesucht, und sie hob auch gleich ab. Sie sagte, sie hätte noch ein paar Patienten, aber später könne er gerne vorbeischauen.

4

Isolde Hartmann schien verwirrt und rang um Fassung, als Ernesto ihr erzählte, was bei der Pressekonferenz berichtet worden war. Zuerst verstand sie nicht, warum die Staatsanwaltschaft nun von einem Tötungsdelikt, ja wahrscheinlich von einem Mord ausging. Es wurde ihr erst bewusst, als Ernesto ihr erklärte, dass nur die hohe Konzentration an Bienengift für Melitta Schobers Tod verantwortlich sein konnte.

»Aber wie geht das?«, fragte Isolde Hartmann. »Wenn es keine Einstichstelle gibt?«

»Die muss irgendwo sein. Die Gerichtsmedizin hat sie nur noch nicht gefunden. Wenn ich das richtig verstanden habe, kann das Gift nur auf diese Weise in den Körper gelangt sein.«

»Ich weiß nicht«, sagte Isolde Hartmann. »Vermutlich wird es so gewesen sein. Das ist irgendwie bizarr, finden Sie nicht?«

»Jedenfalls ist es sehr außergewöhnlich«, sagte Ernesto. »Ich hatte gehofft, Sie als Medizinerin könnten mir ein paar Fakten liefern.«

»Ich wüsste nicht, was ich Ihnen sagen könnte. Ich bin keine Gerichtsmedizinerin, und selbst wenn, bräuchte ich den Obduktionsbefund, um irgendwelche Schlüsse ziehen zu können.«

»Das ist gar nicht nötig. Erzählen Sie mir einfach, was Ihnen so einfällt.«

»Wir haben immer wieder mit Bienengift zu tun gehabt«, sagte Isolde Hartmann. »Nicht nur, wie Sie denken, dass man eben ab und zu gestochen wird. Ich habe mir überlegt, ob ich mich auf Apitherapie spezialisieren soll. Haben Sie schon einmal davon gehört?«

»Nur ganz vage«, sagte Ernesto.

»In den Gesprächen mit Melitta ging es immer wieder um Bienen. Darum, wie sie leben, wie man sie pflegt und wie man Nutzen aus ihnen zieht, und irgendwann sind wir auf die Apitherapie gestoßen. Dabei werden Bienenprodukte medizinisch eingesetzt. Ich war gleich davon fasziniert«, sagte Isolde Hartmann, »und im letzten Jahr habe ich viel gelesen und Weiterbildungen besucht. Am Anfang habe ich kaum mehr gewusst, als dass man Honig zur Wundbehandlung verwendet. Aber wissenschaftlich bewiesen ist das leider alles nicht. Es wird immer noch viel zu wenig geforscht in diese Richtung. Die Konzerne haben kein Interesse daran. Denen ist es nicht recht, wenn so etwas Einfaches wie Honig oder Propolis gegen Krankheiten wirkt. Aber die Menschen sind oft verzweifelt und wollen alles versuchen. Es gibt sogar Hinweise, dass Bienengift als Salbe bei Rheuma und Multipler Sklerose hilft.«

Sie erzählte von einem Mann, den das Rheuma so gebeugt hatte, dass er nicht mehr gerade gehen konnte. Das Bienengift hatte vielleicht nichts gegen das Rheuma selbst bewirkt, doch der Mann hatte sich besser gefühlt.

»Das alles ist noch sehr experimentell«, sagte sie. »Aber auch in der Geschichte gibt es viele Hinweise auf die Heilwirkung vor allem von Honig. Die antike Medizin spricht davon, in der Bibel kann man es lesen und im Mittelalter wurde Honig gegen alle möglichen Beschwerden eingesetzt. Aber es gibt noch mehr.«

»Sie sagen, in der Apitherapie wird das Gift von Bienen verwendet?«

»In der Homöopathie sogar die Bienen selbst.«

»Die Bienen selbst?«, fragte Ernesto.

»Es wird der ganze Körper der Biene zerrieben und verarbeitet. Bei anderen nur das Gift.«

»Nimmt man das oral ein?«

»Ja genau, aber dabei sind die Konzentrationen so gering, man könnte sich nicht umbringen, selbst wenn man es darauf anlegt.«

Viele setzen Bienengift auch als eine Art Akupunktur ein. Dabei werden entweder lebende Bienen oder Bienengift aus Ampullen verwendet. »Man kann ein feines Netz auf die Haut legen und die Biene ansetzen«, erklärte Isolde Hartmann. »Die Biene sticht dadurch nicht so tief und behält ihren Stachel. Tatsächlich kann man sie anschließend wieder freilassen. Das haben Melitta und ich schon ausprobiert.«

Neben dem Bienengift und dem Honig wird in der Apitherapie vor allem Propolis eingesetzt. »Das ist Propolistinktur«, erklärte Isolde Hartmann, und reichte Ernesto ein Fläschchen mit einer braunen Flüssigkeit. »Die Bienen holen Harz von den Bäumen und vermischen es mit Pollen und einem Speichelsekret. Daraus entsteht eine klebrige, später harte Masse. Sie verwenden es, um Ritzen abzudichten und Oberflächen zu glätten. Soweit man weiß, wirkt es gegen Pilze und Bakterien im Bienenstock. Was Sie hier sehen, ist ein alkoholischer Auszug.«

Ernesto roch daran.

»Kosten Sie es ruhig. Ich schenke es Ihnen.«

Wie bei allen Bienenprodukten müsse man auch bei Propolis sehr vorsichtig sein, wenn man über eine mögliche medizinische Wirkung spreche. Es gebe Tierversuche, in denen Propolis eine antioxidative Wirkung gezeigt habe, und es sei ziemlich sicher, dass es gegen Bakterien und einige Viren wirke. Dafür setzten es vermutlich auch die Bienen selbst ein. Besonders gut helfe es bei kleineren Hautverletzungen oder Irritationen der Schleimhaut. Dafür würde sie es jedenfalls immer wieder verschreiben. Was allerdings wissenschaftlich nicht haltbar sei, sei die traditionelle Anwendung von Propolis, also die orale Einnahme von Tropfen gegen Erkältung und zur Stärkung des Immunsystems.

»Manche haben sich dazu verstiegen, das könne sogar einer Corona-Infektion vorbeugen. Aber das ist selbstverständlich Unfug«, sagte Isolde Hartmann. Noch viel umstrittener ist eine Therapieform, die Isolde Hartmann und Melitta Schober in den nächsten Monaten ausprobieren wollten. Die sogenannte Stockluftherapie soll es Menschen mit Asthma und anderen Atemwegsbeschwerden ermöglichen, die Luft aus Bienenstöcken einzuatmen und so ätherische Öle und andere Inhaltsstoffe aufzunehmen. Es gibt dafür eigens konstruierte Geräte, die man über die Bienenbeuten stülpt und bei denen die Patienten nicht mit den Bienen selbst in Berührung kommen.

»Das klingt abenteuerlich«, sagte Ernesto.

»Aber Sie wissen doch selbst, wie ein Bienenstock duftet, wenn man ihn aufmacht. Das ist wie Balsam«, meinte Isolde Hartmann. »Jetzt wird das aber alles nichts mehr werden. Ohne Melitta gebe ich die Apitherapie auf. Was soll ich noch damit? Für mich ist alles verloren.«

7. Kapitel

1

Es war früher Vormittag, und der Tau hatte sich noch nicht verflüchtigt. Das Gras strich über Ernestos Beine, als er hinters Haus zur Weide ging.

Bis jetzt hatte er nicht gemäht, und wo die Ziegen und Schafe keinen Zugang hatten, blühten Blumen und wucherten Brennnesseln. Erst in einer Woche würde Ernesto die Motorsense anwerfen und die groß gewachsenen Halme kappen. So hatten die Insekten bis dahin einen Platz, an dem sie Nahrung und Unterschlupf fanden.

Bei den Nussbäumen lagen die Ziegen und käuten wieder. Die Brennnesseln hatten auch sie bis jetzt nicht angerührt, sondern rundherum das Gras und die Kräuter abgefressen. Aber irgendwann würden sie wie jedes Jahr damit beginnen, die Brennnesseln von oben her wegzuknabbern. Sie warteten nur auf den richtigen Zeitpunkt. Als sie Ernesto sahen, wandten sie die Köpfe in seine Richtung, reagierten sonst jedoch nicht weiter. Lange verharrte Ernesto dort am Rand des Zauns und sah den Tieren zu.

Eine Erdhummel brummte von einer Nesselblüte zur nächsten, und über den Schafgarben tanzte ein Zitronenfalter. Die Bienen weiter hinten beim Schuppen nahmen allmählich ihr Tagwerk auf, und Ernesto konnte schon einzelne beobachten, die steil hinauf in den Himmel starteten. Mit der Kaffeetasse in der Hand schlenderte er weiter zu den Bienenstöcken und dachte dabei an den Tod von Melitta Schober.

Mittlerweile ging auch die Staatsanwaltschaft und selbst Major Steinkellner von Mord aus. Diese Menge an Bienengift konnte nicht durch einen einzelnen Stich, nicht einmal durch zehn oder zwanzig in ihren Körper gelangt sein. Abgesehen davon, dass es für so viele Stiche keine Anzeichen gab.

Das Gift musste sehr schnell gewirkt haben. Es war Melitta Schober wenig Zeit geblieben, Hilfe zu holen. Ihr Mobiltelefon war verschwunden, also war nicht klar, ob sie versucht hatte, einen Notruf abzusetzen. Bis zum Haus und damit zum Festnetztelefon hatte sie es jedenfalls nicht geschafft.

Es sollte heute oder morgen eine neuerliche Pressekonferenz geben, das hatte Auffenstein ankündigen lassen, sich aber noch nicht auf Datum und Uhrzeit festgelegt. Nur so viel stand in der Mitteilung: Die Ermittlungen hatten große Fortschritte gemacht, und es sollten bald erste Ergebnisse präsentiert werden.

2

In der Redaktion erledigte Ernesto die notwendigen Arbeiten wie nebenbei. Es beschäftigte ihn mehr, was hinter dieser an sich nichtssagenden Pressemeldung steckte, die er heute Morgen erhalten hatte.

Die Geschichte über die Neugestaltung des Hohen Platzes in Wolfsberg, das Interview mit dem Bürgermeister war fertig. In Unterkärnten, so meldete die Polizei, trieb sich eine Bande von Jugendlichen herum, die Vereinslokale aufbrach und dort die Kassen plünderte.

Ernesto fragte sich, ob man es den Kassen und den aufgehebelten Türen ansah, dass die Täter Jugendliche gewesen waren, und hakte nach. Es hieß, die Burschen und Mädchen seien schon bei ihren Taten beobachtet worden. Außerdem hinterließen sie Graffiti, an denen man sie erkennen konnte. Wahrscheinlich handelte es sich um eine Gruppe von bis zu zehn jungen Leuten, die die Straftaten aus Spaß begingen. Ernesto hätte die mutmaßlichen Täter gerne befragt, um herauszufinden, ob sie das alles wirklich so lustig fanden, aber dazu würde er kaum Gelegenheit haben. Er beließ es für heute bei einer halben Seite, in der er auflistete, wer alles schon Opfer dieser Einbrüche geworden war.

Bald darauf kam eine Meldung über die Hagelschäden herein. Die Versicherungen hatten eine erste Schätzung veröffentlicht. In Unterkärnten betrug der Ausfall beim Raps beinahe einhundert Prozent, und auch beim Mais ging man von großen Einbußen aus. Ein Unwetter von nicht einmal einer Stunde hatte weite Teile der Ernte zerstört.

Ernesto dachte an Werner Ogris und sein zerschlagenes Rapsfeld. Es musste in Unterkärnten ähnliche Fälle geben, aber er wusste von niemandem. Also rief er den Chef vom Dienst an, um mit ihm zu besprechen, ob er Ogris' auch in seiner Ausgabe bringen konnte.

»Du willst den doch nur noch einmal in die Mangel nehmen, weil er etwas mit dieser Melitta Schober zu tun hat«, sagte Winfried Auer, als er gehört hatte, was Ernesto wollte.

»Das ist sicher ein Zusatznutzen«, antwortete Ernesto. »Kann gut sein, dass er etwas weiß. Hat er schon mit der Polizei geredet, oder haben die noch keine Ahnung vom Streit um die toten Bienen?«

»Wenn du unbedingt willst, frag ihn halt, ich kläre das redaktionsintern«, sagte Auer. »Dafür will ich aber noch heute einen Artikel über die Entwicklungen im Fall Schober.«

Ernesto rief Ogris an und erreichte ihn auf seinem Traktor. Draußen am Feld war er dabei, den zerstörten Raps unterzupflügen und sich zu überlegen, was er nun mit der freien Fläche anfangen sollte. Viele Optionen blieben ihm nicht. In einer Stunde könnte er wieder zurück am Hof sein. Ernesto solle nur kommen und gegebenenfalls kurz auf ihn warten.

3

Als Ernesto in Maria Rain eintraf und seinen Wagen vor dem Haus der Familie Ogris abstellte, war von Werner Ogris und seinem Traktor nichts zu sehen. Er klingelte und Ogris' Frau öffnete ihm. Sie bat ihn in die Wohnküche, wo Ernesto an dem massiven Holztisch gegenüber der Küchenzeile Platz nahm.

»Sie wollen sicher einen Kaffee«, sagte Beate Ogris. »Mein Mann hat mich angerufen und gesagt, dass Sie unterwegs sind. Das ist ein Jammer mit dem Hagel. Die Männer werden bald zurück sein.«

Sie setzte sich zu Ernesto und schob ihm den Kaffee hin. Selbst trank sie nichts, erhob sich wieder, entschuldigte sich und ging zur Küchenzeile zurück. »Ich war gerade dabei, meine Zuckerwerte zu messen«, sagte sie und stach sich in den Finger. Ein Tropfen Blut quoll hervor, und sie fing ihn mit einem Messstreifen auf.

In diesem Moment öffnete sich die Tür, und ein Mann, vielleicht Mitte dreißig, kam herein.

»Dominik«, sagte Beate Ogris. »Wir haben Besuch.«

»Ernesto Valenti, Kärntner Tagespost«, stellte sich Ernesto vor.

»Von der Zeitung, ich verstehe.« Dominik Ogris setzte sich Ernesto gegenüber und streifte die Jacke ab. »Ich war gerade im Wald, dort, wo wir aufgeforstet haben. Die Schäden sind nicht so schlimm. Die jungen Bäume haben das Wetter gut überlebt.«

»Sie sind der Sohn von Werner Ogris, wenn ich das richtig verstanden habe?«, fragte Ernesto.

»Wir führen den Hof gemeinsam.«

»Noch nicht ganz«, meldete sich Beate Ogris. »Aber es wird.«

»Was schätzen Sie, wie hoch ist der Schaden?«

»Kann man schwer sagen.« Dominik Ogris nahm die Kaffeetasse aus der Hand seiner Mutter und stellte sie vor sich ab. Hinter ihm an der Wand hing ein Stickbild mit einem Heiligenmotiv. Josef und Maria mit dem Jesuskind im Stall. Der Ochse stand über der Krippe und beäugte das Neugeborene.

»Haben Sie eine ungefähre Schätzung?«

Von draußen hörte man einen Traktor, der sich näherte. Der Motor drehte auf, und irgendein Blech schepperte.

»Das wird mein Mann sein, der wird wissen, wie hoch der Schaden ungefähr ist.«

»Also ich schätze, so ein paar zehntausend Euro werden es schon sein«, sagte Dominik Ogris. »Aber fragen wir meinen Vater.«

Der kam fast im Laufschritt ins Haus. Als er eintrat, verbreitete sich eine Wolke aus Schweiß und Dieseldämpfen. Er legte seine Stirnkappe ab und setzte sich zu seinem Sohn. »Es wird immer furchtbarer, von Jahr zu Jahr«, sagte er. »So einen Schaden beim Raps haben wir, glaube ich, überhaupt noch nie gehabt. Jetzt der Hagel, dafür wird es in den kommenden Wochen überhaupt nicht mehr regnen, und der Mais wird verkommen.«

»Wir haben uns gerade über die Schadenssumme unterhalten«, sagte Ernesto.

Werner Ogris zuckte mit den Schultern. »Der Gutachter von der Versicherung war heute Vormittag hier. Schauen wir einmal, was dabei herauskommt. Würde mich wundern, wenn sie uns den ganzen Ausfall ersetzen.«

»Die Sache hat weitreichende Folgen. Was sagen Sie als Landwirt, hat das etwas mit dem Klimawandel zu tun? Sie haben es schon angedeutet.«

»Was weiß denn unsereiner? Aber besser wird es nicht.«

»Das hat auch Melitta Schober gemeint, als sie sich an Ihrem Traktor angekettet hat.«

»Ah, daher weht der Wind«, meinte Werner Ogris. »Dazu habe ich schon alles gesagt.«

»Ich habe immer versucht, ihr das auszureden«, meldete sich

Dominik Ogris. »Das war doch nur Provokation.«

»Wenn ich das recht verstanden habe, waren Sie und Melitta Schober einmal ein Paar.«

»Das kann man wohl sagen.« Dominik Ogris lachte. »Wir waren zusammen, solange ich denken kann. Bis vor zwei Jahren, damals hat sie diese Isolde kennengelernt, und die hat ihr den Kopf verdreht. Melitta hat die Seiten gewechselt, wie man so sagt.«

»Sie hat sich über alles Mögliche beschwert. Aber wegen der alten Zeiten habe ich mich immer wieder mit ihr geeinigt«, sagte Werner Ogris.

»So war sie eben. Das wusstest du doch«, meldete sich Beate Ogris. »Ich mochte sie sehr gerne. Sie war ein modernes Mädchen, das sich nichts hat gefallen lassen. Es hat mir leid getan, dass sie meinen Sohn verlassen hat, und auch noch für so eine.«

»Was meinen Sie?«, fragt Ernesto.

»Meine Mutter meint, diese Isolde ist ein intrigantes Luder. Die hat die Melitta gegen uns aufgehetzt, sonst hätten wir wegen der Bienen jetzt nicht so einen Streit gehabt. Diese Sache hätte man doch viel einfacher regeln können. Dazu braucht es keinen Anwalt«, sagte Dominik Ogris.

»Melitta Schober wollte einen Anwalt einschalten?«, fragte Ernesto.

»Ich habe versucht, ihr das auszureden«, sagte Werner Ogris. »Dabei würde doch nur ein langer, sinnloser Streit herauskommen, und wir würden uns auch so irgendwie einig werden. Nicht dass Sie mich falsch verstehen. Wir haben mit den toten Bienen absolut nichts zu tun. Das kann gar nicht sein. Aber …«

»Aber unter Nachbarn wollten wir keinen Streit«, unterbrach Dominik Ogris seinen Vater. »Wir haben ihr etwas angeboten. Eine Art Abschlagszahlung, damit Ruhe ist und wir nicht mehr darüber reden müssen. Du warst doch deswegen bei ihr? Nicht wahr?«

»Es war nur ein kurzes Gespräch, aber wir waren uns einig«, sagte Werner Ogris. »Ich wollte sie nicht lange stören, weil sie mit den Bienen beschäftigt war.«

»Wann war das?«, wollte Ernesto wissen.

»Ja, an dem Tag, an dem sie gestorben ist.«

4

Als er in der Redaktion in Klagenfurt ankam, blieb für diesen Tag wenig mehr zu tun, als das Interview mit Werner Ogris und seinem Sohn zusammenzufassen. Ernesto machte eine Reportage daraus, in der er beschrieb, was er selbst auf den Feldern gesehen hatte.

Außerdem rief er noch bei der Landwirtschaftskammer an, um eine Schätzung des Gesamtschadens für die Region zu bekommen. Der Referent wollte sich noch nicht festlegen, aber es würde wohl mindestens eine Million Euro ausmachen. Er könne sich nicht erinnern, wann es jemals zuvor bei einem einzigen Unwetter im Mai so einen Schaden gegeben habe.

Bald hatte Ernesto den Artikel abgeschlossen, scrollte durch seine E-Mails und sah sich an, was seine freien Mitarbeiter geschickt hatten. Fast alle Artikel hatte er in Auftrag gegeben, nur einer fiel aus der Reihe. Die älteste Einwohnerin von Völkermarkt hatte ihren hundertdritten Geburtstag gefeiert. Der Bürgermeister gratulierte. Auf dem Foto überreichte er der Frau einen Geschenkkorb und lächelte. Ernesto schob das Bild in die Ausgabe von übermorgen, überarbeitete den Text und ging zur nächsten E-Mail über.

Als er so vor sich hin arbeitete, wanderten seine Gedanken zu Melitta Schober. Eigentlich wollte er gerne noch einmal mit Melittas Vater reden. Ob er jetzt so etwas wie Genugtuung empfand oder wenigstens Erleichterung, angesichts der Tatsache, dass die Polizei ermittelte und nicht länger von einem Unfalltod ausging? Er wählte die Nummer von der Homepage des Hofes. Es läutete lange, bis Helmut Schober an den Apparat ging.

»Wie ich es erfahren habe, dachte ich mir, siehst du, es hat doch etwas gebracht«, sagte Schober. »Aber wenn ich gewusst hätte, was ich lostrete.«

»Wie meinen Sie das?«

»Die Polizei ist die ganze Zeit hier. Dieser Kommissar Steinkellner hat mich schon dreimal verhört, mindestens. Ich kann ihm doch nicht mehr sagen, als ich weiß. Ich bin nach Hause gekommen, und natürlich habe ich nicht gleich nach Melitta gesucht. Sie war doch bei den Bienen. Alles will er ganz genau wissen, und Isolde hat er auch noch einmal befragt.«

»Hat er Ihnen den Ermittlungsstand verraten?«

»Kein Wort. Ich wollte wissen, ob er schon einen Verdächtigen hat. Aber dazu gibt er keine Auskunft, hat er gesagt.«

»War die Spurensicherung noch einmal bei Ihnen?«

»Die Bienenbeuten haben sie sich ganz genau angesehen. So als ob sie sich auskennen würden.«

»Und?«, fragte Ernesto.

»Die Ableger haben sie gestört, sonst nichts. Was will man dort auch finden?«

»Fingerabdrücke.«

»Ja, meine höchstens. Melitta hat immer Handschuhe getragen.«

»Man kann nie wissen, was bei einer Spurensicherung herauskommt. Das haben wir in diesem Fall schon gesehen. Wäre Havlicek bei der Obduktion nicht dabei gewesen, gäbe es bis heute keine Untersuchung des Falls.«

»Trotzdem, ich komme mir vor wie ein Verdächtiger. Dabei habe ich doch darauf bestanden, dass ermittelt wird, oder nicht?«

»Was hat Major Steinkellner denn alles gefragt?«

»Es geht ihm vor allem um die Zeit. Wann ich am Hof angekommen bin. Das kann ich doch nicht mehr auf die Sekunde genau sagen. Meine Schicht war um drei am Nachmittag aus. Wenn es hochkommt, werde ich zwanzig Minuten gebraucht haben, mehr nicht.«

»Was haben Sie dann getan?«

»Das wollte der Kommissar auch wissen. Nichts Aufregendes. Nach den Schweinen habe ich gesehen. Danach war ich im Haus, habe das Essen vorbereitet, mich ein bisschen ausgeruht.«

»Erst als Ihre Tochter nicht wie vereinbart erschienen ist, haben Sie nachgesehen?«

»Vorher hatte ich doch keinen Grund dafür«, sagte Helmut Schober.

Sie unterhielten sich noch eine Weile über die Bienen. Schober war nun damit beschäftigt, die Stöcke durchzusehen. Der Hagelschlag hatte nicht nur den Raps zerstört, sondern auch alle anderen Blüten in Mitleidenschaft gezogen. Die Obstbäume waren schwer geschädigt. Jetzt konnte man nur hoffen, dass sie sich ein bisschen erholten. Wenn es nicht besser wurde, musste man die Bienen mitten im Frühjahr sogar füttern.

5

Diesmal erreichte Ernesto Major Steinkellner gleich. Er war gerade in sein Büro zurückgekommen und las den zweiten Bericht der Spurensicherung, wollte Ernesto aber nichts über den Inhalt erzählen. Wenn alles nach Plan ging, würde die angekündigte Pressekonferenz noch heute Abend stattfinden, sonst morgen Vormittag.

»Es könnte die Ermittlungen gefährden, wenn ich Ihnen verrate, wo wir gerade stehen«, sagte Steinkellner.

»Sie haben schon einen Verdächtigen?«, fragte Ernesto.

»Mehrere, aber wie gesagt, Sie müssen warten wie alle anderen auch. Wenn Sie vorher einen Artikel veröffentlichen, geht uns der Täter durch die Lappen.«

»Wissen Sie schon, wie das Gift in Melitta Schobers Körper gelangt ist?«

»Das werden wir zu gegebener Zeit mitteilen.«

»Ich nehme an, Sie haben etwas in Melitta Schobers Unterlagen gefunden?«

»Auch das werde ich Ihnen nicht beantworten. Sie ziehen ohnehin Ihre eigenen Schlüsse. Davon kann ich Sie nicht abhalten.«

»Sie könnten mir ein wenig auf die Sprünge helfen«, sagte Ernesto, aber Steinkellner blieb standhaft.

Nach dem Telefonat ging Ernesto hinauf aufs Dach. Der alte Liegestuhl war frei, und so setzte er sich und zündete sich eine Zigarette an. Der heutige Tag hatte ihn in Sachen Melitta Schober um einiges weitergebracht, auch wenn er nicht genau wusste, was Steinkellner herausgefunden hatte und für die nächsten Stunden plante.

Dass das Bienenhaus ein Tatort war, bezweifelte niemand mehr. Melitta Schober war nicht an einem unglücklichen Bienenstich gestorben. Jemand hatte sie ermordet. Dafür kamen wenigstens drei Personen infrage. Denn von drei Personen konnte man im Moment mit einiger Sicherheit sagen, dass sie sich im Laufe des Tages am Tatort aufgehalten hatten.

Der Erste war Lorenz Theuersberger. Er hatte, ohne zu zögern, zugegeben, dass er Melitta Schober um elf Uhr besucht hatte. Angeblich hatten sie über die vergifteten Bienen gesprochen. Das Ergebnis der Laboruntersuchung war eingetroffen, und sie hielten zwar keinen eindeutigen Beweis in Händen, aber doch ziemlich stichhaltige Indizien. Die Bienen waren Pestiziden zum Opfer gefallen, die ganz in der Nähe ausgebracht worden waren. Als Schuldiger kam eigentlich niemand anderer als Werner Ogris infrage.

Lorenz Theuersberger hatte angegeben, dass ihre Unterhaltung nicht allzu lange gedauert hatte. Viel gab es nicht zu sagen, und Melitta Schober wollte an den Bienen weiterarbeiten.

Als er eine Viertelstunde später wieder gegangen war, war Melitta Schober seinen Angaben zufolge noch am Leben gewesen. Ob das stimmte, konnte Ernesto unmöglich wissen. Theuersberger hatte jedenfalls kein erkennbares Motiv. Sie hatten sich gemeinsam gegen Ogris gestellt, und dieses Treffen diente zur Planung der weiteren Strategie. Bei dieser Gelegenheit wollten sie sich über die Befunde aus dem Labor unterhalten. Ob sie ausreichten, um eine Anzeige oder eine Zivilklage vorzubereiten. Es musste doch möglich sein, Ogris zur Verantwortung zu ziehen.

Konnte es sein, dass es darüber zu einem Streit gekommen war? Sie waren sich nicht einig, der eine wollte dies, der andere das, und die Situation hatte sich aufgeschaukelt. Doch selbst wenn es so gewesen war, konnte sich Ernesto nicht vorstellen, wie Theuersberger den Mord im Affekt verübt haben konnte. Woher hatte er diese Menge an Bienengift? Wie hatte er es Melitta Schober verabreicht?

Es gab eine zweite Person, die ebenfalls zugegeben hatte, am Tatort gewesen zu sein. Werner Ogris hatte es wie nebenbei erwähnt, dass er Melitta Schober am Tag ihres Todes besucht hatte. Dabei war es wie bei Theuersberger um die toten Bienen gegangen. Möglicherweise hatte Ogris schon vom Gutachten des Labors erfahren und sich deshalb auf den Weg zu Melitta Schober gemacht. Es konnte aber auch gut sein, dass er zu diesem Zeitpunkt noch keine Ahnung hatte und sie einfach nur beschwichtigen wollte.

Aber das alles waren nur Spekulationen. Werner Ogris besaß freilich ein Motiv. Die toten Bienen waren das eine. Immerhin dreißig Stöcke, die verloren waren. Ein großer Schaden von mehreren tausend Euro.

Doch Werner Ogris und Melitta Schober hatten eine lange gemeinsame Geschichte, und in der hatte es immer wieder Reibereien und Streit gegeben. Die Transparente, das Anketten am Traktor und immer neue Auseinandersetzungen um tote Bienen. Es waren Leute schon wegen weniger durchgedreht. Trotzdem fragte sich Ernesto, ob so ein Szenario realistisch war. Ogris kam zu Besuch, wollte mit Melitta Schober über eine Abschlagszahlung reden, so wie er es gesagt hatte, Melitta Schober hörte sich das an, weigerte sich jedoch, auf das Angebot einzugehen.

Es konnte sein, dass sie glaubte, mit dem Laborbefund genug Beweise in der Hand zu halten, um Ogris vor Gericht zu bringen. Darüber hatte sich Ogris empört, es hatte ihn in Rage gebracht. Eine Gerichtsverhandlung konnte er nicht brauchen. Das würde bedeuten, dass er öffentlich als Umweltsünder und Bienenmörder dastand.

Wenn ein Wort das andere ergibt, sich die Lage verschärft, fallen vielleicht nicht nur Worte, sondern auch Schläge, aber bei Ogris stellten sich die gleichen Fragen wie bei Theuersberger. Theuersberger wusste unter Umständen sogar, wo man sich Bienengift in ausreichender Dosierung besorgen konnte. Bei Ogris schien das mehr als zweifelhaft. Er hatte keine Ahnung von der Imkerei, zumindest soweit Ernesto das wusste.

Blieb noch Melitta Schobers Vater Helmut. Den genauen Todeszeitpunkt kannte man noch nicht, aber vielleicht war Melitta Schober erst irgendwann am Nachmittag gestorben, also als Helmut Schober schon wieder von der Schicht zurück war. Er konnte gleich zu seiner Tochter gegangen sein, sie bei den Bienen angetroffen und mit ihr geredet haben. Worum es dabei ging, konnte Ernesto nur raten. Irgendein Thema wird es schon gegeben haben, über das sich die beiden nicht einig waren. Doch Helmut Schober hatte ihr Verhältnis als sehr harmonisch dargestellt. Der Hof sollte bald an Melitta übergeben werden. Die Tierarztpraxis war schon gebaut, und die Ställe sollten adaptiert werden. Für die erste Zeit wollte der Vater noch mithelfen. Vor allem die vielen Bienenstöcke wollte er weiter betreuen. Ernesto konnte Melitta Schober nicht mehr fragen, ob das alles wirklich so reibungslos funktioniert hatte oder ob sich ihr Vater nicht doch zurückgesetzt oder gekränkt gefühlt hatte.

Je länger Ernesto nachdachte, desto mehr Fragen stellten sich ihm. Eines jedoch wurde ihm klar. Die Tat brauchte eine lange Vorbereitungszeit. Man musste das Gift beschaffen und sich eine Möglichkeit ausdenken, um es dem Opfer zu verabreichen. Das ging nicht in ein paar Minuten. Mit Sicherheit brauchte man Tage, wenn nicht Wochen dafür. Aber wie das alles funktioniert haben sollte, blieb Ernesto ein Rätsel.

8. Kapitel

1

Gestern Abend hatte Ernesto noch lange auf die Einladung zur Pressekonferenz gewartet, aber es war weder auf der Homepage der Polizei noch in seinem E-Mail-Fach irgendetwas aufgetaucht. Nicht einmal eine Verständigung darüber, dass die Sache abgeblasen worden wäre.

Kurz bevor er nach Hause gegangen war, hatte er noch versucht, Steinkellner anzurufen, aber der hatte nicht abgehoben. Deshalb nahm Ernesto jetzt sein Mobiltelefon und die Kaffeetasse und machte sich auf den Weg zur Laube. Dort setzte er sich und sah zu den Apfelbäumen hinüber. Ein paar Bienen schwirrten zwischen den Zweigen herum und suchten schon nach Blüten. Wenn die Sonne endlich über den Hügel heraufwandern würde, würden mehr und mehr Insekten kommen, um Nektar zu sammeln. Die Obstblüte brachte für Ernestos Bienen normalerweise eine erste große Tracht. Ein Überfluss, der aber zum Teil von der jungen Brut wieder aufgebraucht wurde. Heuer suchten die Arbeiterinnen zwischen den ramponierten Blüten und fanden kaum etwas.

Ernesto wählte Steinkellners Nummer, wartete und nahm einen Schluck Kaffee.

»Wenn Sie keine Pressekonferenz geben, stimmt doch etwas nicht«, sagte Ernesto, als Steinkellner abhob.

»Es ist alles in bester Ordnung.«

»Verraten Sie mir, wie weit Sie schon sind.«

»Das werden Sie erfahren, wenn es so weit ist. Ich plaudere den Ermittlungsstand nicht einfach aus«, sagte Steinkellner. »Schon gar nicht in diesem Fall und zu diesem Zeitpunkt.«

»Anders gesagt bedeutet das, dass Sie eine Spur verfolgen.«

Steinkellner schwieg.

»Sie könnten mir wenigstens verraten, was die zweite Spurensicherung ergeben hat, und was Sie auf Melitta Schobers Laptop gefunden haben.«

»Eben das kann ich nicht. Sie werden es bei der Pressekonferenz heute Nachmittag erfahren.«

»Also gibt es doch eine.«

»Natürlich. Der Zeitpunkt steht noch nicht fest. Sie werden kurzfristig eingeladen.« Damit legte Steinkellner auf, und Ernesto hatte keine Gelegenheit, auch nur eine weitere Frage zu stellen.

Die Bienen im Apfelbaum surrten über den Zweigen hin und her. Ernesto kannte dieses Bild. Was sich hier ankündigte, war ein weiterer Schwarm. Darüber wunderte und ärgerte er sich gleichermaßen. Noch einmal hatte er alle Bienenvölker kontrolliert, und dabei hätte er die Königinnenzelle sehen müssen. Hatte er aber nicht, und deshalb würde heute nichts aus dem gemütlichen Vormittag werden. Er konnte zwar noch seinen Kaffee in Ruhe austrinken, aber danach kümmerte er sich besser um die Schwarmfangkiste und eine Bienenbeute, damit das Volk auch gleich ein neues Zuhause hatte.

Eine Zeit lang beobachtete er die Bienen. Die ersten bildeten ein schwarzes Knäuel an einer Astgabelung. Aus der Entfernung sah das wie eine Holzwucherung aus. Langsam stand Ernesto auf und ging näher. Die Bienen ließen sich nicht stören. Sie summten ihm um den Kopf, und eine stieß sogar gegen seine Stirn. Schon hingen mehr und mehr Bienen an dem Ast, und eine Traube begann sich zu bilden. Es würde noch eine Stunde dauern, bis sie sich so weit gesammelt hatten, dass Ernesto sie wieder einfangen konnte. Zeit für einen weiteren Kaffee und einen Besuch in Sonjas Töpferwerkstatt.

Auf den Regalen drängten sich Kaffeetassen an Müslischüsseln und trockneten vor sich hin. Sonja saß an der Töpferscheibe. Ernesto hörte das feine Gebrumme des Geräts schon, bevor er eintrat.

»Für heute Nachmittag haben sich ein paar Leute angekündigt«, sagte Sonja. »Die wollen ein Service kaufen.«

»Bis dorthin habe ich den Schwarm sicher eingefangen.«

»Schon wieder?«

Ernesto zuckte mit den Schultern.

»So weit kommen die Besucher nicht. Die wollen nur in die Werkstatt und sehen, was eine Töpferin so macht.« Sonja wischte sich die Hände ab. »Hast du Zeit für einen Kaffee, bevor du deine Bienen vom Baum holst?«

»Ich mache uns welchen.«

Ernesto ging in die Küche, spülte seine Tasse aus und stellte sie unter die Auslaufdüse des Kaffeeautomaten. Betty hob den Kopf und sah ihn an. Mühsam rappelte sie sich auf und kam zu Ernesto, stupste ihre Schnauze gegen seine Hand. Sie wollte ein Leckerli, und Ernesto öffnete die Blechdose und warf ihr ein getrocknetes Stück Brot zu. Geschickt fing sie es aus der Luft und verzog sich auf ihren Teppich. Ziemlich sicher hatte Betty mitbekommen, dass die Bienen geschwärmt waren und nun aufgeregt um den Apfelbaum herumflogen. Eine untragbare Situation für einen Labrador. Sie würde so lange nicht ins Freie gehen, bis Ernesto wieder für Ordnung gesorgt hatte.

»Was glaubst du, weiß Steinkellner was, was du noch nicht weißt?«, fragte Sonja, als er ihr den Kaffee in die Hand drückte.

»Eine ganze Menge, nehme ich an. Er hat zum Beispiel ihren Laptop und die Unterlagen aus dem Haus. Keine Ahnung, was er und Havlicek gefunden haben.«

»Das ist natürlich wahr. Aber du hast auch ohne den Laptop schon drei Verdächtige identifiziert.«

»Drei sehr unwahrscheinliche Verdächtige. Theuersberger hat noch nicht einmal ein Motiv und der Vater auch nicht.«

»Kann alles noch kommen.«

»Es sieht ganz danach aus, als wäre mir Steinkellner ein paar Schritte voraus«, sagte Ernesto und nahm noch einen Schluck vom Kaffee.

2

Der Schwarm hing fast an der gleichen Stelle wie der erste, nur ein Stück höher. Mit der Stange und der Schwarmfangkiste kam Ernesto nicht an die Bienen heran, streifte gerade einmal die untere Seite der Traube und brachte die Tiere in Aufruhr. Mitten hinein piepste sein Mobiltelefon. Zuerst ignorierte er es, endlich aber zog er die Lederhandschuhe aus und wischte über das Display. Die Pressekonferenz würde in zwei Stunden stattfinden. Also hatte er noch einen Versuch, um die Bienen in die Kiste zu bekommen.

Auf Zehenspitzen trippelte er nach vorne, streckte sich, so weit er konnte, ging in die Knie und sprang. Die Schwarmfangkiste stieß heftig gegen den Zweig, an dem die Bienen hingen. Der Stoß reichte aus, um die Bienenmasse von ihrem Sitz zu lösen. Wütend umsurrten Ernesto einige Arbeiterinnen, donnerten gegen die Imkerjacke. Mit einigen schnellen Bewegungen holte Ernesto die Stange mit der Kiste ein und leerte sie in die bereitstehende Bienenbeute. Er hatte an der oberen Öffnung wieder den Metalltrichter montiert, und die Bienen kullerten die glatte Oberfläche entlang, fielen in das dunkle Innere.

Schon wieder sammelten sich oben am Zweig Bienen zu einer Traube, aber Ernesto hatte keine Zeit. Die Beute und die Schwarmfangkiste, alles ließ er unter dem Apfelbaum liegen, duschte und fuhr los.

Auf seinem Weg nach Klagenfurt dachte Ernesto an seine Bienen und hoffte, den Schwarm eingefangen zu haben, allerdings machte er sich keine großen Hoffnungen.

Als er ankam und den Wagen abstellte, war er schon etwas spät dran. Die Sicherheitskontrolle am Eingang des Landesgerichts passierte er schnell und lief die Treppen in den zweiten Stock hinauf. Die Stuhlreihen waren nur schütter besetzt. Das Fernsehteam fehlte. Es dauerte nicht lange, bis sich Auffenstein zeigte. Er verharrte an der Tür und unterhielt sich leise mit Steinkellner. Der sah zwischendurch auf sein Mobiltelefon und nickte. Endlich tauchte auch Wolfgang Havlicek auf, und sie nahmen an der Stirnseite des Raumes Platz.

»Als Melitta Schobers Leiche vor fast zwei Wochen gefunden wurde, wies zunächst nichts auf einen gewaltsamen Tod hin«, begann Auffenstein sein Statement. »Für den Notarzt vor Ort und auch für die bald dort eingetroffenen Beamten der Kriminalpolizei sah alles nach einem Unfall aus. Aber die ungewöhnlichen Umstände veranlassten Major Steinkellner dazu, weitere Untersuchungen einzuleiten.«

Auffenstein erklärte, wie vorausschauend und mit welch großem Spürsinn Steinkellner vorgegangen war. Kein Wort über den Vater, der auf einer Obduktion bestanden und den Notarzt bekniet hatte, die Todesursache nicht gleich festzulegen.

Besonders erstaunt über die Umdeutung der Vorkommnisse war Ernesto nicht. Dass Auffenstein die Wahrheit gern zu seinen Gunsten etwas beugte, hatte er schon öfter erlebt. Diesmal fand er es jedoch besonders dreist.

»Die Untersuchungen der Gerichtsmedizin gestalteten sich überaus schwierig«, fuhr Auffenstein fort. »Wie schon bekannt, gingen die ersten Befunde davon aus, dass Melitta Schober durch einen Bienenstich in den Hals zu Tode gekommen war. Diese Diagnose erwies sich als nicht zutreffend. Die Biene, die im Rachenbereich der Toten gefunden worden war, hatte nicht zugestochen. So wurden von der Staatsanwaltschaft weitere Nachforschungen angeordnet, die ganz neue Erkenntnisse zutage förderten.«

Ernesto hatte erwartet, dass Auffenstein nun näher auf die Arbeit der Gerichtsmedizin einging und erläuterte, warum diese eine Biene im Rachenraum solches Misstrauen erregt hatte. Denn das war der eigentliche Wendepunkt des Falls gewesen. Die Biene, die nicht zugestochen hatte. Hätte Havlicek keine Zweifel gehegt und diese auch geäußert, der Fall hätte eine andere Richtung genommen. Doch darüber verlor Auffenstein kein Wort.

»Jedenfalls konnten weitere Analysen feststellen, dass sich eine erhebliche Menge Bienengift im Körper des Opfers befand. Daran ist Melitta Schober auch gestorben«, sagte Auffenstein. »Und das hat uns auf eine wichtige Spur geführt.«

Hier übergab Auffenstein das Wort an Major Horst Steinkellner. Der rutschte unruhig auf seinem Sessel hin und her und begann mit gesenktem Kopf zu sprechen. »Im Wesentlichen ist zum Hergang der Ermittlungen nicht mehr viel zu sagen«, meinte er. »Wir haben in den letzten Tagen zahlreiche Befragungen durchgeführt. Ziel war es, die Vorkommnisse rund um die Tatzeit zu rekonstruieren. Wir konnten mehrere Personen am Tatort verorten und ihr Bewegungsprofil nachvollziehen. Das führte uns zu vier Verdächtigen. Diese haben wir eingehend befragt und ihr Umfeld überprüft, sodass wir über ihre Taten informiert sind.«

Ernesto hatte den Eindruck, als wolle Steinkellner gleich mit der wichtigsten Information des Tages herausplatzen. Er wusste, wer der Täter war, oder zumindest hatte er einen starken Verdacht. Aber sagen durfte er es nicht. Dieses Privileg stand Auffenstein zu.

»In Zusammenarbeit mit der Spurensicherung konnten wir mehrere Tatverdächtige ausschließen. Unsere Ermittlungen waren umfangreich und tiefgreifend«, sagte Steinkellner und verriet damit eigentlich nichts über die Vorgehensweise der Polizei. »Das Ergebnis wird Ihnen nun Staatsanwalt Auffenstein präsentieren.« Er lehnte sich zurück, und es entstand ein Moment der Stille.

Ernesto hatte sich notiert, was Auffenstein und Steinkellner zu sagen gehabt hatten, auch wenn er nicht wusste, was er damit anfangen sollte. Die wirkliche Neuigkeit, der Grund, warum sie hier waren, war noch nicht zur Sprache gekommen.

»Wir haben eine Verhaftung vorgenommen«, sagte Auffenstein und öffnete die Mappe, die schon die ganze Zeit vor ihm auf dem Tisch gelegen hatte. »Kurz vor dem Beginn dieser Pressekonferenz ist es uns gelungen, jemanden in Gewahrsam zu nehmen und eine erste Befragung durchzuführen. Bei der Verdächtigen handelt es sich um Isolde Hartmann, die Lebensgefährtin der Toten.«

3

Obwohl nur wenige Journalisten zu dem Termin erschienen waren, erhob sich ein hörbares Raunen. Sein Nachbar beugte sich zu Ernesto herüber und meinte, davon sei doch auch er überrascht, und Ernesto konnte es nicht leugnen. Für ihn hatte Isolde Hartmann nicht auf der Liste der Verdächtigen gestanden, umso mehr war er gespannt auf Auffensteins Ausführungen. Doch die kamen nicht. Aus ermittlungstechnischen Gründen würde es keine weiteren Erklärungen geben.

Als Ernesto die Hand hob, um eine Frage zu stellen, schüttelte Auffenstein den Kopf. Kein Wort mehr über die Sache zu diesem Zeitpunkt.

Als Auffenstein den Raum verließ, folgten ihm Steinkellner und Havlicek in einigem Abstand. Ernesto holte sie ein. »Warten Sie einen Moment«, sagte er. »Nur ein paar Fragen.«

Auffenstein war schon verschwunden, und Steinkellner blickte ihm nach.

»Was wollen Sie, Valenti?«, fragte Steinkellner unfreundlich, blieb aber stehen.

»Zum Beispiel will ich wissen, wie Sie auf Isolde Hartmann gekommen sind.«

»Das brauchen Sie doch überhaupt nicht für Ihre Geschichte. Wichtig ist nur, dass wir sie gefasst haben.«

»Hat sie ein Geständnis abgelegt?«, fragte Ernesto.

»Das wäre hilfreich, ist aber bei der Faktenlage gar nicht nötig.«

»Sie haben sie also verhaftet. Befindet sich die Verdächtige in Untersuchungshaft?«

»Valenti, lassen Sie es gut sein.«

»Das ist eine wichtige Information.«

»Also gut, sie wurde verhört und befindet sich in Gewahrsam«, sagte Steinkellner.

»Welche Indizien liegen gegen Isolde Hartmann vor?«

»Können Sie sich das nicht selber denken?«

»Ehrlich gesagt, würde ich es gerne von Ihnen hören«, entgegnete Ernesto.

»Es ist kein Geheimnis«, sagte Steinkellner.

»Dann wird es auch nicht die Ermittlungen gefährden, wenn Sie es mir erzählen.«

»Hören Sie, Valenti. Wir haben nur eins und eins zusammengezählt.«

»Und sind dabei auf Isolde Hartmann gekommen?«

»Ich sage es Ihnen immer wieder. Den Täter oder in dem Fall die Täterin muss man im engsten Umfeld des Opfers suchen. Das ist so.«

»Das ist eine Binsenweisheit. Wenn es danach geht, hätte es auch der Vater sein können.«

»Haben wir alles überprüft.«

»Das glaube ich Ihnen sogar, aber er hat selbst zugegeben, dass er schon gegen viertel vier zu Hause war. Er hätte genug Zeit gehabt, sie zu töten.«

»Das glauben Sie doch selbst nicht«, sagte Steinkellner. »Wir haben einen fertigen Fall und wir werden ihn in den kommenden Tagen abschließen. Es gibt für Sie nichts mehr zu tun, Valenti.«

Er lächelte kurz und ging. Jetzt waren nur noch Ernesto und Havlicek übrig.

»Selbst wenn Sie ihm einmal das Leben retten sollten, wird er Ihnen nichts Substanzielles erzählen«, meinte Havlicek und zuckte mit den Schultern. »Dabei wird es so oder so an die Öffentlichkeit gelangen. Auffenstein will es sich bis morgen oder übermorgen aufsparen.«

»Um was geht es? Um die Mordmethode?«

»Aber nein«, Havlicek schüttelte den Kopf. »Wie das Gift in Melitta Schobers Körper gelangt ist, wissen wir noch immer nicht. Es muss so einfach sein, dass wir nicht darauf kommen. Wir denken noch zu kompliziert.«

4

Gleich nach der Pressekonferenz fuhr Ernesto nach Maria Rain zu Melitta Schobers Vater. Er fand ihn bei den Bienen, wie er dort ohne Schutzkleidung eine Wabe nach der anderen herauszog und betrachtete und Ernestos Erscheinen ignorierte. Erst als er mit dem Stock fertig war, den Deckel geschlossen hatte, steckte er den Stockmeißel ein und kam auf Ernesto zu.

»Was wollen Sie hier?«, fragte Helmut Schober. »Sie waren doch sicher auf der Pressekonferenz. Dort haben Sie schon alles gehört.«

»Sie wissen, dass Isolde Hartmann verhaftet wurde?«

»Ich wäre gern dabei gewesen. Ich wollte, ich hätte gesehen, wie sie sie abführen.«

»Woher dieser Sinneswandel?«

»Haben Sie es denn immer noch nicht verstanden? Sie hat meine Tochter umgebracht.«

»Das behauptet die Staatsanwaltschaft.«

»Das behauptet sie nicht nur, das kann sie auch beweisen«, sagte Helmut Schober und ging an Ernesto vorbei in Richtung Haus. Ernesto folgte ihm, ohne ein weiteres Wort zu sagen. Sie betraten die Küche, und Helmut Schober holte sich ein Bier aus dem Kühlschrank, bot Ernesto aber keines an. Er besann sich und öffnete den Kühlschrank noch einmal. »Ich ärgere mich über mich selbst. Dass ich es nicht gesehen habe.« Er reichte Ernesto ein Bier, aber der lehnte ab. »Ein Kaffee vielleicht?«, fragte Schober.

Ernesto schüttelte den Kopf.

»Ich weiß nicht.« Schober nahm einen großen Schluck von seinem Bier. »Es ist wie ein Schock. Gestern hat mich Isolde noch getröstet, und vor ein paar Stunden wurde sie verhaftet. Der Kommissar hat mir Bescheid gesagt.«

Helmut Schober erzählte davon, wie Major Steinkellner hier aufgetaucht war und ihm kurz vor der Pressekonferenz mitteilte, dass man Isolde Hartmann in Gewahrsam genommen hatte, eben in dieser Stunde, und dass er darüber noch nichts verlauten dürfte, bis der Staatsanwalt damit an die Öffentlichkeit gegangen war.

»Hat er Ihnen etwas über die näheren Umstände erzählt?«, fragte Ernesto.

»Das musste er gar nicht. Aber er hat Andeutungen gemacht, und den Rest kann ich mir selber denken.«

In diesem Monat waren die beiden schon fast zwei Jahre zusammen, erzählte Helmut Schober. Es hatte nie Streit gegeben, nach außen hin jedenfalls. Alles war immer in Ordnung. Doch es musste etwas gebrodelt haben. Tief drinnen. Schober wusste nicht zu sagen, um was es in diesem Konflikt gegangen war, aber wenn er darüber nachdachte, fielen ihm hunderte Kleinigkeiten ein. Ein scharfes Wort, ein Kopfdrehen. Er hatte seine Tochter sogar einmal danach gefragt, aber sie hatte nur geantwortet, dass sie eine kleine Meinungsverschiedenheit hatten, nichts von Bedeutung. Nichts, worüber er sich Sorgen machen müsste. Es gehe alles seinen geordneten Gang.

Aber das war nicht so gewesen, da war sich Helmut Schober mittlerweile sicher. Er dachte schon die ganze Zeit darüber nach, worin der Streit seine Ursache hatte und warum er so wenig davon bemerkt hatte, aber er kam nicht dahinter. Er hatte sein Bier ausgetrunken und holte sich noch eine Flasche.

Ernesto hatte sich an den Küchentisch gesetzt und betrachtete die Einrichtung. Die Kästen wirkten abgewohnt, und in den letzten Tagen hatte sich auf der Arbeitsfläche das Geschirr gesammelt. An der Wand hingen keine Bilder, und über eine Stuhllehne war eine Hose gebreitet.

»Der Streit war sozusagen der Auslöser«, sagte Ernesto. »Habe ich das richtig verstanden?«

»So hat es mir der Kommissar erklärt«, antwortete Helmut Schober.

»Das kann nicht alles sein.«

»Nein, das war es auch nicht.«

»Was hat Ihnen Major Steinkellner sonst noch gesagt?«

»Sie hatte die Mittel und die Gelegenheit, das waren seine Worte.«

»Hat er auch erklärt, was er damit gemeint hat?«

»Sie hätte jederzeit aus Klagenfurt hierher zurückkehren können, hat er gesagt, und sie ist die Einzige, die sehr leicht an so viel Bienengift herankommt.«

9. Kapitel

1

Ein paar Tage vergingen nach der Verhaftung von Isolde Hartmann, ohne dass Ernesto etwas Neues gehört hatte.

Ernesto saß in der Klagenfurter Redaktion hinter seinem Schreibtisch und sah seine Notizen durch, kontrollierte die Webseite der Polizei und seine E-Mails. Es gab keine Pressekonferenz und auch keine neue Meldung. Kein Wort von Aufenstein oder Steinkellner.

Also rief Ernesto an diesem Nachmittag Steinkellner an, erfuhr aber nur, dass Isolde Hartmann weiter in Untersuchungshaft bleibe und die Befragungen im Gange seien. Noch gebe es weitere Ermittlungsschritte zu setzen, und der Fall sei noch nicht ganz abgeschlossen.

»Finden Sie die Verhaftung nicht etwas voreilig?«, fragte Ernesto und zeichnete mit dem Kugelschreiber Kringel auf die Schreibunterlage.

»Es ist dazu alles schon gesagt«, meinte Steinkellner.

»Die Frau hat doch ein Alibi.«

»Das hält nur auf den ersten Blick«, erklärte Steinkellner. »Wenn man näher hinsieht, besteht es nur aus Löchern.«

Es stimmte, dass Isolde Hartmann am Vormittag einen Besuch bei ihrer Schneiderin geplant hatte, um ihr Hochzeitskleid anzuprobieren. Diesen Termin hatte sie auch eingehalten, und die Arbeiten der Schneiderin hatten ungefähr eine Stunde gedauert. Die Angestellten der Schneiderei bestätigten das.

Danach hatte Isolde Hartmann das Einkaufszentrum besucht. Sie hatte einen Beleg für die Tiefgarage und konnte Rechnungen von verschiedenen Boutiquen vorweisen. Dort hatte sie tatsächlich eine Bluse, einen Rock und ein T-Shirt gekauft. Eine

Rechnung für den Kaffee und das Croissant, die sie angeblich konsumiert hatte, fand sich nicht.

»Da beginnt schon die Lücke«, sagte Steinkellner.

»Sie wird die Rechnung nicht mitgenommen haben. Das halte ich noch nicht für wahnsinnig verdächtig. War sie nicht auch noch beim Friseur?«

»Ab dem Besuch in der Konditorei kann sie gar nichts mehr beweisen. Beim Friseur erinnert man sich nicht an sie.«

»Was ist mit dem Bewegungsprofil am Mobiltelefon?«, fragte Ernesto. »An den Daten müsste man doch erkennen, wo sie gewesen ist.«

»Wer so schlau ist, und so einen Mord begeht, der ist auch klug genug, sein Handy in der Praxis liegen zu lassen, bevor er losschlägt.«

»Das heißt, das Mobiltelefon zeigt nicht, dass Isolde Hartmann zu Melitta Schober gefahren ist?«

»Nein, zeigt es nicht.«

»Sie sagen, Isolde Hartmann hat kein belastbares Alibi?«

»Hat sie nicht.«

»Aber das ist kein Grund sie zu verhaften«, sagte Ernesto. »Dazu braucht es schon etwas mehr, nicht wahr?«

»Das wissen Sie alles schon.«

»Sie hatte also die Gelegenheit, den Mord zu verüben, und wenn ich mich nicht irre, hatte sie auch die Mittel dazu. Über das Motiv haben Sie mir allerdings noch nichts erzählt.«

»Daran arbeiten wir«, sagte Steinkellner und wollte weiter keine Auskünfte geben.

Nach dem Telefonat mit Steinkellner fragte Ernesto beim Gefängnis nach, wann er Isolde Hartmann in der Untersuchungshaft besuchen dürfe, und man erklärte ihm, dass das nicht so ohne weiteres möglich sei. Zuerst müsse die Staatsanwaltschaft zustimmen und feststellen, dass keine Verdunkelungs- oder gar Fluchtgefahr bestünde. Ob die Staatsanwaltschaft glaube, er würde die Verdächtige im Hosensack hinausschmuggeln, wollte Ernesto wissen. Der Beamte war jedoch nicht zu Scherzen aufgelegt und verwies ihn an Auffenstein.

Bei der Staatsanwaltschaft geriet er an einen Sachbearbeiter, der sich recht umständlich gab und zunächst den Akt nicht finden konnte. Als er ihn endlich vor sich liegen hatte, murmelte und brummte er ins Telefon.

»Sind Sie ein Angehöriger?«, fragte er Ernesto.

»Nein, ich will nur mit ihr reden.«

»Wenn Sie ein möglicher Komplize sind, kann die Staatsanwaltschaft das nicht zulassen.«

»Ich bin von der Kärntner Tagespost.«

»Das eine schließt das andere ja nicht aus.«

»Wie lange dauert es, bis Sie das überprüft haben?«

»Wir überprüfen hier gar nichts«, sagte der Beamte. »Sie müssen schon selbst mit dem Staatsanwalt reden.«

»Es geht doch nur um ein Interview, mehr nicht.«

»Das muss der Staatsanwalt freigeben. Wenn er das macht, können Sie mit ihr reden. Dazu brauche ich einen schriftlichen Antrag von Ihnen.«

2

Besondere Hoffnung hegte Ernesto nicht, dass Auffenstein sein Gesuch in absehbarer Zeit genehmigen würde. Sicher gab es hundert Argumente, warum sein Besuch bei Isolde Hartmann ein Sicherheitsrisiko war. Dennoch tippte er ein paar Zeilen und schickte sie der Staatsanwaltschaft.

Anschließend sah er sich seine Regionalausgabe noch einmal an. Besonders zufrieden war er heute nicht damit, aber er beließ es dabei. Die Ankündigung eines Sängerfestes in Maria Rojach füllte die Hälfte der zweiten Seite, und als Titelgeschichte hatte er die Reaktionen der Kaufleute vom Hohen Platz in Wolfsberg auf die Initiative des Bürgermeisters, der die Innenstadt zur Fußgängerzone erklären wollte. So gut wie alle waren dagegen und fürchteten, das würde ihr Geschäft ruinieren.

Heute machte Ernesto früher Schluss. Er hatte noch einen Termin, der halb privat und halb beruflich war. In einer Buschenschenke in Rinkolach fand der allmonatliche Imkerstammtisch des Bezirkes Völkermarkt statt.

Als er dort ankam, standen schon einige Autos auf der Wiese unter den Apfelbäumen. Beim umgebauten Wirtschaftsgebäude saßen Männer auf Bierbänken, sie grüßten Ernesto. Im Inneren hatten sich ein paar Leute um die Theke versammelt. Sie nahmen Ernesto in ihre Runde auf. Das Gespräch drehte sich um den Ausfall der Frühjahrsernte. Die meisten, die ihre Völker in Rapsfeldern stehen hatten, waren mit ihren Bienen schon abgewandert und sie hatten den wenigen Honig, den es gab, geerntet. Es war nun das zweite Jahr in Folge, in dem der Frühlingshonig nicht besonders reichlich geflossen war.

Ernesto nahm seinen Apfelsaft und ging zu den Männern im Freien, dort durfte man rauchen. Sie diskutierten darüber, dass gerade alles teurer wurde und wie das mit der Corona-Krise und dem Krieg in der Ukraine zusammenhing, und sie waren sich nicht einig, ob an den steigenden Preisen tatsächlich Krieg und Pandemie schuld waren oder ob nicht irgendwelche Konzerne dabei ihre üblen Spielchen spielten. Die Bezirksobfrau der Völkermarkter Imker, Katharina Petutschnig, war gerade am Wort und wandte sich an Ernesto. »Was meinst du dazu? Das ist doch ein Skandal, wie wir ausgenommen werden und nichts dagegen tun können.«

»Der Honigpreis muss steigen«, sagte Ernesto. »Das ist sicher.«

»Die Leute kaufen das billige Zeug im Supermarkt«, sagte Franz Leutgeb, der neben Petutschnig saß und seine Zigarre rauchte. »Wenn ich noch teurer werde, bleibe ich auf meinem Honig sitzen.«

»Wirklich?«, meinte Ernesto. »Ist dir schon jemals etwas übriggeblieben? Sei ehrlich.«

»Übriggeblieben. Na, wie man es nimmt.«

»Also nicht. Dann bist du zu billig.«

»Es wird nicht anders gehen«, sagte Katharina Petutschnig. »Alles wird teurer, und vieles ist bereits zur Mangelware geworden. Damit ich es nicht vergesse, sage ich es euch gleich. Ihr müsst euch schon jetzt im Mai um das Bienenfutter für den Herbst kümmern. Ich habe gehört, es wird ab Juni einen Lieferstopp geben.«

»Warum das?«, fragte Ernesto.

»Weil kein Weizen mehr geliefert wird«, sagte Petutschnig. »Das meiste Bienenfutter wird auf Weizenbasis hergestellt, durch den Krieg und die Pandemie sind die Lieferketten zusammengebrochen. Ihr könnt statt des Sirups natürlich auch Zuckerwasser nehmen. Aber ich würde mich nicht darauf verlassen, dass es im Juli und August noch genug Zucker gibt.«

Die Bienen mussten nach der Honigernte gefüttert werden, sonst überlebten sie den Winter nicht. Traditionellerweise verabreichte man ihnen Zuckerwasser in einem bestimmten Mischungsverhältnis. Das lagerten die Bienen in den Waben ein und zehrten von diesem Vorrat über den Winter bis in den Frühling hinein. Seit einigen Jahrzehnten gab es auch Futtersirup, der aus Zuckerrüben, Weizen oder Mais hergestellt wurde. Der erfüllte im Prinzip den gleichen Zweck wie das Zuckerwasser, war aber einfacher zu handhaben, weil er schon fertig gemischt geliefert wurde. Außerdem war der Sirup bis jetzt meistens billiger gewesen als der Zucker. Ernesto bezweifelte, dass das so bleiben würde.

»Du übertreibst«, meldete sich Franz Leutgeb. »So viel Futter, dass ich meine zwanzig Stöcke durchbringe, wird es wohl geben.«

»Rechne einmal nach, was zusammenkommt, allein in unserem Bezirk«, antwortete Katharina Petutschnig. »Das sind ein paar tausend Stöcke, und das Bienenfutter hat keine Priorität, nicht in der Landwirtschaft und auch für sonst niemanden. Die meisten Leute wissen nicht einmal, dass es so etwas überhaupt gibt.«

Ernesto notierte sich, was Petutschnig ausführte. Wenn immer davon geredet wurde, wie wichtig Bienen für das Überleben der Menschheit seien, konnte man auch über Zuckersirup schreiben und darüber, dass die Bienen ohne die Hilfe der Imker im Winter verhungern würden.

»Und wenn wir schon beim Planen sind, dann können wir auch gleich ausmachen, wann wir die Varroabehandlung durchführen«, sagte Katharina Petutschnig. »Vielleicht schaffen wir es heuer alle gleichzeitig.«

»Das kann man ja so nicht im Voraus wissen. Da muss ich zuerst doch nachsehen, wie stark sie befallen sind«, meinte Franz Leutgeb.

»Aber du behandelst sie so oder so, oder hast du die Sommerbehandlung schon einmal ausgelassen?«, fragte Petutschnig.

»Na, das nicht.«

»Aber vielleicht zählt er vorher die Milben mit der Lupe, und macht dann, was wir alle machen. Nämlich behandeln«, meldete sich Peter Markovitz, der neben Ernesto saß und bis jetzt nicht an der Unterhaltung teilgenommen hatte. »Es ist ja ganz einfach, wir vereinbaren einen Termin und alle halten sich daran. Egal wie viele Varroamilben gerade in den Stöcken sind.«

»Aber das kannst du so nicht machen«, widersprach Leutgeb. »Du musst schon ganz genau wissen, was los ist, bevor du reagierst.«

»Ja, eh, kannst ja vorher zählen«, meinte Markovitz und trank sein Bier aus. »Ich mach das nicht so, und meine Bienen leben auch noch.«

Ernesto schwieg und sah in die Runde.

»Hat es dir die Sprache verschlagen?«, sprach ihn Leutgeb an.

»Ich bin ganz der Meinung von Katharina«, sagte Ernesto. »Wir sollten einen Termin vereinbaren.«

»Bin ich also überstimmt, oder was?«, sagte Leutgeb und nahm noch einen Zug von seiner Zigarre.

3

Der späte Nachmittag begann schon dem Abend Platz zu machen, als Ernesto aufbrechen wollte. Er stand neben dem Tisch, hatte gezahlt und verabschiedete sich. Doch Katharina Petutschnig bedeutete Ernesto, sich wieder zu setzen. So als hätte sie noch nicht alles gesagt, was zu sagen war.

»Jetzt hast du deine Geschichte, aber du hast uns noch gar nichts erzählt«, meinte Petutschnig.

»Von was soll ich euch denn berichten? So spannend sind meine paar Stöcke auch wieder nicht.«

»Über deine Völker musst du gar nichts sagen«, meinte Katharina Petutschnig. »Was mit der Melitta Schober los ist, das wollen wir alle hier wissen.«

»Mehr als in der Zeitung steht, gibt es nicht«, antwortete Ernesto. »Sie haben ihre Lebensgefährtin verhaftet, und die Polizei glaubt, damit ist der Fall gelöst.«

»Du weißt doch noch mehr«, beharrte Petutschnig.

Die Männer tranken Most und einige rauchten. Sie sahen Ernesto erwartungsvoll an.

»Viel kann ich euch nicht erzählen.« Ernesto bestellte noch einen Apfelsaft. »An diesem Tag, an dem Tag, als Melitta Schober starb, sind viele Dinge am Hof der Schobers geschehen, das wissen wir mittlerweile. Was davon für den Mord relevant ist, ist schwer zu entscheiden.« Sein Apfelsaft kam, und Ernesto nahm einen Schluck. Er sah über die Köpfe hinweg und versuchte sich zu überlegen, was er in so einer Runde preisgeben konnte und was besser nicht. Alles, was er sagte, würde sich in Windeseile verbreiten, von Imker zu Imker und weiter.

In groben Zügen umriss er, warum die Kriminalpolizei Isolde Hartmann verhaftet hatte. Das war kein Geheimnis. Dabei klang er aber anscheinend so skeptisch, dass Petutschnig nachfragte: »Du bist mit der Entscheidung der Polizei nicht einverstanden. Das höre ich doch heraus.«

»Ich kann dagegen nichts tun. Die verhaften, wen auch immer sie wollen«, antwortete Ernesto. »Wenn es nach mir ginge, würde ich mir zumindest ansehen, wer sonst noch am Tatort gewesen sein könnte.«

»Und das wäre?«

»Der Vater zum Beispiel.«

»Du glaubst doch nicht …«

»Es ist nicht ausgeschlossen. Ich will ja nichts sagen.« Eigentlich wollte Ernesto sehr wohl etwas sagen, nämlich, dass er Steinkellners Vorgangsweise für voreilig hielt. Sich ganz auf Isolde Hartmann zu konzentrieren und, wie es schien, keine anderen Optionen offen zu halten, war zu früh.

»Wer kommt sonst noch infrage? Darauf läuft es doch hinaus, nicht wahr?«, fragte Petutschnig.

»Es waren an diesem Tag noch andere Menschen am Tatort«, sagte Ernesto und fragte sich, ob es klug war, das zu erwähnen.

»Wer zum Beispiel?«

»Ein gewisser Lorenz Theuersberger, ein Imker.«

»Der Theuersberger«, sagte Katharina Petutschnig laut. »Der alte Gauner hat damit etwas zu tun?«

»Kann man noch nicht sagen.«

»Der Theuersberger, den hab ich letztens erst gesehen, ist noch kein Monat her«, sagte Petutschnig und begann zu erzählen, dass sie mit einigen anderen auf einer Konferenz gewesen war, bei der es um den Schutz und den Erhalt der Carnica-Biene gegangen war.

»Dafür hat sich doch Melitta Schober auch eingesetzt«, sagte Ernesto.

»Sie hat die Konferenz mehr oder weniger einberufen«, antwortete Petutschnig. »Dir muss ich es nicht erklären, dass es verschiedene Bienenrassen gibt und wir in Kärnten nur eine einzige halten dürfen, und zwar die Carnica. Die heimische Biene.«

Ernesto nickte.

»Aber es gibt einige Imker, die wollen sich nicht daran halten«, meinte Katharina Petutschnig. »Sie führen andere Rassen ein, vor allem die sogenannte Buckfast-Biene.«

»Und ihr kämpft alle gemeinsam für den Erhalt der Carnica«, sagte Ernesto. »Ich weiß.«

»Nein, so einfach ist es nicht. Dazu bräuchten wir keine Konferenz, wenn alle einer Meinung wären. Der Theuersberger ist einer von denen, die die Buckfast-Biene unbedingt haben wollen. Seine Stöcke führt er schon lange mit Buckfast-Königinnen.«

»Ich habe gedacht, er versteht sich mit Melitta Schober so gut, dass sie gemeinsam gegen den Einsatz von Pestiziden kämpfen«, sagte Ernesto.

»Freilich, darin waren sie sich einig. Was die Bienen selbst anbelangt, nein, da waren sie ganz und gar nicht einer Meinung«, sagte Petutschnig und schüttelte den Kopf. »Sie konnten sich noch nicht einmal darüber verständigen, was eine Carnica-Biene ist und was nicht. Ob es reicht, wenn man sie anschaut und ihre grauen Bänder am Hinterleib sieht oder ob man eine Genanalyse machen muss, um zweifelsfrei festzustellen, zu welcher Rasse ein Bienenstock gehört.«

»Ich hab von diesem Streit gehört, aber das ist doch nichts Ernstes, oder?«

»Bis vor Kurzem haben nur ein paar große Imker wie der Theuersberger Buckfast-Bienen gehalten«, sagte Petutschnig. »Schlimm genug, aber mittlerweile werden es mehr und mehr, die seinem Beispiel folgen, und das ist wirklich ein Problem.«

»Und jetzt?«

»Jetzt drängen wir darauf, dass das Gesetz eingehalten wird. In Kärnten darf man nur Carnica halten, alles andere wird bestraft«, sagte Petutschnig. »Das ist unsere Forderung.«

»Auch die Forderung von Melitta Schober?«

»Ganz besonders von ihr. Sie hat den Verein zum Schutz der Carnica mitgegründet. Ich bin dort auch Mitglied, und wir machen unseren ganzen Einfluss geltend, um dem Gesetz zu seinem Recht zu verhelfen.«

»Mhmm«, machte Ernesto und kritzelte wieder etwas in seinen Notizblock. »Aber es ist nicht so leicht, das Gesetz durchzusetzen?«

»Du musst im Gesetz definieren, was eine Carnica-Biene ist, und das haben Imker wie Theuersberger beeinsprucht. Seit Jahren geht das hin und her, und es kommen immer mehr Imker dazu, die auf die Buckfast umsteigen wollen.«

»Dabei geht es aber nicht nur um die Bienenrasse, das ist doch nur der Auslöser für den Streit, wenn ich das recht verstehe.«

»Es geht ums Geld«, erklärte Petutschnig. »Am Ende geht es um sehr viel Geld. Eingebildet oder real.«

»Wie meinst du das?«

»Also ganz real sind die Kosten, die auf Theuersberger zukommen, wenn er seine Königinnen austauschen muss. Ich weiß nicht, wie viele Stöcke er genau hat, er ist schon ein größerer Imker, schätzungsweise an die vierhundert, vielleicht sogar mehr. Dafür braucht er mindestens vierhundert neue Königinnen. Das kostet ihn ein paar tausend Euro.«

»Und die nicht realen Kosten?«, fragte Ernesto.

»Naja, die Buckfast-Imker glauben, dass ihre Bienen mehr Honig einbringen als unsere. Ob das stimmt, ist die Frage. Das ist halt so Imkerlatein, das erzählt wird. Aber versteh mich richtig, das Ganze hat sich zu einer Art Bienenkrieg ausgewachsen«, sagte Petutschnig, und Ernesto sah sie verständnislos an.

4

Katharina Petutschnig war nicht nur Bezirksobfrau der Imker von Völkermarkt, sondern auch eine Sammlerin historischer Anekdoten rund um die Kärntner Imkerei. Sie hatte schon zwei Bücher mit kurzen Geschichten und historischen Abrissen veröffentlicht, und sie nutzte jede Gelegenheit, ihr Wissen anzubringen. Und so erzählte sie Ernesto vom Bienenkrieg zu Klagenfurt.

In der zweiten Hälfte des 18. Jahrhunderts hatte die Imkerei in Kärnten einen großen Stellenwert, und vor allem im Raum Klagenfurt besaß fast jeder ein paar Bienenstöcke. Das wurde zum Problem, als um 1760 viele Imker aus dem Umland ins Klagenfurter Becken kamen, um Anfang September von der Blüte des Buchweizens zu profitieren. Man konnte sagen, der Buchweizen war für die damalige Zeit so etwas wie der Raps heute. Eine sehr gute Trachtpflanze, die viel Honig einbringt. Deshalb verluden die Imker aus Slowenien und dem Kanaltal ihre Bienen auf Wagen und karrten sie viele Kilometer Richtung Klagenfurt, um sie in die Buchweizenfelder zu stellen. Das war verboten, aber niemand kümmerte sich darum.

Die Klagenfurter Stadtverwaltung erließ sogar ein Dekret, in dem sie das Aufstellen von fremden Bienenvölkern untersagte: »Derohalbem ist mit Dato 14. July 1760 sub paema confiscaditionis der Verbot ergangen, vermag welchen das einführen frembder Binenstöck aus Crain und dem Canalthalle im spaten Summer zur Haidnblüe untersagt, dh. verboten.«

Diese Verordnung wurde beständig unterlaufen, und im Jahr 1774 eskalierte die Situation. Ein besonders trockener Sommer hatte den Buchweizen geschädigt, und eine kalte Nacht gab ihm den Rest. Weit und breit war keine Blüte mehr zu finden. Der Nektar war versiegt. Nun suchten die Bienen ihre Nahrung anderswo und fanden sie in fremden Bienenstöcken. Die Bienen fielen übereinander her, und eine ungeheuerliche Räuberei entstand.

Einige Imker versuchten zu flüchten. Sie luden ihre Bienen auf und fuhren davon, aber Menschen und Zugtiere wurden so sehr gestochen, dass das Unterfangen beinahe scheiterte. In ihrer Wut über die eingewanderten Imker begannen die Klagenfurter, fremde Bienenstöcke anzuzünden und umzuwerfen. Chaos breitete sich aus, und die Stadtverwaltung musste das Militär eingreifen lassen, um Ruhe zu schaffen.

»So weit sind wir heute noch nicht«, beendete Katharina Petutschnig ihre Erzählung. »Viel fehlt manchmal aber nicht. Das muss ich schon sagen. Es gab Andeutungen, sowohl von der einen wie von der anderen Seite.«

»Keiner hat es wahrgemacht, oder doch?«, fragte Ernesto.

»Bis jetzt nicht«, meinte Petutschnig. »Wissen kann man es aber nicht. Vielleicht sind die dreißig Stöcke, von denen du erzählt hast, gar nicht an den Pestiziden eingegangen.«

»Das wäre doch sehr seltsam. Dort waren auch Stöcke von Theuersberger dabei.«

»Dann wohl eher nicht«, gab Petutschnig zu. »Aber gestritten haben sie sich, und wie. Sie waren direkt verfeindet.«

»Aber gegen die Pestizide haben sie sich gemeinsam gewehrt. Das ist doch ein merkwürdiges Verhältnis, das die beiden miteinander hatten.«

»Ich kenne den Theuersberger gut«, meinte Petutschnig. »Der war nicht immer so stur, nur in den letzten Jahren ist er so geworden. Vielleicht weil er mit seiner Idee, die neuen Bienen in Kärnten einzuführen, gescheitert ist.«

»Und ihr habt ihm das nicht ausreden können?«

»Keine Chance. Nach und nach hat er alle seine Stöcke mit Buckfast-Königinnen bestückt. Dabei ist er gewachsen. Ich glaube, er hat sogar Leute eingestellt. Er ist ein großer Imker geworden, und je größer er wird, desto weniger wagen die anderen gegen ihn vorzugehen. Aber die Melitta, die war nicht zimperlich. Die wollte ihn sogar klagen, wenn er nicht einlenkt.«

10. Kapitel

1

Noch bevor Ernesto zur Arbeit fuhr, kontrollierte er den Schwarm, den er eingefangen hatte, und fütterte ihn mit Sirup. Für den Schwarm hatte er ausreichend Futter auf Vorrat, aber für alle seine Völker würde es nicht reichen. Er musste dringend eine Bestellung aufgeben. Der Händler Florjan Sturm meinte, dass Ernesto schon verdammt spät dran sei. Der Lieferstopp würde sicher in den nächsten Tagen verhängt. Aber wenn er heute noch vorbeikäme, könne er das Futter für die Bienen haben.

So schleppte Ernesto die Kanister aus dem Keller, begutachtete sie, ob sie einigermaßen sauber waren und verfrachtete sie ins Auto. Bis zu Sturm waren es nur gut zehn Kilometer, und er würde etwas später in der Redaktion auftauchen.

Der Parkplatz vor dem Geschäft war leer. Florjan Sturm stand bei den Tanks mit dem Bienenfutter und wischte sich gerade die Hände ab, als Ernesto die Kanister aus dem Wagen hob. Sie begrüßten einander nur mit einem Nicken, und Sturm nahm den ersten Kanister und stellte ihn unter den Auslassstutzen des Tanks. Überall schwirrten Wespen herum. Sie vollführten einen Tanz um einige Tropfen, die zu Boden gefallen waren.

»Eine Schande ist das mit der Melitta«, sagte Sturm und schraubte den Kanister wieder zu. »Hab gelesen, was du geschrieben hast. Die Lebensgefährtin hat sie umgebracht. Das darf doch nicht wahr sein.«

»Du hast sie gekannt?«

»Sie hat immer bei mir eingekauft, und ich bin auch in dem Verein zum Schutz der Carnica-Biene.«

»Ist das nicht geschäftsschädigend? Was sagen die anderen Imker dazu, die mit der Buckfast-Biene?«

»Wir halten uns nur ans Gesetz, und das sollten die anderen auch tun.« Er hatte den zweiten Kanister angefüllt, und Ernesto hob ihn hoch und hievte ihn in den Kofferraum. Gerade als er sich umdrehte, fuhr ein Pritschenwagen vor. Auf der Ladefläche stand ein fünfhundert-Liter-Tank. Es war der alte Ford von Katharina Petutschnig. Petutschnig wedelte eine Wespe weg, als sie auf Ernesto und Florjan Sturm zukam.

»Ob es heuer noch Honig geben wird?«, fragte sie und half Ernesto mit dem nächsten Kanister. »Du, Ernesto, was ich noch sagen wollte, du hast ganz auf den Weltbienentag vergessen. Der war am 20. Mai, soll ich dir ein paar Zeilen schreiben?«

»Das ist fast eine Woche her«, sagte Ernesto. »Wir sind eine Tageszeitung. Nächstes Jahr bringe ich auf jeden Fall etwas.«

»Das ist der Geburtstag von Anton Janša, du weißt doch, der Hofimkermeister von Maria Theresia. Da gäbe es eine Menge zu erzählen.«

Ernesto wuchtete den letzten Kanister auf die Rückbank und überprüfte die Schraubverschlüsse. Nicht auszudenken, wenn einer aufgehen und der klebrige Futtersirup herausschwappen würde.

»Habt ihr schon gehört?«, fragte Sturm. »Es wird bald eine Verabschiedung für Melitta Schober geben. Hat mir heute ganz in der Früh ein Kunde erzählt.«

»Das heißt, ihre Leiche wurde freigegeben?«, fragte Ernesto.

»Ohne die wird es wohl nicht gehen«, sagte Sturm.

»Was bin ich dir schuldig?«, fragte Ernesto.

Florjan Sturm nannte einen unverschämt hohen Betrag. Es war fast das Doppelte von dem, was Ernesto letztes Jahr gezahlt hatte.

»Es wird alles teurer«, sagte Sturm. »Ich kann wirklich nichts dafür.«

Ernesto zahlte und wollte schon in seinen Wagen steigen, als ihm etwas einfiel.

»Melitta Schober ist an einer großen Menge Bienengift gestorben. Wie würdet ihr so einen Mord begehen?«

Die beiden sagten zuerst gar nichts. Sturm schloss den Tank auf Petutschnigs Ladefläche an eine Pumpe an. »Mit einer Spritze vielleicht«, meinte er nach einer Weile.

»Ja, das ist eine gute Idee«, pflichtete ihm Petutschnig bei.

»Es gibt keine Einstichstelle«, erklärte Ernesto.

»Dann …«, begann Petutschnig, sprach aber nicht weiter.

»Ihr seid die Experten, zwei Imkermeister. Ihr müsstet doch wissen, wie so etwas geht.«

»Woher denn?«, fragte Sturm.

2

Ernesto fuhr nach Hause, lud die Kanister aus und stapelte sie im Keller an der Rückwand. Sonja kam gerade mit einem Wurstbrot in der Hand aus der Küche, ihr dicht auf den Fersen Betty, die jeden Bissen ganz genau verfolgte.

Ernesto küsste Sonja auf die Wange und streichelte Betty über den Kopf, bevor er den nächsten Behälter in den Keller schleppte. Als er fertig war, setzte er sich auf die Bank im Hof. Sonja blieb vor ihm stehen, stützte einen Arm in die Hüfte und hielt ihm das Wurstbrot hin.

»Einmal abbeißen?«

Ernesto schüttelte den Kopf. »Mir kommt vor, ich bin diesmal die ganze Zeit einen Schritt hintennach. Einerseits. Andererseits ist Steinkellner so etwas von auf dem Holzweg, ich kann es dir gar nicht sagen.«

»Also Isolde Hartmann war es nicht?«

»Das weiß ich nicht. Aber bevor man sie einsperrt, muss man noch ein paar andere Spuren verfolgen. Jetzt werde ich mich einmal mit Steinkellner und später mit Melittas Vater auseinan-

dersetzen und herausfinden, wieso der Leichnam freigegeben wurde.« Er stand auf, nahm Sonja das Wurstbrot nun doch aus der Hand und biss ab. »Es ist schon ziemlich spät, ich glaub, Auer wird bald nervös werden, wenn ich mich nicht melde.«

Er rief ihn vom Auto aus an, und stellte fest, dass Auer seine Abwesenheit noch gar nicht bemerkt hatte. Es gab eine neue Krise. Die Koalition in der Landesregierung schien langsam zu zerbröckeln, und es hieß, es werde bald Rücktritte geben. Alle verfügbaren Leute waren damit beschäftigt, aber Ernesto sollte sich da besser raushalten. Irgendwer müsse sich schließlich um die Regionalausgaben kümmern. Ob Ernesto das noch einmal übernehmen könne, fragte ihn Auer.

Besondere Lust hatte Ernesto weder auf das eine noch auf das andere. Aber er würde die Regionalausgaben betreuen, wenn er sich nicht mit irgendwelchen Landesräten herumschlagen musste, die ohnehin nicht verraten würden, ob sie demnächst ihren Job verloren oder nicht. Trotzdem kam ihm die Aufgabe ungelegen, und er versuchte, sich möglichst schnell aus der Affäre zu ziehen.

In der Redaktion war es ungewöhnlich laut. Die Leute an den Schreibtischen telefonierten alle gleichzeitig, riefen sich ein paar Sätze zu und griffen wieder zu den Hörern oder den Mobiltelefonen. Ernesto bahnte sich einen Weg zu einem freien Platz und loggte sich ein. Dabei versuchte er, das Geschrei rundherum auszublenden.

Es interessierte ihn gar nicht so sehr, worum es bei der Regierungskrise ging, aber er bekam es trotzdem mit. Der Vizelandeshauptmann hatte seinen Rücktritt angekündigt, vorderhand hieß es, aus persönlichen Gründen. Aber Auer wollte das nicht so recht glauben. Deshalb setzte er alle verfügbaren Leute ein, um die Hintergründe zu recherchieren.

Ernesto kümmerte sich nicht weiter darum. Die Regionalausgaben waren noch lange nicht fertig, und er telefonierte die Re-

dakteure durch, besprach mit ihnen, welche Geschichten sie auf ihren ersten Seiten haben wollten, und suchte für sich selbst eine passende Story. Es gab wieder einen sogenannten Vandalenakt der Jugendbande, aber das würde Ernesto nicht zu einer großen Meldung aufblasen. Stattdessen nahm er lieber die Nachtragsbudgetdebatte aus dem Bleiburger Gemeinderat, bei der sich die Parteien um die Erhöhung der Kanalgebühren stritten.

Diesmal dauerte es nicht sehr lange, bis Ernesto die Regionalausgaben im Griff hatte. Für ein paar Stunden konnte er es sich leisten, von hier zu verschwinden. Später würde er zurückkehren und die Seiten zu Ende bringen. Nun war es an der Zeit, nach Maria Rain zu fahren und mit Helmut Schober zu reden.

Er fand Helmut Schober im Haus. Die Tür stand offen, und Ernesto hörte, wie sich jemand in der Küche bewegte. Am Tisch lagen Zettel, die Schober im Stehen ausfüllte.

»Mit Ihnen habe ich nicht gerechnet«, sagte er und schaute kurz auf.

»Ich habe gehört, es gibt etwas Neues.«

»Der Kommissar hat mich gestern verständigt. Die Verabschiedung findet in zwei Tagen statt. Ich werde nicht länger warten«, sagte Helmut Schober, nahm einen Zettel und legte ihn auf einen Stapel. »Unglaublich, was für ein Papierkram da auf einen zukommt.«

»Hat Steinkellner noch irgendetwas gesagt?«

»Nur, dass er jetzt die Täterin ganz sicher überführen kann.«

»Was hat er damit gemeint?«, fragte Ernesto.

»Das hat er mir nicht verraten. Allerdings habe ich auch nicht gefragt. Mir ist es nur recht, wenn diese Schlange im Gefängnis sitzt und nie mehr herauskommt. Lebenslänglich ist wohl das Mindeste.«

Helmut Schober erklärte, dass er schon beinahe alles für die Verabschiedung geregelt hatte. Sie sollte in Klagenfurt stattfinden, ohne einen Pfarrer. Melitta war aus der Kirche ausgetreten, und selbst bei den Messen, die sie mit den Imkern feiern musste, war ihr nicht wohl gewesen.

»Sie wissen«, sagte Schober. »Die Ambrosiusmesse im Dezember, da kommt man als Imker nicht daran vorbei. Ich habe mich immer gewundert, was sie daran so gestört hat.«

»Haben Sie sie nicht gefragt?«

»Natürlich habe ich das. Sie meinte, das sei ihr alles zu verlogen und zu heuchlerisch. Wenn die Kirche sich an ihre eigenen Vorgaben halten würde, wäre alles in Ordnung. Aber so …«

»Wir werden das schon schaffen«, drang eine Stimme aus dem Wohnzimmer, und in der Tür erschien Dominik Ogris. Er verschränkte die Arme vor der Brust und lehnte sich an den Türstock. »Bei einem Todesfall sind so wahnsinnig viele Dinge zu tun. Ich habe letztes Jahr meinen Opa verloren, daher weiß ich das.« Und an Helmut Schober gewandt: »Soll ich für dich bei der Bestattung anrufen, damit sie die Leiche noch heute aus Graz holen?«

»Ja, das wäre gut«, sagte Helmut Schober und legte seine Hand kurz auf Ogris' Arm.

»Unter Nachbarn und Freunden macht man das so«, sagte Dominik Ogris und nahm das Mobiltelefon aus der Tasche.

Die Traueranzeigen waren schon gedruckt und verschickt. Der Sarg schon längst ausgesucht und das Blumenarrangement bestellt. Melitta Schober würde in einer Feier, zu der jeder Zugang hatte, verabschiedet, danach verbrannt und im engsten Familienkreis, wie es hieß, in einem Urnengrab beigesetzt.

Ernesto beobachtete die beiden Männer, wie sie miteinander umgingen und sprachen. Zwischen ihnen schien eine gewisse Vertrautheit zu herrschen. Meistens begannen sie einen Satz nur, und der andere antwortete schon, weil er wusste, was gemeint war.

»Was hast du heute noch vor?«, fragte Dominik Ogris.

»Nichts weiter. Ich warte, bis Melitta aus Graz zurück ist,

dann fahre ich nach Klagenfurt und besuche sie.«

»Da komme ich mit, wenn es dir nichts ausmacht.«

»Warum sollte es?«

»Weil wir doch nicht mehr …«

»Aber ihr wart so lang … Das vergeht nicht wegen einer Affäre.«

»Das glaube ich auch«, sagte Dominik Ogris.

Sie unterhielten sich, als ob Ernesto nicht anwesend wäre, und er machte keine Anstalten, sich einzumischen. Schober wusste nicht, wieso er die Leiche seiner Tochter nun beerdigen konnte, warum die Gerichtsmedizin und die Polizei kein Interesse mehr an ihr hatten, und es war ihm auch gleichgültig.

»Wissen Sie«, sagte er nach einer Weile zu Ernesto. »Der Fall ist geklärt. Das ist alles, was ich wollte. Jetzt können die Dinge ihren Lauf nehmen.«

3

Auf dem Rückweg erreichten Ernesto einige Anrufe von Redakteuren, die wissen wollten, wo er bleibe und ob er ihre Artikel schon gesichtet und abgesegnet hätte. Das alles hatte Ernesto natürlich noch nicht getan, und so fuhr er etwas schneller und beschleunigte seinen Schritt, nachdem er den Wagen in der Tiefgarage abgestellt hatte.

Für den restlichen Nachmittag war er mit der Arbeit an den Regionalausgaben beschäftigt. Kaum eine Minute verging ohne einen Anruf und eine neue Geschichte, die er sich ansehen musste. Die Regierungskrise ging derweilen weiter, und es schien, als würde es bald eine offizielle Erklärung des Vizelandeshauptmanns geben. Auer kam an Ernestos Schreibtisch vorbei und berichtete beiläufig, dass sie immer noch nicht wussten, warum der Vize-LH das Handtuch werfe. Welche persönlichen Gründe könnten das schon sein? Vermutlich stecke doch eine politische Angelegenheit dahinter.

»Du bringst mich auf eine Idee«, sagte Ernesto.

»Weißt du, wie man der Sache auf den Grund geht?«

»Nein, noch nicht, und ich werde mich da auch nicht einmischen. Aber ich werde den Landesrat für Landwirtschaft anrufen und ihn wegen des Bienengesetzes fragen. Zuerst werde ich das Gesetz freilich lesen, damit ich weiß, worum es geht.«

»Was hat das jetzt mit dem Vize-LH zu tun?«, fragte Auer.

»Nichts, vermutlich.«

»Das heißt mit anderen Worten, ich soll mich um meine eigenen Sachen kümmern und dir nicht auf die Nerven gehen.«

»Ich bin mit der Geschichte um Melitta Schober noch nicht fertig«, sagte Ernesto.

»Aber du kümmerst dich um die Regionalausgabe? Nicht dass du einfach wieder verschwindest.«

»Ich bin ja wieder zurück«, sagte Ernesto.

»Das kannst du nicht machen, Ernesto.«

»Es wird alles funktionieren.«

»Ein Chef vom Dienst hat immer hier zu sein, immer.« Winfried Auer seufzte, während er in sein Büro ging und die Tür hinter sich zuzog.

Nach diesem Gespräch fand Ernesto bis in den späten Nachmittag keine Zeit mehr, auch nur kurz an Melitta Schober und ihren Fall zu denken. Doch in seinem Hinterkopf arbeitete es weiter. Als er endlich aufs Dach ging und eine Zigarette rauchte, kamen die Gedanken hoch und forderten ihren Platz im Bewusstsein.

Es war ein lauer Tag gewesen, und jetzt wehte der Wind von Süden her und brachte den Geruch der Bäume mit. Davon bemerkte Ernesto wenig, so vertieft war er in seine Überlegungen. Er wollte wissen, was die Gerichtsmedizin herausgefunden hatte. Gleichzeitig war es ihm zuwider, sich erneut von Steinkellner abwimmeln zu lassen. Die immer selben Phrasen darüber, wie wenig ihn das anging und dass ohnehin alles Wichtige bald in einer Meldung mitgeteilt werden würde. Nein, darauf konnte Ernesto heute verzichten. Wenn jemand Bescheid wusste, war es Wolfgang Havlicek.

Diesmal würde Ernesto ihn nicht anrufen, sondern bei ihm vorbeischauen. Der Weg war nicht besonders weit, und ein kleiner Spaziergang würde ihm guttun. Die Zigarette ließ er in den Plastikbecher mit dem Kaffeerest fallen. Sie verlöschte zischend.

Vor der Landespolizeidirektion standen mehrere Beamte in Uniform, die Finger in die Gürtel gelegt und kontrollierten jeden, der die Treppe hinaufstieg. Ernesto zeigte seinen Ausweis, sagte, wohin er wollte, und sie ließen ihn passieren.

Havliceks Räumlichkeiten befanden sich im ersten Kellergeschoß. Die Gänge waren grellweiß ausgeleuchtet, und Ernesto war verwundert über den frischen Anstrich der Wände und die neuen Büromöbel. Havlicek war dabei, etwas in seinen Computer zu tippen, hatte eine Tasse Tee auf dem Schreibtisch stehen und sah gerade auf, als Ernesto klopfen wollte.

»Möchten Sie etwas über die Renovierung der Kriminaltechnik schreiben?«, fragte er. »Woher wissen Sie das überhaupt?«

»Deshalb bin ich, ehrlich gesagt, nicht hier«, entgegnete Ernesto.

»Was führt Sie denn in diese nicht mehr ganz so dunklen Hallen?«

»Ich hatte gehofft, Sie könnten mir sagen, warum Melitta Schobers Leiche nun freigegeben ist.«

»Ach das.« Wolfgang Havlicek stand auf und nickte Ernesto zu, er möge ihm folgen. »Ich zeige Ihnen trotzdem das neue Labor.«

Den Gang hinunter öffnete sich eine Flügeltür aus Stahl. Dahinter reihten sich vier Säle, hell beleuchtet und voller Gerätschaften, die Ernesto nicht identifizieren konnte, nur die Mikroskope erkannte er, aber wofür Havlicek diese Zentrifuge und diesen großen grauen Kasten brauchte, erschloss sich Ernesto selbst dann nicht ganz, als Havlicek ausholte und zu erklären begann.

Über Melitta Schober sagte Havlicek zunächst nichts. Erst als er zum Fingerabdruckscanner kam, zeigte er Ernesto als Beispiel jene Fingerabdrücke, die er in dem Bienenhaus gefunden hatte. Es gab ein paar, die noch keiner bestimmten Person zugeordnet waren.

»Wahrscheinlich sind da auch Ihre dabei. Die können wir gleich ausschließen«, sagte Havlicek. »Legen Sie Ihre rechte Hand auf das Display.«

Ernesto tat, wie ihm geheißen wurde, und sah, wie Linien auf dem Bildschirm erschienen, wie sich seine Fingerkuppen dort abzeichneten. Das wiederholte er mit der anderen Hand, und tatsächlich gab es einen Treffer.

»Aber ich habe gar nichts angefasst«, sagte er erstaunt.

»Sie haben es nicht bemerkt.«

»Ich habe doch aufgepasst, damit ich nichts angreife.«

»Ihre Fingerabdrücke waren auf der Tischplatte. Sie müssen sich abgestützt haben, als Sie dort gestanden sind.«

»Wenn ich einen Fehler gemacht habe, hat der Mörder sicher auch einen gemacht.«

»Das ist sehr wahrscheinlich, wir haben die Fingerabdrücke von einigen Leuten gefunden. Die der Verdächtigen sind auch dabei.«

»Das wundert mich nicht«, sagte Ernesto.

»Nein, das war zu erwarten. Immerhin war sie die Lebensgefährtin der Toten.«

»Sie haben trotzdem noch etwas anderes in der Hinterhand.«

»Nichts Aufregendes«, sagte Havlicek. »Jede Menge Fasern, sonst nicht viel. Wachs und Propolis überall. Aber auch das ist nichts Außergewöhnliches in einem Bienenhaus.«

»Isolde Hartmann war also am Tatort?«

Havlicek sah Ernesto an und zuckte mit den Schultern. »Selbstverständlich war sie das.«

»Zum Tatzeitpunkt.«

»Das ist immerhin möglich.«

»Sicher ist es nicht?«

»Für die Verhaftung hat es gereicht.«

Ernesto sprach Havlicek noch einmal auf die Freigabe der Leiche an, und weil sie schon bei den Fingerabdrücken waren, zeigte Havlicek auch noch ein paar Fotos aus dem Obduktionsbericht. Darauf war die Schwellung am Hals zu erkennen. Aufnahmen vom Gesicht und vom Rachenraum. Auf einigen der Abbildungen waren Details zu sehen, einzelne Stellen im Mund und am Hals. Gerötete Flecken und blau angelaufene Hautpartien.

»Die Untersuchungen waren sehr eingehend«, erklärte Havlicek. »Wie Sie sehen, wurde alles ganz genau dokumentiert. Jeder einzelne Schritt wurde mit Bildern belegt. Die Todesursache konnte eindeutig festgestellt werden. Das wird Ihnen auch die Staatsanwaltschaft noch einmal bestätigen.«

»Aber wie ist das Gift in ihren Körper gelangt?«

»Die Obduktion gibt darüber keine Aufschlüsse.«

»Es gibt also keine Beweise gegen Isolde Hartmann?«

»Das würde ich so nicht sagen«, meinte Havlicek. »Fragen Sie Steinkellner danach.«

4

Als sich Ernesto auf dem Rückweg befand, ließ er sich das Gespräch mit Havlicek noch einmal durch den Kopf gehen. Viel Neues hatte er nicht herausgefunden, aber immerhin schien es so, als ob die Spurensicherung und die Obduktion nichts ergeben hatten, das man gegen Isolde Hartmann ins Feld führen konnte. Es gab höchstens eine Indizienkette, die gegen sie sprach. Heute würde Ernesto Steinkeller nicht mehr erreichen, und auch bei der Staatsanwaltschaft war um diese Uhrzeit niemand mehr im Büro.

In der Redaktion war es ruhig. Nur Winfried Auer saß noch in seinem Büro und las auf dem Bildschirm. Was er vor sich hatte, war die Ausgabe von übermorgen, und die meisten Seiten waren noch leer.

»Halte mir etwas für einen Bericht über die Erneuerung der Kriminaltechnik in Klagenfurt frei«, sagte Ernesto.

»Magst du das nicht überregional bringen?«

»Da habe ich morgen etwas anderes für dich. Die Geschichte mit Melitta Schober ist noch nicht vorbei.«

»Ich dachte, mit der Verhaftung ist das geklärt«, sagte Auer.

»Wenn mich nicht alles täuscht, ist das erst der Anfang.«

11. Kapitel

1

Den ersten Bienenschwarm hatte Ernesto glücklich eingefangen, der zweite war ihm entwischt. Vielleicht hatte ihn ein anderer Imker Tage später in seinem Garten gefunden und war geschickter als Ernesto gewesen, sonst war der Schwarm ganz sicher dem Untergang geweiht. Denn draußen in der Natur konnten Honigbienen kaum mehr als ein Jahr oder zwei überleben.

Ernesto beugte sich über die offene Beute und träufelte ein Medikament auf die Bienen, die sich ganz oben an der Wabengasse befanden. Es bestand im Wesentlichen aus Oxalsäure und Zuckerwasser und sollte die Varroamilbe auf den Bienen abtöten.

Die Behandlung war unumgänglich. Die Milbe war zwar nirgends zu sehen, aber Ernesto wusste, dass sie da war. Kaum ein oder zwei Millimeter groß, hockte sie auf den Bienen und saugte ihnen die Lymphe aus. Als würde ein Vampirkaninchen einen Menschen angreifen.

Er schraubte die Flasche wieder zu, richtete seinen Schleier und verschloss den Bienenstock. Es war keine große Störung eingetreten. Nur ein paar Bienen waren aufgeschwirrt, um zu sehen, was da vor sich ging. Gleich nachdem der Deckel eingerastet war, war wieder alles ruhig, sodass Ernesto noch im Weggehen die Jacke öffnete. Die Oxalsäure verstaute er in der Werkstatt, dann machte er sich auf nach Klagenfurt, um sich mit Staatsanwalt Auffenstein zu treffen. Er wollte ihm erklären, warum er unbedingt mit Isolde Hartmann sprechen musste.

2

Doch Auffenstein war nicht da. Ein Beamter empfing Ernesto und bat ihn, Platz zu nehmen. Es könne nicht mehr lange dauern, bis der Staatsanwalt aus der Verhandlung zurück sei. Also setzte sich Ernesto und blickte sich um.

Ein Mann mit einem Aktenstapel ging an ihm vorbei und würdigte ihn keines Blickes. Ernesto sah auf die Uhr auf seinem Mobiltelefon und kontrollierte die E-Mails. Zwei neue Artikel von freien Mitarbeitern waren eingegangen. Beides konnte er morgen schon bringen. Vertieft in die Lektüre merkte er nicht, wie sich Staatsanwalt Auffenstein näherte und vor ihm stehen blieb.

»Sie wollten mich sprechen?«, fragte Auffenstein.

Ernesto blickte hoch und stand auf.

»Wenn ich es recht verstanden habe, geht es um Isolde Hartmann.« Auffenstein öffnete die Tür zu seinem Büro und bat Ernesto herein.

»Ich möchte ein Interview mit ihr führen.«

»In der Untersuchungshaft? Dazu besteht keine Veranlassung.«

»Es steht ihr zu, Besuch zu empfangen.«

»Nur wenn es die Ermittlungen nicht behindert.«

»Wie sollte es das?«

»Bei Ihnen weiß man das nie, Valenti.«

»Sie können die Frau nicht von der Außenwelt abschirmen.«

»Wir haben sie in Haft genommen, weil dringender Tatverdacht besteht.«

»Die Frau hat das Recht, ihre Geschichte zu erzählen. Ich bin doch nicht ihr Komplize oder so etwas, ich will nur ein Interview mit ihr.«

Auffenstein schwieg einen Moment. »Ich weiß nicht, was Sie vorhaben. Deshalb ist mir nicht wohl bei der Sache.«

»Das habe ich Ihnen schon gesagt. Ich will mit ihr reden.«

»Sie wollen, dass sie ihre Geschichte erzählt?«

»Ganz genau.«

»Das hat sie doch schon.«

»Aber nicht mir, nicht der Öffentlichkeit.«

»Sie machen eine Sensation daraus.«

»Nein, ich verhelfe nur einer Frau zu ihrer Stimme, weiter nichts.«

»Wenn ich verweigere, …«

»Schreibe ich darüber, weiter nichts«, sagte Ernesto. »Ich schreibe so oder so eine Geschichte.«

Auffenstein zog ein Formular über den Tisch heran. Er warf einen Blick darauf und füllte es aus. Nachdem er unterschrieben hatte, hob er es hoch und reichte es Ernesto. »Da haben Sie es. Sorgen Sie dafür, dass ich es nicht bereue.«

3

Der Klingelknopf vor der Gefängnistür surrte. Durch das Türglas sah Ernesto den Wachebeamten in seinem Verschlag sitzen. Der reagierte aber nicht, sondern telefonierte weiter. So wartete Ernesto kurz und klingelte noch einmal. Wieder ignorierte ihn der Beamte. Erst als er zum dritten Mal auf die Klingel drückte, ertönte ein Summen, und die Tür ließ sich öffnen.

Im Vorraum fand Ernesto auf der linken Seite drei Reihen Schließfächer aus Plexiglas. Er versperrte sein Mobiltelefon, seine Brieftasche und seine Autoschlüssel und ging durch die Sicherheitsschleuse. Es piepste, und Ernesto blieb stehen, durchsuchte seine Taschen, ob er etwas übersehen hatte. Aber der Beamte schüttelte den Kopf und winkte ihn durch.

Im Wartezimmer war es voll. Frauen mit Kinderwagen. Kinder, die in einer Ecke spielten. Ein glatzköpfiger Mann, der auf einem Stuhl ganz an der Wand saß und eine Zeitschrift las. Die junge Frau neben ihm hielt beide Hände im Schoß gefaltet.

An der Tür geradeaus hing ein Zettel mit der Aufschrift »Anmeldung«. Ernesto klopfte und trat in einen Raum, der kaum groß genug war, um sich darin umzudrehen. Vor ihm befand sich eine Glasscheibe. Dahinter eine Beamtin.

»Sie müssen den Schein ausfüllen, bevor Sie zu mir hereinkommen«, sagte sie, als Ernesto die Tür hinter sich noch nicht geschlossen hatte.

Im Wartezimmer fand er einen Block und einen Kugelschreiber. Ein weiteres Formular, in das er seinen Besuchswunsch und seine Daten eintrug. Das und Auffensteins Schreiben überreichte er der Beamtin, die hinter der Glasscheibe auf ihn gewartet hatte. Die Beamtin stempelte den Antrag ab und legte ihn zur Seite. Daraufhin sah sie Ernesto an, sagte aber nichts.

»Wie lange wird es dauern?«, fragte Ernesto.

»Kann man nicht sagen«, antwortete die Beamtin. »Es sind vor Ihnen auch noch Leute dran.«

Zurück im Warteraum, blieb Ernesto zunächst stehen. Doch er machte sich keine Illusionen. Es würde einige Zeit vergehen, bis er an der Reihe war, und so setzte er sich möglichst weit weg von den anderen. Aber er konnte nur einen Sitz zwischen sich und den glatzköpfigen Mann bringen.

Auf dem einzigen Tisch lagen alte Zeitungen. Die gestrige Ausgabe der Kärntner Tagespost und einige Magazine. Ernesto griff zu und blätterte in einer Zeitschrift über Mode, obwohl ihn das nicht sonderlich interessierte. Der Lautsprecher knackte, und eine Frauenstimme rief einen Namen auf. Ernesto verstand nur, dass es nicht seiner war. Eine Frau holte ihr Kind, und gemeinsam stemmten sie die Metalltür zum Besucherraum auf. Für einen Moment sah Ernesto ein paar Stühle, eine Glaswand und dahinter ein paar Männer, Häftlinge, die auf ihren Besuch warteten.

Die Tür schloss sich wieder, und Ernesto legte seine Zeitschrift weg.

Es interessierte ihn kein bisschen, welche neuen Schnitte man im vergangenen Herbst in Paris oder New York getragen hatte. Die Werbeanzeigen für Shampoos und Hautcremes ließen ihn kalt. Besser, er formulierte im Geist noch einmal die Fragen, die er Isolde Hartmann stellen wollte.

Der Warteraum leerte sich, aber schon kamen die nächsten Besucher und durchliefen die Prozedur, die Ernesto nun schon kannte.

Die Eingangstür öffnete sich ein weiteres Mal, aber diesmal erschien kein neuer Besucher, sondern ein Beamter, der die Schnalle in der Hand behielt und fragte: »Valenti?«

Ernesto erhob sich und folgte dem Mann. Sie kamen durch einen Gang, eine weitere Sicherheitsschleuse und endlich zu einer Gittertür. Der Beamte zog einen Schlüssel von seinem Gürtel und öffnete sie. Eine weitere Tür versperrte den Zugang zu einem Raum. Der Beamte öffnete. An einem Tisch saß Isolde Hartmann und sah Ernesto müde an.

»Mit Ihnen habe ich nicht gerechnet«, sagte Isolde Hartmann und zuckte ein wenig zusammen, als der Beamte die Tür ins Schloss fallen ließ. »Ich dachte, es ist mein Anwalt.«

»Sie müssen natürlich nicht mit mir reden. Aber ich würde gern Ihre Version hören.«

»Ich habe keine Version«, sagte Isolde Hartmann. »Nur die Wahrheit, aber von der will der Staatsanwalt nichts wissen, und glauben will er sie schon gar nicht.«

»Sie bestreiten die Vorwürfe der Staatsanwaltschaft, nehme ich einmal an?«, fragte Ernesto und setzte sich an der anderen Seite des Tisches.

»Natürlich habe ich Melitta nicht umgebracht. Das ist absurd. Ich ermorde doch nicht die Frau, die ich heiraten will.«

»Sie haben kein Alibi für die Tatzeit.«

»Keines, das die Polizei anerkennen will. Aber ich war in meiner Praxis und habe gearbeitet. Ich habe nachgedacht. Das müsste man sogar beweisen können, anhand der Zeitstempel in den Dokumenten, die ich geöffnet hatte.«

»Sie hätten die Dokumente ja eben nur öffnen müssen, und hätten in der Zwischenzeit zu Melitta Schober fahren können.«

»Wer macht denn so etwas?«, sagte Isolde Hartmann entrüstet.

»Eine kluge Mörderin.«

Sie schlug sich die Hände vors Gesicht und amtete heftig. »Das darf doch nicht wahr sein«, sagte sie dumpf durch die Finger hindurch.

Der Raum war bis auf den Tisch und die beiden Sessel leer. Ein vergittertes Fenster führte in den Innenhof, wo ein Bus der Justizwache geparkt war. Die Stromleitungen lagen über Putz und führten zu einer ebenfalls vergitterten Lampe an der Decke. Ernesto wartete, bis sich Isolde Hartmann beruhigt hatte und die Hände vom Gesicht nahm.

»Es ist zumindest ein Indiz zu Ihren Gunsten«, sagte Ernesto. »Falls es wirklich so ist.«

»Ich habe gearbeitet, und als der Anruf kam, bin ich sofort los. So war es und nicht anders.«

»Aber Sie hatten einen Streit mit Melitta Schober?«

»Einen Streit, ach was, eine Meinungsverschiedenheit. Das hat Ihnen Helmut verraten. Der Polizei hat er das auch erzählt. Am Tag davor haben wir uns, was weiß ich, gestritten kann man gar nicht sagen, und uns wieder versöhnt.«

»Worum ging es?«

»Wir waren uns nicht darüber einig, ob, und wenn ja wie, ich meine Praxis verlegen sollte. Melitta wollte es unbedingt gleich haben. Ich sollte noch in diesem Jahr zu ihr auf den Hof übersiedeln. Aber es war ja noch nichts fertig, nur ihre Tierarztpraxis. Noch keine Räume für mich, und Melitta sagte, das geht sich schon aus, doch ich wollte nichts überstürzen.«

»Darum ging es in dem Streit?«

»Mehr oder weniger. Das war öfter so. Es ging ihr nicht schnell genug. So eine Übersiedlung braucht halt Zeit. Aber Streit kann man das ja kaum nennen.«

»Ist es laut geworden?«

»Ein bisschen. Eine leidenschaftliche Meinungsverschiedenheit. Deshalb habe ich auch meine Stimme erhoben. Wir hatten das Thema schon öfter. Ich war immer der Meinung, dass man alles in Ruhe machen muss, nichts überhasten, dann wird schon alles gut. Aber Melitta war anderer Meinung.«

»Das wollte sie unbedingt?«, fragte Ernesto.

»Im Grunde war ich ganz bei ihr. So oft es ging, wollte ich sie um mich haben. Deshalb ist es auch so absurd, dass man mich beschuldigt. Warum hätte ich ihr etwas antun sollen?«

»Aber Sie sind die Einzige, die sich diese Menge an Bienengift ganz leicht verschaffen konnte.«

»Was, glauben Sie, habe ich getan?« Isolde Hartmann sah Ernesto aus weit aufgerissenen Augen an. »Sie vergiftet?«

»Die Staatsanwaltschaft scheint das jedenfalls zu glauben, und auch der Richter, dem Sie die Untersuchungshaft zu verdanken haben. Sie haben doch Bienengift in der Praxis?«

»Es wurde gestohlen.«

»Was wurde gestohlen?«, fragte Ernesto.

»Mein Bienengift. Ich hatte tatsächlich ein paar Ampullen.«

»Und es wurde eingebrochen und …«

»Das habe ich der Polizei schon hundertmal erklärt, und sie wissen es selber. Ich habe damals Anzeige erstattet.«

»Wie lange ist es her?«

»Beinahe vier Wochen.«

»Die Polizei weiß das?«

»Das war damals eine mühselige Angelegenheit, weil mir die Beamten zuerst nicht geglaubt haben. Bienengift, das ist doch absurd. Da muss doch sonst noch etwas gestohlen worden sein.

Aber so war es nicht. Jemand hatte ein Fenster aufgehebelt, war eingestiegen und hatte den Schrank aufgebrochen.«

»Er oder sie wusste, wo das Bienengift war?«

Isolde Hartmann zuckte mit den Schultern. »Was weiß ich, darüber habe ich nicht nachgedacht.«

»Auch nicht darüber, was man damit anstellen könnte?«

»Zumindest bin ich nicht auf die Idee gekommen, jemand könnte damit einen Mord begehen. Das ist abwegig.«

»Dennoch ist es geschehen«, sagte Ernesto.

»Es sieht so aus.«

»Aber Sie leugnen, dass Sie etwas damit zu tun haben?«

»Ich hatte keinen Grund, Melitta zu ermorden.« Isolde Hartmann wischte sich eine Träne von der Wange. »Ganz im Gegenteil.«

»Die Leiche ist nun freigegeben«, sagte Ernesto.

»Dann wird sie bald beerdigt, und ich kann nicht dabei sein. Das darf nicht passieren. Sagen Sie Helmut, er muss auf mich warten. Es kann doch nur mehr Tage dauern, bis ich aus der Untersuchungshaft entlassen werde.«

»Der Haftrichter wird das sicher bald prüfen«, sagte Ernesto.

»Ich muss mich doch von ihr verabschieden, und ich kann doch nicht eingesperrt sein, während sie aufgebahrt in der Totenhalle liegt.« Isolde Hartmann begann zu weinen. »Sie müssen mir versprechen, dass Sie mit Helmut reden.«

»Ich fürchte, das wird nicht viel bringen. Er scheint von Ihrer Schuld sehr überzeugt zu sein.«

»Warum denn? Ich habe doch gar nichts getan.«

»Die Version der Staatsanwaltschaft scheint ihn überzeugt zu haben.«

»Reden Sie mit ihm«, sagte Isolde Hartmann. Im selben Moment öffnete sich die Tür, und ein Beamter erklärte, die Besuchszeit sei nun vorbei.

4

Als Ernesto ihn am Telefon erreichte, brummte Steinkellner zuerst etwas Unverständliches in den Hörer und antwortete nur maulfaul auf Ernestos Fragen. Er wollte zu dem angeblichen Diebstahl des Bienengiftes nichts sagen. Die Anzeige sei ihm bekannt, aber dafür sei er nicht zuständig. Überhaupt war das nur eine vorgeschobene Geschichte, eine Ausrede, um ein von langer Hand geplantes Verbrechen zu vertuschen. Isolde Hartmann hatte das Bienengift selbst entfernt und dann Anzeige erstattet, um von sich abzulenken und einen Beleg zu haben, dass nicht sie das Gift verwendet haben konnte.

»Das ist eine besonders schlaue Taktik«, sagte Steinkellner. »Trotzdem haben wir sie erwischt.«

»Ohne Geständnis ist das alles nicht viel wert«, sagte Ernesto. »Und wenn Sie nicht bald etwas Handfestes haben, müssen Sie sie wieder gehen lassen.«

Das Gespräch war kurz und unergiebig. Wenigstens hatte Steinkellner Ernesto den Namen des ermittelnden Beamten in Sachen Diebstahl verraten, und so fragte sich Ernesto zu ihm durch. Der wollte am Telefon auch nicht reden und verwies auf die Presseaussendung. Die Ermittlungen waren noch im Gange.

»Es gab Einbruchsspuren?«, fragte Ernesto.

»Am Fenster«, sagte der Beamte. »Werkzeug haben wir keines gefunden.«

»Andere Spuren?«

»Was interessiert Sie diese Einbruchgeschichte überhaupt? Das ist schon ein paar Wochen her, und besonders spektakulär war es auch nicht.« Der Beamte machte eine kurze Pause. »Ah, jetzt verstehe ich. Wegen der Hartmann ist es. Die wurde ja verhaftet.«

»Könnte sie es selbst gewesen sein?«, wollte Ernesto wissen.

»Könnte, könnte aber auch nicht. Was weiß man.«

»Hat man Fingerabdrücke gefunden?«

»Das ist eine Arztpraxis. Da gehen jeden Tag ich weiß nicht wie viele Leute ein und aus.«

»Also hat es eine Spurensicherung gegeben?«

»Wie es halt üblich ist«, sagte der Beamte. »Aber herausgekommen ist dabei noch nichts.«

Ernesto war versucht, Wolfgang Havlicek anzurufen, aber er wollte die Geduld und Freundlichkeit des Chefs der Spurensicherung nicht überstrapazieren. Außerdem brauchte er gar nicht mehr Information, als er schon hatte. Der Fall gegen Isolde Hartmann war löchrig, und die Geschichte, die Steinkellner ihm aufgetischt hatte, war unwahrscheinlich und kaum zu beweisen.

Isolde Hartmann sollte die Tat lange geplant haben, mindestens einige Wochen, wenn nicht gar schon viel länger. Sie hatte sich Bienengift besorgt und es in ihrer Ordination gelagert.

Nachdem Sie das Bienengift gekauft hatte, fingierte sie einen Einbruch und zeigte ihn bei der Polizei an. Die Polizei nahm den Fall auf und ermittelte. Eine Spurensicherung wurde durchgeführt, Zeugen befragt, die gesamte Maschinerie in Gang gesetzt.

Das machte Isolde Hartmann nicht sonderlich nervös, so schien es. Sie wartete ab und bereitete sich auf die Tat vor. Eines Tages war es dann so weit. Mit einem Ausflug nach Klagenfurt verschaffte sie sich ein falsches Alibi. Statt ins Kaufhaus zu gehen, ermordete sie ihre Lebensgefährtin.

Die Geschichte war vielleicht nicht vollkommen unmöglich, erschien Ernesto aber dennoch an den Haaren herbeigezogen. So eine lange Planung setzte ein starkes und nachhaltiges Motiv voraus. Doch das konnte Ernesto nirgends sehen. Der Vater hatte von einem Streit gesprochen, Isolde Hartmann hatte ihn zugegeben. Wenn es jedoch nur darum gegangen war, ob Isolde einige Wochen früher oder später ihre Praxis verlegte, war das kein hinreichender Grund. Wäre die Meinungsverschiedenheit dennoch so tiefgreifend gewesen, hätten sie sich einfach trennen können. Wäre häusliche Gewalt unbemerkt geblieben? Möglich war es. Aber selbst wenn es da eine verborgene Geschichte gab, warum gerade diese Methode? War das nicht ausgesprochen dumm? Jeder würde bald sie verdächtigen, und so war es ja auch gekommen. Da nützte das Ablenkungsmanöver mit dem Einbruch nicht viel, und Isolde Hartmann war klug genug, um das alles zu wissen. Sie hätte eine andere Methode gewählt.

12. Kapitel

1

Die Bücherstapel schienen in den letzten Tagen gewachsen zu sein. Ernesto tat sich schwer, einen Gang zwischen den Türmen aus Taschenbüchern und alten Zeitungen zu finden, als er sich auf Čertovs Schreibtisch zu bewegte. Dort brannte auch die einzige Lampe im Raum. Čertov sah nur kurz von seinem Bildschirm auf, legte die Zigarette für Sekunden zur Seite und nahm sie gleich wieder auf.

Als Ernesto sich setzte, machte Čertov eine Handbewegung, die wohl heißen sollte, Ernesto möge sich noch einen Moment gedulden. Daraufhin tippte Čertov ein paar Sätze und wandte sich endlich Ernesto zu.

»Wie geht es deiner Mordgeschichte?«, fragte er und bot Ernesto eine Zigarette an. »Die Sache scheint sich ja ohne dein Zutun erledigt zu haben. Dann kannst du wieder etwas für mich schreiben.«

»Wenn es so einfach wäre«, antwortete Ernesto. »Aber so ist es nicht. Sie haben die Falsche verhaftet.«

»Ah, du weißt es wieder einmal besser als die Polizei. Verschwende nicht deine Zeit, sag ich dir. Ich habe gelesen, was du geschrieben hast. In dem Fall hast du schlechte Karten.«

»Was sich noch weisen muss.« Ernesto zündete sich die Zigarette an und warf einen Blick an die Decke, wo eigentlich der Rauchmelder befestigt sein müsste. Dort war aber nur eine leere Stelle. Ernesto bewunderte sie jedes Mal aufs Neue. Čertovs Glanzleistung, das Ding abmontiert zu haben, ohne dass jemand es merkte, gefiel ihm nach all den Jahren immer noch.

»Du willst deine Niederlage nur nicht eingestehen«, sagte Čertov.

»Es geht doch nicht ums Gewinnen oder Verlieren, sondern darum, welche Geschichte den Tatsachen entspricht, und die Geschichte der Staatsanwaltschaft ist so löchrig wie ein Sieb.«

»Schreib lieber etwas für mich.« Čertov nickte in Richtung eines Bücherstapels. »Hab ich dir herausgesucht.«

Ernesto griff danach. Es war ein Stapel Kopien, und als er darin blätterte, sah er schon, dass ihm Čertov ein sehr altes Buch ausgedruckt hatte. »The Feminine Monarchie« von Charles Butler aus dem Jahr 1609.

»Was willst du damit?«, fragte Ernesto.

»Es geht um Bienen und darum, wie man sie politisch instrumentalisiert. Dazu hätte ich gerne eine Geschichte von dir. Soweit ich weiß, hat Butler behauptet, das ideale Staatswesen werde von einer Königin geleitet. Einer Bienenkönigin. Welch ein Zufall, dass Butler im elisabethanischen Zeitalter in England groß geworden ist.«

»Wenn du das schon recherchiert hast, schreib die Geschichte doch selbst.«

»The Feminine Monarchie ist angeblich das erste wissenschaftliche Werk über Bienen in englischer Sprache. Vielleicht lernst du noch etwas. Das ist aber erst der Anfang deines Essays. Du sollst herausfinden, was es da sonst noch so gibt.«

»Du willst einen Überblick über die frühe wissenschaftliche Literatur zu Bienen? Das halte ich für nicht besonders spannend, zumindest nicht für den herkömmlichen Leser unserer Kulturseite.«

»Aber nein. Politik und Bienen, das interessiert mich.«

»Dann sollten wir mit einem ganz anderen Buch anfangen«, sagte Ernesto. »In dieser Hinsicht ist wahrscheinlich die Bienenfabel von Bernard Mandeville 1700 irgendwann das maßgebliche Werk. Mandeville stellte in seinem Buch die These auf, dass im Bienenstock keine Eintracht herrscht, sondern jeder für sich und für seine Zwecke arbeitet. Privates Laster garantiere den Zusammenhalt und das Gedeihen des Staates. Wenn nun alle ihre Laster aufgeben würden, würde die Gesellschaft in sich zusammenfallen.«

»Eine kühne Theorie«, sagte Čertov.

»Vermutlich hat er es als Satire gemeint, aber verstanden wurde es anders. Gerade heute würden ihm viele insgeheim recht geben. Es sieht doch so aus, als sei die neoliberale Marktwirtschaft genau darauf aufgebaut. Die Laster des Einzelnen als Grundlage der Ökonomie.«

»Das glaubst du doch selbst nicht.«

»Mandeville stellt es in den Raum«, meinte Ernesto. »Es gibt noch andere Theorien, wie Bienenvölker so funktionieren.«

»In der Antike ging man davon aus, dass sie von einem König und nicht von einer Königin regiert werden«, sagte Čertov.

»Siehst du. So projiziert jede Zeit etwas in die Bienen hinein. Wir zum Beispiel neigen zu der Idee, dass Bienen niedlich sind, pummelige kleine Wesen, die mit Eimern in der Hand Honig durch die Gegend fliegen.«

»Jetzt übertreibst du.«

»Angesichts des Umstandes, wie populär Bienen gerade sind, wissen die Leute verhältnismäßig wenig über sie«, sagte Ernesto.

»Du willst mir jetzt aber keinen Imkerlehrgang für die Kulturseite anbieten.«

»Dafür bin ich der Falsche, verkehrt wäre es trotzdem nicht.«

Čertov lachte. »Gut, schreib mir etwas zu den Comicbienen. Was ist denn die aktuelle Meinung zur Politik der Bienen? Immer noch die Königin an der Spitze?«

»Schon.« Ernesto nahm sich noch eine Zigarette. »Nur ist sie nicht mehr die uneingeschränkte Herrscherin. Ohne sie funktioniert natürlich gar nichts. Sie sorgt für den Nachwuchs, und wenn sie das nicht macht, stirbt das Volk. Aber das Volk hat auch einiges mitzureden. Wenn die Königin nicht passt, wird sie ersetzt.«

Mit dem Ordner unter dem Arm verließ Ernesto das Büro der Kulturredaktion, die seit vielen Jahren nur aus Čertov bestand. Er hatte nur halbherzig eingewilligt, diesen Artikel über Politik und Bienen zu schreiben, aber das Thema reizte ihn, das musste er zugeben.

2

Zurück an seinem Schreibtisch konnte er sich nicht konzentrieren. Sein Gespräch mit Čertov beschäftigte ihn immer noch, und er hatte nicht mehr allzu viel Zeit, bis die Verabschiedung von Melitta Schober begann. Der Vater hatte nicht auf Isolde Hartmann warten wollen. Das käme gar nicht infrage, dass die Mörderin seiner Tochter an ihrem Sarg stünde.

Lange hatte ihr Telefonat nicht gedauert, aber Helmut Schober hatte noch aufgezählt, wer aller schon eingeladen war und was man alles schon vorbereitet hatte. Der Kirchenchor sollte singen, und der Obmann der Imker würde eine Rede halten. Es hatten sich der Bürgermeister und ein Landtagsabgeordneter aus Maria Rain angekündigt. Diese Leute könne man jetzt nicht mehr ausladen.

Lustlos stoppelte Ernesto seine Seiten zusammen, schrieb noch einen kurzen Kommentar über die Neugestaltung des Hohen Platzes in Wolfsberg und machte sich fertig. Er hatte sein Mobiltelefon schon in der Hand, als Winfried Auer auf ihn zukam.

»Die Geschichte mit der Landesregierung ist noch lange nicht gegessen. Der Vize-LH tritt wirklich zurück. Aus persönlichen Gründen, aber ich glaube, da tobt ein interner Machtkampf.«

»Nicht das geringste Interesse«, sagte Ernesto. »In diese Angelegenheit lass ich mich nicht hineinziehen. Das soll Franziska erledigen, immerhin ist es ihr Ressort.«

»Aber du brauchst nur deine Kontakte zu aktivieren.«

»Ich gehe gleich auf die Verabschiedung von Melitta Schober.«

»Das eine schließt das andere ja nicht aus«, beharrte Auer. »Mach morgen ein paar Telefonate, ja?«

»Morgen ist Samstag.«

»Dann eben am Montag. Dir fällt schon etwas ein.« Auer klopfte Ernesto auf die Schulter und verschwand in seinem Büro.

Ernesto schüttelte den Kopf. Jetzt endlich steckte er das Mobiltelefon in die Tasche und ging. Er war schon spät dran, und so trabte er den Gang entlang, die Treppe hinunter zu seinem Wagen, den er ausnahmsweise im Innenhof geparkt hatte.

3

Ernesto hielt weit entfernt vom Eingang des Friedhofs. Der Parkplatz war fast vollständig besetzt, und überall sammelten sich kleine Gruppen und schlenderten gemeinsam auf die Leichenhalle zu. Die Fronttore des Gebäudes standen offen. Der Mittelgang füllte sich mit Gästen, ganz vorne erkannte Ernesto schon den Sarg mit Blumenschmuck und Kerzen.

Die Leute ignorierend ging Ernesto bis zum Sarg. Auf einem Ständer war ein Foto von Melitta Schober ausgestellt. Sie trug eine Imkerjacke und lachte. Darunter waren ihr Geburts- und Sterbedatum verzeichnet. Auf dem Sarg hatte man ein Bouquet aus weißen Rosen angebracht. Auf der Schleife stand der letzte Gruß ihres Vaters. Zu Füßen des Sarges lehnte ein Kranz aus Chrysanthemen mit einer Botschaft des Imkervereins, und daneben noch ein Kranz und ein dritter und vierter. Sie waren wohl von Freunden und Bekannten. Ernesto kannte die Namen nicht, nur einer fiel ihm auf. Der Text auf der Schleife lautete:

»In Liebe, Dominik.«

Links und rechts neben dem Sarg waren je vier elektrische Kerzen aufgestellt. Jemand trat neben ihn, las die Aufschriften auf den Schleifen und ging wieder. Auch Ernesto zog sich zurück, setzte sich irgendwo in eine mittlere Reihe und schlug die Beine übereinander. Von dort aus beobachtete er, wie die Leute am Sarg vorbei defilierten. Manche berührten das Holz. Die meisten hielten nur kurz inne und gingen wieder. Zuerst erkannte Ernesto niemanden, aber nach einer Zeit herrschte Aufregung beim Eingang. Dort tauchte ein Landtagsabgeordneter mit seinem Anhang auf. Ernesto musste überlegen, bis ihm der Name des Mannes einfiel. Hans Brugger. Er war Leiter des Ausschusses für Land- und Forstwirtschaft und selbst Bauer.

Brugger ging an den Leuten vorbei, grüßte hier und da und kam beim Sarg an. Dort traf er Helmut Schober, nahm seine Hand und schüttelte sie. Die Unterredung dauerte nur kurz, dann suchte sich Brugger einen Platz in der ersten Reihe. Es hatte ganz den Anschein, als würde es jetzt bald losgehen. Auch die anderen Gäste setzten sich nach und nach.

Neben dem Sarg gab es ein Plateau mit einem Rednerpult. Dort formierte sich der Chor und stimmte das erste Lied an. Die Gespräche verstummten, die Blicke waren nach vorn gerichtet. Das Lied endete sanft und wehmütig, wie es sich für ein Kärntnerlied gehört. Nun erhob sich Dominik Ogris. Ernesto hatte ihn vorher gar nicht gesehen und war nun erstaunt, dass er das Wort ergriff.

»Liebe Trauergäste«, begann er. »Wir sind heute hier zusammengekommen, um von Melitta Abschied zu nehmen. Als ihr langjähriger Freund und Partner erlaube ich mir, als Erster meine Erinnerungen mit euch zu teilen.«

Er erzählte davon, wie sie als Kinder zusammen aufgewachsen waren. Wann genau er Melitta zum ersten Mal gesehen hatte, daran konnte er sich gar nicht entsinnen. Es war eine Sandkastenliebe, wie man sie sich erträumt. Gemeinsam hatten sie ihre Kindheit und Jugend verbracht, und irgendwann wollten sie ihre Höfe vereinen. Dominik hätte die Bewirtschaftung der Felder und der Tiere übernommen, Melitta hätte sich um die Bienen und um ihre Tierarztpraxis gekümmert. Das war alles, was sie immer wollte.

Ernesto hatte diese Geschichte schon einmal ganz ähnlich gehört, und zwar von Isolde Hartmann. Aber eine dieser beiden Erzählungen konnte nicht stimmen. Denn Melitta Schober wollte wohl nicht mit beiden zusammenleben. Jedenfalls war Dominik Ogris' Version nicht vollständig. Immerhin hatte Melitta Schober sich von ihm getrennt.

Als Nächstes war der Obmann des Imkervereins an der Reihe. Es war eine uninspirierte Ansprache, die er von einem Zettel ablas. Ernesto hörte nur mit halbem Ohr hin. Er ließ seinen Blick über die Trauergäste gleiten. In der ersten Reihe steckten der Landtagsabgeordnete und Dominik Ogris die Köpfe zusammen.

Nach dem Obmann stand der Landtagsabgeordnete auf und trat an das Pult. Er sprach der Familie sein Beileid aus, und beklagte den Verlust, den Melitta Schobers Tod für die Kärntner Imker darstellte. Vehement hatte sie sich für den Erhalt der heimischen Biene eingesetzt. In ihrer aktionistischen Art hatte sie dabei so manchen vor den Kopf gestoßen. Aber in Wirklichkeit war ihr Vorgehen für alle vorbildlich, und man verlor mit ihr eine Kämpferin für die gerechte Sache. So sei es nun an der Zeit, ihr Erbe anzunehmen und weiterzutragen.

Die ganze Zeit über hatte sich Ernesto Notizen gemacht. Auch wenn er das meiste in seinem Artikel nicht verwenden würde, konnte es bei anderer Gelegenheit nützlich sein, und so eine ergab sich, als der Landtagsabgeordnete bald nach seiner Rede durch den Mittelgang kam. Ernesto stellte sich Brugger in den Weg.

»Können Sie mir die Angelegenheit mit den heimischen Bienen näher erläutern?«, fragte Ernesto, nachdem er sich vorgestellt hatte. Er folgte Brugger ins Freie, während drinnen der Chor das nächste Lied anstimmte.

»Wir müssen unsere heimische Biene schützen. Dafür gibt es das Gesetz«, sagte Brugger.

»Aber das Gesetz wird nicht exekutiert, wenn ich das richtig verstanden habe. Sonst bräuchte es keinen Aktionismus.«

»Das ist so nicht ganz richtig«, sagte Brugger. »Das Gesetz ist schwer durchzusetzen, weil wir nicht wissen, was eine Carnica-Biene genau ist. Beziehungsweise unsere Gegner machen es uns nicht leicht, weil sie die Urteile immer wieder beeinspruchen. Sie sagen, sie halten eine Landrasse, wo doch jeder weiß, dass es sich um Buckfast-Bienen handelt.«

»Wie gedenken Sie, das Problem zu lösen?«

»Melitta Schober hat die einzig richtige Meinung dazu vertreten. Wir brauchen eine Gensequenzierung der Carnica. Aber das wollen viele Carnica-Imker auch wieder nicht.«

»Weil sie das Ergebnis fürchten?«

»Es wäre jedenfalls wahnsinnig aufwendig und teuer. Aber die sauberste Lösung.«

»Mit diesem Ergebnis könnte man per Genanalyse bei jedem Stock genau bestimmen, ob er in die Bandbreite der Carnica fällt oder nicht?«

»Das wäre so gedacht gewesen, von Melitta Schober«, sagte Brugger. »Ich bin sehr für diesen Vorschlag, aber sonst leider fast niemand.«

Ernesto wartete vor der Tür der Aufbahrungshalle, bis die Feier zu Ende war und die Leute allmählich herauskamen. In einer Gruppe am Schluss traten Helmut Schober und Dominik Ogris ins Freie, an ihrer Seite ein weiterer Mann, der Ernesto vage bekannt vorkam. Der Mann trat auf ihn zu und grüßte ihn. Immer noch fiel ihm kein Name ein.

»Oskar ist auch gekommen«, sagte Helmut Schober an Ernesto gewandt. »Er ist ja so etwas wie ein Freund des Hauses.«

Jetzt erinnerte sich Ernesto an den Namen: Oskar Wutti, ein bildender Künstler und Maler aus der Region, bekannt für seine großformatigen, informellen Arbeiten. Wuchtige Bilder, oft nur in Schwarz und Weiß, manchmal auch mit einer Grundfarbe gemischt, ein roter Balken auf weißem Grund etwa. Sehr erratisch.

»Er hat die Honigetiketten für uns entworfen«, erklärte Helmut Schober. »Ist Ihnen das Logo aufgefallen, das ähnelt seinen besten Arbeiten.«

»Wir haben uns aber schon lange nicht mehr gesehen«, sagte Wutti zu Ernesto. »Vor Jahren haben Sie einmal über eine Ausstellung von mir berichtet.«

»Daran erinnere ich mich gut«, sagte Ernesto. Er hatte damals eine sehr schmeichelhafte Besprechung geschrieben, das wusste er noch. Die Bilder waren vielleicht nicht sehr innovativ, eher schon klassisch, doch sehr gut gemacht, und auch das Konzept dahinter gefiel Ernesto. »Arbeiten Sie immer noch an den reinen Farben? Dem Blau und Rot?«

»Immer noch, jeden Tag. Aber man muss auch Geld verdienen, und deswegen mache ich für ausgewählte Kunden Werbung. Für Melitta zum Beispiel. Eine Schande ist das.«

»Die Gerechtigkeit wird siegen«, meldete sich Dominik Ogris. »Sie haben Isolde schon in Haft, und dort wird sie auch bleiben.«

»Was das anbelangt, wäre ich mir nicht so sicher«, sagte Ernesto und sah in die Runde.

»Wie meinen Sie das?«, kam es von Ogris.

»Noch ist nichts bewiesen, und es gibt noch kein Geständnis«, sagte Ernesto.

»Das ist doch nur eine Frage der Zeit.« Dominik Ogris wandte sich an Helmut Schober. »Oder was meinst du?«

»Für mich ist die Sache klar. Es kann nur Isolde gewesen sein. Das geht gar nicht anders. Sie hatte das Bienengift.«

»Melitta hat mir davon erzählt, wie sehr sie sich gestritten haben«, sagte Dominik Ogris. »Wir sind ja trotz allem immer noch Freunde gewesen. Die besten Freunde. Das verschwindet nicht, wenn man sich trennt.«

»Was war das für ein Streit?«, fragte Ernesto.

»Eifersüchtig war sie, die Isolde. Hat Melitta unterstellt, dass sie immer noch etwas mit mir hat. Wahrscheinlich hätte sie das eh gerne gehabt, die Melitta.«

»Wie hat sich diese Eifersucht denn geäußert? Hat Melitta irgendetwas erzählt?«

»Isolde wollte unbedingt gleich auf den Hof ziehen, obwohl noch gar nichts vorbereitet war. Die Arztpraxis war noch nicht einmal gebaut. Sie wollte Melitta ganz für sich alleine haben, rund um die Uhr, vierundzwanzig Stunden. Das war schon ein bisschen unheimlich, muss ich sagen, wie sehr sie geklammert hat.«

»Haben Sie ein Beispiel für mich?«, fragte Ernesto.

»Melitta durfte nicht einmal mehr am Abend allein ausgehen. Jedes Mal hat Isolde ein Riesentheater veranstaltet. Diese Eifersucht war schon krankhaft.«

»Haben Sie das auch so wahrgenommen?«, fragte Ernesto Helmut Schober.

Der wischte sich eine Träne aus dem Gesicht. »Naja, sie war schon sehr besitzergreifend, die Isolde. Das kann man ruhig so sagen. Dass es Streit gegeben hat, ist auch richtig. Ich habe nur nie gedacht, wie weit das führen würde. Sie haben sich nicht geschlagen oder so.«

»So etwas hast du nur nicht sehen wollen«, sagte Dominik Ogris. »An den Haaren hat Isolde sie gerissen, und die blauen Flecke sind auch nicht von nichts gekommen.«

»Haben Sie die blauen Flecke gesehen?«, fragte Ernesto.

»Wir müssen los. Das Totenessen beginnt in einer halben Stunde«, sagte Helmut Schober. »Wollen Sie uns nicht begleiten?«

»Bevor ich gehe, habe ich nur noch ein paar Fragen an Sie, Herr Ogris. Das war eine wirklich ergreifende Rede. Wie lange waren Melitta und Sie ein Paar?«, fragte Ernesto.

»Solange ich denken kann.«

»Und Sie haben es einfach so hingenommen, dass Melitta Sie verlassen hat?«

»Hart war das am Anfang schon, aber ich habe mich damit abgefunden.«

»Es gab deswegen kein böses Blut?«

»Ich müsste lügen. Ich wollte Melitta zurückhaben, aber als ich gesehen habe, dass sie Isolde liebt, habe ich aufgegeben. Ich habe sie ziehen lassen.«

»Das war sicher nicht leicht?«

»Kommen Sie doch noch auf einen Sprung mit«, meldete sich Helmut Schober. »Sie haben einen so schönen Nachruf geschrieben.«

4

Das Gasthaus war bis auf den letzten Platz gefüllt. Deshalb stellte sich Ernesto an die Theke. Er bestellte Kaffee und sah sich die Besucher an. Dort drüben saß Lorenz Theuersberger. Auf der Verabschiedung hatte Ernesto ihn gar nicht bemerkt. Neben ihm ein paar Männer in Trachtenjacken und Jeans. Theuersberger hob den Kopf, ihre Blicke trafen sich, aber Theuersberger machte keine Anstalten, Ernesto zu grüßen. Vielleicht hatte er ihn nicht erkannt.

Der Maler, Oskar Wutti, gesellte sich zu Ernesto und beugte sich zum Kellner, um ein großes Bier zu bestellen. Der Raum füllte sich mit Stimmen, eine Frau mit einem penetranten Parfum ging vorbei. Es war Beate Ogris. Sie setzte sich neben ihren Sohn und Helmut Schober an den Tisch in der Mitte des Raumes.

»Die Familie ist wieder vereint«, sagte Wutti und nahm einen Schluck von seinem Bier.

»Wie meinen Sie das?«, fragte Ernesto.

»Die Schobers und die Ogris', das war bis vor zwei Jahren quasi eines. Auch wenn Melitta so ein Theater wegen der Pestizide veranstaltet hat. Die Kinder sind zusammen aufgewachsen. Als Schobers Frau gestorben ist, das ist jetzt vielleicht zehn Jahre her oder auch schon zwölf, haben die Ogris' ausgeholfen, wo es nur ging. Es war allen klar, dass die beiden irgendwann einmal heiraten.«

»Dennoch ist es anders gekommen.« Ernesto nippte von seinem Kaffee.

»Eine Verkettung seltsamer Umstände«, sagte Wutti. »Anders kann man es nicht nennen. Aber die Bindungen sind nicht einfach abgerissen. Vielleicht hat das Isolde so wütend gemacht.«

»Kennen Sie sie näher?«

»Ich habe sie gezeichnet, als sie mit Melitta im Atelier zu Besuch war. Aber nein, kennen kann man dazu nicht sagen. Die paar Worte, die wir gewechselt haben.«

»Haben Sie jemals gesehen, dass sich die zwei gestritten haben?«

Wutti zuckte mit den Schultern.

»Die paar Mal, die ich sie zusammen getroffen habe, waren sie immer ein Herz und eine Seele. War nett, mit Ihnen zu plaudern. Schauen Sie doch einmal bei mir im Atelier vorbei. Das wäre doch etwas für Sie.«

Damit verabschiedete sich Wutti, und Ernesto blieb allein zurück. Er trank seinen Kaffee in kleinen Schlucken, während um ihn Kellnerinnen Bestellungen entgegennahmen. Er war im Weg, aber es kümmerte ihn nicht, denn er beobachtete den Tisch in der Mitte.

Dort steckten Dominik Ogris, seine Mutter Beate und Helmut Schober die Köpfe zusammen, und Ernesto hätte nur zu gern gewusst, worum es ging. Deshalb schob er die Kaffeetasse von sich und machte ein paar Schritte auf den Tisch zu. Aus dem Stimmengewirr, das im Raum herrschte, hörte er Dominik Ogris sagen: »Wenn es so ist, pachten wir auch die restlichen Felder von dir.« In diesem Moment hob Ogris seinen Blick, und die anderen folgten ihm.

»Ich werde mich verabschieden«, sagte Ernesto. »Wenn ich darf, melde ich mich in den nächsten Tagen noch einmal bei Ihnen.« Er wartete keine Antwort ab, nickte und ging.

13. Kapitel

1

Ernesto schrieb seinen Bericht über die Verabschiedung von Melitta Schober, erwähnte den Imkerobmann und den Landtagsabgeordneten und schloss den Text nach dreißig Zeilen. Was er wirklich herausgefunden hatte, konnte er noch nicht veröffentlichen, auch wenn es viel interessanter war als die Lobeshymnen, die für gewöhnlich an Gräbern angestimmt werden. Er hatte selbst ein brauchbares Foto von der Aufbahrungshalle und den Besuchern geschossen. Das stellte er jetzt online und ärgerte sich darüber, dass Fritz Hochegger, der Cheffotograf, keine Zeit gehabt hatte.

Den Vormittag verbrachte Ernesto in der Regionalredaktion in Wolfsberg. Über die Pressestelle der Polizei kam eine Meldung herein. In einem Lokal in der Innenstadt hatte es in der Nacht eine Messerstecherei gegeben. Sowohl der Kellner als auch der Gast seien mit Verletzungen unbestimmten Grades ins Krankenhaus eingeliefert worden. Der Grund für die Auseinandersetzung war nicht bekannt, aber Zeugen hatten ausgesagt, dass dem tätlichen Angriff des Kellners ein heftiger Wortwechsel vorausgegangen war.

Obwohl in der Meldung keine Namen genannt wurden, glaubte Ernesto zu wissen, um wen es sich handelte. Es gab ein übel beleumdetes Nachtlokal, das unter anderem ein Treffpunkt für illegale Prostituierte war. Dort kam es öfter zu Raufereien. Dass jemand ein Messer zog, hielt Ernesto für nicht ausgeschlossen. Insbesondere, wenn man bedachte, dass der Kellner eher von der grimmigen Sorte war.

Es wäre leicht, der Sache auf den Grund zu gehen. Ernesto musste nur am späten Nachmittag im Lokal vorbeischauen, kurz nachdem es öffnete. Aber so wichtig war die Geschichte auch wieder nicht. Er würde sich vielleicht morgen darum kümmern.

Isolde Hartmann saß immer noch in Untersuchungshaft, und Ernesto war davon überzeugt, dass sie zu Unrecht eingesperrt war. Auch wenn mittlerweile einiges gegen sie sprach. Jedenfalls musste er noch einmal mit ihr reden und sie mit den Vorwürfen konfrontieren. Aber zuerst stand Lorenz Theuersberger auf seiner Liste ganz oben. Er musste dem Mann noch einmal auf den Zahn fühlen, und er hatte auch schon eine Idee, wie er das anstellen konnte.

»Ich plane eine Reportage über diesen Bienenstreit«, sagte Ernesto, als Theuersberger ans Telefon ging. »Sie stehen an vorderster Front, und deshalb wäre es gut, wenn Sie zu Wort kommen.«

»Besuchen Sie mich halt«, sagte Theuersberger. »Viel Zeit hab ich nicht. Wir schleudern gerade das bisschen Honig, das der Raps hergeben hat.«

Ernesto packte seine Sachen und fuhr den weiten Weg von Wolfsberg nach Maria Rain. Während er auf der Autobahn unterwegs war, ging er noch einmal die Fragen durch, die er Theuersberger stellen wollte. Zwischendurch rief er Winfried Auer an und erzählte ihm von seinem Plan.

Auf Theuersbergers Hof stand ein grüner Traktor mit laufendem Motor. In der Halle waren Männer beschäftigt, die Zargen voller Waben trugen. Sie brachten sie in den angrenzenden Raum, wo die Schleuderanlage stand. Auf großen Wannen wurden die Waben aufgelegt, und die Männer schabten das Wachs von den Zellen. Der Honig glänzte im Licht, aber viel war es nicht, das konnte Ernesto gleich erkennen. Hier eine halbvolle Wabe, dort nur ein Kranz aus Honig, an anderer Stelle wieder ein paar schimmernde Flecken.

»Es zahlt sich eigentlich nicht aus«, sagte Theuersberger, als er an Ernesto herantrat. »Der Hagel hat alles vernichtet. Aber wenn man nicht schleudert, kristallisiert der Honig in den Zellen, und man bekommt ihn nie wieder heraus. Beim Raps ist das so.«

»In meiner Umgebung sind keine Rapsfelder«, sagte Ernesto.

»Das heißt, die Bienen hungern.«

»Ich füttere sie.«

»Das ist auch absurd. Vor ein paar Jahren hätte man das noch nicht für möglich gehalten«, sagte Theuersberger. »Aber es wird alles immer schlimmer. Mit meinen Bienen habe ich wenigstens noch ein wenig Ertrag.«

»Damit sind wir schon mitten im Thema«, sagt Ernesto. »Was sind das für Bienen, die Sie halten?«

»Ich habe sie selbst gezüchtet.«

»Aber Carnica-Bienen sind das keine?«

»Wie man es nimmt. Was ist schon eine Carnica? Das ist doch eine Definition, die noch aus der Nazizeit stammt.«

»Das müssen Sie mir erklären.«

Diejenigen, die behaupten, die Carnica-Biene sei sozusagen natürlich aus den Landrassen entstanden, hätten nur zum Teil recht, erläuterte Theuersberger. Es stimmt schon, dass durch Jahrhunderte hinweg eine besondere Biene aus den verschiedenen Stämmen hervorgegangen ist, gut angepasst an das Gebirgsklima. Doch es waren einzelne Züchter, allen voran der Eisenbahner Hans Peschetz, die ganz gezielt gezüchtet und damit die Carnica als moderne Bienenrasse begründet haben.

Die Legende erzählt, dass Hans Peschetz 1926 mit der Zucht der Carnica begann. In diesem Jahr erhielt er einen 3,5 Kilogramm schweren Schwarm und stellte ihn isoliert auf einem kleinen Bienenstand auf. Der Schwarm brachte im darauffolgenden Jahr eine nahezu unglaubliche Honigernte, und Peschetz entschied sich zur Weiterzucht.

Das Unternehmen war ein voller Erfolg, und Peschetz verkaufte die von ihm gezogenen Königinnen bis nach Deutschland, wo sich die neuen Bienen der dort heimischen dunklen Biene im Honigsammeln weit überlegen zeigten. Darin allerdings lag nicht der alleinige Grund für den Siegeszug der Carnica.

»Die Nazis haben sich die Carnica-Biene unter den Nagel gerissen«, sagte Theuersberger. »Noch heute definiert das Landesgesetz die Biene nach den Kriterien, die zwei hochrangige Nazis vorgegeben haben. Friedrich Rutter und der ehemalige Reichskörmeister Gottfried Goetze.«

»Wenn man in Kärnten einen Stein umdreht, findet man darunter einen Nazi«, sagte Ernesto und notierte sich die Namen. »Das ist aber nicht der Grund, warum Sie sich nicht an das Gesetz halten wollen?«

»Meine Bienen bringen einfach einen höheren Ertrag, das ist so, und das lass ich mir auch von niemandem ausreden, und wenn das Gesetz wirklich durchgesetzt wird, wandere ich mit meinen Bienen ab. Nach Ungarn. Dort hat man nicht solche Scherereien.«

»Was würde Sie das kosten, wenn Sie alle Stöcke mit neuen Königinnen bestücken müssten?«

»Hach«, machte Theuersberger. »Das würde mich ruinieren, ganz einfach. Aufhören müsste ich mit der Imkerei, ja ganz sicher sogar.«

Sie gingen ein Stück weiter, dorthin, wo die Waben in die Schleuder sortiert wurden. Ein riesiges Gerät, das sechsunddreißig Waben fasste und sie im Kreis herum wirbelte, sodass der Honig an die Metallwände spritzte. Von dort wurde der Honig in einen Klärbehälter gepumpt. Theuersberger hob mit einem Spatel eine kleine Probe heraus und gab sie Ernesto.

»Ich muss mit bulgarischen Leiharbeitern auskommen, weil sich bei uns die Leute zu fein für die Schlepperei sind.« Theuersberger deutete mit dem Kinn in Richtung der Männer. »Verstehen kaum ein Wort von dem, was man sagt, diese Kanaken.«

Ernesto zuckte bei dem Wort zusammen.

»Wenn es doch wahr ist. Ich meine, es sind gute Arbeiter und so, aber eben keine Österreicher.«

»Ich nehme einmal an, dass es an der Bezahlung liegt und nicht an der Arbeit selbst«, sagte Ernesto.

»Sie haben leicht reden. Sie müssen nicht von der Imkerei leben. Was glauben Sie, was der Großhandel für ein Kilo Honig zahlt? Das ist lächerlich, und mit dem Ab-Hof-Verkauf kommt unsereiner nicht sehr weit. Hier werden tausende Kilo Honig abgefüllt, selbst in einem schlechten Jahr. Das ist alles nicht so einfach. Deshalb kann ich keine was weiß ich für Löhne zahlen. So ist das Geschäft.«

Die Männer schlichteten die leeren Waben wieder zurück in die Zargen und trugen sie davon.

»Einige von denen sind sogar Imker«, sagte Theuersberger. »Die geben die Waben jetzt den Völkern zurück, damit die Bienen sie ausschlecken, und danach lassen wir sie gleich dort für die Sommerernte. Wenn es eine gibt.«

»Wandern Sie dafür in die Berge?«, fragte Ernesto.

»Das ist das Nächste, ja. Herunten ist mir das mit dem Waldhonig zu unsicher. Ist es zu trocken, gibt es keine Läuse, die Honigtau erzeugen, und es gibt wieder keine Ernte. Es ist zum Verzweifeln. Deshalb will ich auch meine Bienen behalten. Die finden wenigstens irgendetwas.«

Eine Weile beobachtete Ernesto noch die Arbeiter. Theuersberger blieb schweigend neben ihm stehen, murrte nur manchmal, wenn ihm die Arbeit nicht schnell genug ging. Jetzt hatten sie ein paar Zargen auf den Wannen, die gut mit Honig gefüllt waren. Er tropfte in die Becken, auf denen die Arbeiter die Waben entdeckelten.

»Schneller«, sagte Theuersberger laut. »Der Honig soll nicht ins Becken, sondern in die Schleuder.« Die Arbeiter nickten, beeilten sich und schabten das Wachs noch hurtiger von den

Waben, steckten sie in die Schleuder und warfen das Gerät an. Im Prinzip funktionierte das hier ganz gleich wie bei Ernesto zu Hause, nur eben in einem ganz anderen Maßstab. Wo er einen Eimer unter die Schleuder stellte, gab es hier eine Pumpanlage mit Filter und ein Klärbecken.

»Jetzt muss ich mir nur noch die andere Seite anhören«, sagte Ernesto und verabschiedete sich von Theuersberger.

2

Bevor er ins Auto stieg, drehte er sich um und kam ein paar Schritte auf Theuersberger zu.

»Was halten Sie von Apitherapie?«, fragte Ernesto.

»Wie kommen Sie jetzt darauf?«

»Ich dachte mir, Sie haben eine Meinung dazu.«

»Weil sich die Melitta damit beschäftigt hat?«

»Auch.«

»Unsereiner wird dauernd von Bienen gestochen. Ob das was hilft? Es heißt jedenfalls, dass Imker zwar taub werden, aber wenigstens nicht unter Rheuma leiden. Das soll auf die Stiche zurückzuführen sein«, sagte Theuersberger und zuckte mit den Schultern.

»Aber Sie haben sich schon einmal damit auseinandergesetzt?«

»Na, das wäre übertrieben, wenn man das behaupten wollte.« Theuersberger wandte sich halb von Ernesto ab und beobachtete seine Arbeiter, die gerade mit einem Transporter auf den Hof fuhren. Auf der Ladefläche stapelten sich Zargen, und da und dort schwirrte eine Biene herum.

»Die kommen direkt von den Ständen«, sagte Theuersberger. »Ich möchte gern wissen, was diese Leute von solchem Zeugs wie der Apitherapie halten.«

»Sie könnten sie fragen.«

»Wie gesagt, die verstehen kaum ein Wort Deutsch. Wahrscheinlich würden sie nicht einmal begreifen, worum es geht.«

»Sie halten also nichts davon?«

»Wie man es nimmt. Wir sammeln Pollen und Propolis und verkaufen beides an Kosmetikunternehmen. Das ist fast ein besseres Geschäft als der Honig, mittlerweile.« Er erzählte davon, wie mühselig die Ernte von Propolis war. Die Bienen brachten das Kittharz für gewöhnlich in der ganzen Beute an, stopften damit Risse aus und verklebten Zargen und Deckel so miteinander, dass man sie nur schwer wieder trennen konnte, wenn man vorher kein Gitter dazwischen gelegt hatte. Eben dieses Gitter reizte die Bienen, noch mehr Propolis zu produzieren und die Zwischenräume damit zuzukleistern. Dicke Stränge aus rotbraunem Material wurden von den Bienen an den Gittern angebracht. Die Ernte verlief aufwendig. Man musste die Gitter einfrieren und sie später über eine scharfe Kante streichen, um die Propolis zu lösen, die in kleinen Plättchen absplitterte und so eingesammelt werden konnte.

»Das machen wir seit einigen Jahren«, sagte Theuersberger. »Auch wenn es sehr viel Arbeit ist, lohnt es sich.«

»Propolis muss doch sicher in einer bestimmten Qualität geliefert werden?«

»Die Firmen verlangen Biostandards, mindestens, und das können wir liefern.«

Ernesto nestelte die Zigarettenschachtel aus der Tasche und steckte sich eine an. Er rauchte ein paar Züge schweigend.

»Was haben Sie für einen Eindruck von Isolde Hartmann?«, fragte er.

Theuersberger lachte. »Ihnen gehen die Fragen wohl nie aus.«

»Hat nichts mit meiner Reportage zu tun, würde mich aber trotzdem interessieren.«

»Die Hartmann. Dazu kann ich nicht viel sagen. Hab sie nur ab und zu getroffen, wenn sie zufällig in der Nähe war. Nett, würde ich sagen, aber das darf man wahrscheinlich nicht mehr sagen, wo sie jetzt wegen Mord im Gefängnis sitzt.«

»Das kann man so oder so sehen. Noch ist sie ja nicht verurteilt. Die Frage ist, ob Isolde Hartmann ein Motiv gehabt hat.«

»Sie fragen eindeutig den Falschen«, sagte Theuersberger und hob beide Hände.

»Könnte ja sein, dass Sie einen Streit zwischen den beiden mitbekommen haben.«

»Dazu war ich sicher nicht oft genug dort. Aber etwas ist an der ganzen Sache schon seltsam.«

»Und zwar?«

»Sie waren doch auch bei dem Begräbnis.«

»Bei der Verabschiedung und beim Essen danach, aber nur kurz.«

»Wie sich der junge Ogris an den alten Schober herangeschmissen hat, das war schon auffällig. Wittert er jetzt seine große Chance, dass er die Felder vom Schober pachten kann? Oder was geht hier vor?«

»Hatten die nicht ein gutes Verhältnis miteinander, trotz der Trennung?«

»Schon irgendwie. Die waren lange wie eine Familie, aber trotzdem finde ich das eigenartig.«

3

Ernesto fuhr nicht nach Wolfsberg zurück, sondern machte in der Klagenfurter Redaktion einen Zwischenhalt. Alles, was er heute noch brauchte, war ein freier Platz. Wenn es nicht anders ging, würde er sogar auf den Computer verzichten.

In der Redaktion herrschte wie immer um diese Zeit großer Betrieb, und Ernesto ging hinauf aufs Dach und legte sich in den alten Liegestuhl. Franziska Edlinger, die Chefin der Politikredaktion, stand an der Brüstung, einen Becher mit Kaffee in der Hand. Sie nickten einander nur zu, keiner sagte etwas. Vermutlich hatte Auer ihr schon mitgeteilt, dass er Ernesto gebeten hatte, in der Sache des Vizelandeshauptmanns nachzuhaken, und mit Sicherheit passte ihr das nicht. Doch sie musste sich keine Sorgen machen. Ernesto hatte nicht vor, sich in diese Angelegenheiten einzumischen.

Franziska Edlinger trank ihren Kaffee aus und ging. Jetzt war Ernesto allein. Er wählte die Nummer der Landesregierung und landete wie immer in der Warteschleife, die einen mit einer Schlagermelodie beglückte.

Die Zentrale verband ihn mit dem Büro des Landesrates für Agrar- und Forstwirtschaft. Dort sprach Ernesto zuerst mit einer Sachbearbeiterin, aber die gab ihm keine Auskunft. Von der Presse wollte sie nicht zitiert werden. Also ließ er sich die Mobilnummer des Landesrates geben.

»Preschern«, meldete der sich nach dem zweiten Läuten.

»Es geht um das neue Bienengesetz«, sagte Ernesto, nachdem er sich vorgestellt hatte.

»Was soll damit sein?«

»Das ist ja mittlerweile schon in Kraft, oder täusche ich mich?«

»Warum fragen Sie das? Natürlich ist es in Kraft«, sagte Preschern.

»Aber es wird nicht exekutiert«, sagte Ernesto.

»So würde ich das nicht ausdrücken. Wir arbeiten an einer Novellierung, damit das Gesetz auch in der Realität greifen kann.«

»Dabei geht es um die Definition, was denn eine Carnica-Biene ist, wenn ich das richtig verstanden habe.«

»Nicht nur, aber auch. Das Problem, ich werde ganz offen sein, ist, dass das Gesetz hier zu vage ist.«

»Sie wollen auf eine Genanalyse hinaus?«, fragte Ernesto.

»Um Gottes willen, nein. Das ist viel zu aufwendig. Deshalb suchen wir nach einem gangbaren Weg. Ich kenne mich im Detail nicht aus, aber mir wurde gesagt, die Analyse von Flügeln, ein sogenannter Flügelindex würde schon einen Fortschritt darstellen. Das wäre ein gangbarer Weg, meinen die Experten«, sagte Landesrat Preschern. »Ich habe keine Ahnung, ob ich Ihnen das jetzt richtig erklärt habe, aber so ähnlich sollte es funktionieren. Das ist wesentlich weniger kompliziert als eine Genanalyse.«

»Ist es nicht so, dass man Angst davor hat, die großen Imker zu vergrämen?«

»Ich wüsste nicht, wie Sie darauf kommen.«

»Das Gesetz betrifft wahrscheinlich eher weniger die kleinen Hobbyimker mit ihren paar Stöcken. Die imkern zum überwiegenden Teil ohnehin mit der Carnica. Aber die großen behaupten, sie hätten ihre eigene Art von Carnica, wo doch alle wissen, dass sie mit Buckfast-Bienen arbeiten«, sagte Ernesto.

»Das ist eine Behauptung, die immer wieder im Raum steht. Mit dem Flügelindex können wir der Sache auf den Grund gehen.«

»Außerdem hat man Angst davor, dass die großen Imker mit ihren Betrieben abwandern.«

»Jeder muss sich an die Gesetze halten«, sagte Preschern. »Und wir werden eine Lösung finden, mit der alle zufrieden sind.«

»Nur einmal angenommen«, setzte Ernesto nach. »Angenommen, ich würde jemanden anzeigen und behaupten, er würde Buckfast-Bienen halten. In diesem Fall müsste die Behörde doch reagieren.«

»Wenn der Verdacht begründet ist.«

»Es würde zu einer Untersuchung kommen. Davon ist doch auszugehen.«

»Worauf wollen Sie hinaus?«

»Die Behörde wird aber im Moment nicht von selbst tätig.«

»Nicht dass ich wüsste. Es gibt keine Weisung in diese Richtung.«

»Das ist schon alles, was ich von Ihnen wissen wollte«, sagte Ernesto und verabschiedete sich.

Er blieb noch eine ganze Weile in dem Stuhl am Dach liegen. Für seinen Artikel fehlte ihm nur noch die Stellungnahme eines Vertreters der Carnica-Züchter. Dafür hatte er sich den Obmann des Carnica-Schutzvereins ausgesucht, der auch bei Melitta Schobers Verabschiedung geredet hatte. Die Mobilnummer war schnell gefunden. Nachdem er einmal durchgeatmet hatte, rief er die Nummer an.

Der Obmann des Carnica-Schutzvereins meinte, er könne am Telefon kaum die wichtigsten Punkte erläutern, um die es ihm ging. Ob sie einander nicht besser treffen sollten. Aber Ernesto bat ihn darum, es zu versuchen. Er sei selbst Imker, und sie würden sich schon verständigen.

Zuallererst ging es dem Obmann darum, eine Jahrhunderte alte Bienenrasse, die optimal an das Klima und die Bedingungen der Landschaft angepasst war, zu erhalten.

»Ist die Carnica nicht eine Züchtung, die erst im 20. Jahrhundert aufgekommen ist?«, wandte Ernesto ein.

»Damals hat man mit der professionellen Zucht begonnen. Die Biene gibt es aber sicher schon viel länger. All unsere Vorfahren haben grenzüberschreitend mit der Carnica gearbeitet. Seit vielen hundert Jahren ist von der Krainer-Biene die Rede. Das ist eben die Carnica, die ursprünglich in Kärnten, Slowenien und der Steiermark verbreitet war.«

»Und die man in alle Welt exportiert hat, wo sie andere Bienenrassen verdrängt hat.«

»Das ist aber kein Argument, sie bei uns auszurotten«, konterte der Obmann.

»Was sagen Sie zu dem Argument der großen Imker, dass sie mit einer Landrasse imkern, also quasi mit einer Unterart der Carnica.«

»Das ist lächerlich. Jeder, der sich so eine Biene schon einmal angesehen hat, weiß, dass das keine Carnica ist. Die meisten haben Buckfast-Bienen. Aber ich habe auch schon italienische gesehen. Warum auch immer die glauben, dass diese Bienen besser sind.«

»Weil sie mehr Ertrag bringen.«

»Ja, das wird behauptet. Beweis gibt es dafür keinen. Das ist alles Imkerlatein.«

»Weil sie sanftmütiger ist.«

»Als die Carnica? Das ist wohl ein Witz. Das glaube ich niemals. Außerdem, und das sollten Sie auf jeden Fall in Ihrem Bericht erwähnen. Wenn es die vielen kleinen Carnica-Imker nicht gäbe, wäre die flächendeckende Bestäubung in Kärnten nicht mehr gewährleistet. Wenn es einmal so weit kommt, sieht es schlecht aus für die Obstgärten und die Gemüsefelder. Wenn Sie einen Apfel haben wollen, brauchen Sie die Bienen. So einfach ist die Rechnung.«

Während des Telefonats hatte Ernesto mit seinem Kugelschreiber gespielt. Nun setzte er ein paar Stichworte in seinen Notizblock. Der Artikel war fertig, er musste ihn nur noch tippen, und das würde er gleich erledigen, nachdem er die Zigarette geraucht hatte.

14. Kapitel

1

»Hören Sie, Steinkellner, Sie können die Geschichte nicht einfach so abtun«, sagte Ernesto, als ihm Steinkellner einen Platz an seinem Schreibtisch anbot.

»Das werde ich auch nicht. Ich kenne Sie zu gut, um Ihren Hinweis zu ignorieren. Aber mit dem Artikel über einen neuen Hauptverdächtigen sollten Sie noch warten«, antwortete Steinkellner und trank einen Schluck aus seiner Mineralwasserflasche. »Dieser Theuersberger war am Tatort, das wissen wir bereits.«

»Außerdem hatte er ein Motiv, und er verfügt über das nötige Wissen, um die Tat zu begehen.«

»Wäre schön, wenn er dieses Wissen mit uns teilen würde«, sagte Steinkellner.

»Irgendwie ist diese Unmenge Bienengift in den Körper von Melitta Schober gelangt.« Ernesto zog eine Zigarette ein Stück weit aus der Packung.

»Das können Sie hier gleich vergessen. Wenn man rauchen dürfte, würde ich das selbst schon lange machen.«

»Ist schon gut.« Ernesto steckte die Zigaretten wieder ein. »Werden Sie Isolde Hartmann aus der Haft entlassen?«

»Das habe nicht ich zu entscheiden, sondern die Staatsanwaltschaft.«

»Auffenstein hört auf Sie.«

»Für eine Enthaftung ist es noch zu früh.«

Ernesto ließ seinen Blick durch das Büro gleiten. Auf dem Schreibtisch lagen nur ein paar Akten, es wirkte alles sehr aufgeräumt, anders als er es in Erinnerung hatte. Hinten an der Wand hingen Auszeichnungen, die sich Steinkellner im Lauf seiner Karriere erworben hatte. Es waren nicht besonders viele.

»Werden Sie gegen Theuersberger ermitteln?«, fragte Ernesto.

»Über Theuersberger gibt es eine Akte, und über viele andere auch.«

»Wie zum Beispiel über diesen Werner Ogris. Der hat Melitta Schober am Tag ihres Todes auch getroffen.«

»Der hat doch keine Ahnung von Bienengift«, sagte Steinkellner.

»Das vermuten Sie. Aber man könnte sich dieses Wissen aneignen«, entgegnete Ernesto.

»Wenn es so ist, kommen noch ein paar andere Leute infrage. Die Namen darf ich Ihnen nicht nennen. Aber so viel ist klar, Melitta Schober hatte an diesem Tag viel Besuch.«

»Das ist es, was ich nicht verstehe«, sagte Ernesto. »Sie wollte sich doch Zeit nehmen für ihre Bienen, und trotzdem gehen die Leute bei ihr ein und aus.«

»Könnte sie die Bienen nicht nebenher erledigt haben?«, fragte Steinkellner.

»Ausgeschlossen, dazu braucht man Ruhe, selbst wenn man ein Profi ist, und außerdem schwirren überall aufgeregte Bienen herum, nicht sehr einladend für Gäste.«

»Der Tag ist halt nicht so gelaufen, wie sie es vorhatte.«

»Allerdings nicht, sonst wäre sie nicht tot. Aber wenn es so viele Besucher waren, warum kaprizieren Sie sich auf Isolde Hartmann? Der Fall hat doch mehr Löcher als sonst etwas.«

»Sie wollen doch nur eine neue Story.«

»Ich finde, Sie machen es sich zu einfach, Steinkellner. Wirklich. Wenn ich das richtig sehe, haben Sie immer noch kein Geständnis.«

»Nein, haben wir nicht.«

»Ehrlich gesagt würde ich gerne schreiben, dass Sie noch andere Verdächtige haben.«

»Das können Sie auch.«

»Geben Sie mir irgendetwas.«

2

Polizei weitet Ermittlungen aus

Im Fall Melitta Schober sind neue Indizien aufgetaucht. Die Polizei führt weitere Befragungen durch.

Bei der Untersuchung des Beweismaterials sind neue Erkenntnisse zutage getreten. So hat sich gezeigt, dass Melitta Schober am Tag ihres Todes mehr Personen getroffen hat, als ursprünglich angenommen. Unter ihnen befinden sich Bekannte und Vertraute der Toten.

»Wir befragen nun systematisch jeden, der in Melitta Schobers Aufzeichnungen vorkommt. Sie hat ihre Besucher alle auf Zettel notiert. Warum sie das getan hat und warum sie die Zettel teilweise weggeworfen hat, wissen wir noch nicht«, erklärt Major Horst Steinkellner.

Die Hauptverdächtige, Isolde Hartmann, bleibt aber vorerst weiterhin in Haft. Gegen sie liegen schwere Verdachtsmomente vor, führt Major Steinkellner weiter aus. Außerdem könne Flucht- und Verdunkelungsgefahr nicht ausgeschlossen werden.

Ernesto wählte ein Polizeifoto vom Tatort, natürlich ohne Leiche. Solche Fotos wurden von der Kärntner Tagespost schon lange nicht mehr verwendet. Das Chaos auf dem Foto war verstörend genug, die Tatortmarkierungen, der verrutschte Teppich, die zerknüllte Imkerjacke.

Als er damit fertig war, stellte er den Artikel online und sagte Auer Bescheid, dass es Neuigkeiten zum Fall Melitta Schober gab und er sich für heute abmeldete, weil er ins Gefängnis musste, um noch einmal mit Isolde Hartmann zu sprechen. Zuerst aber wollte er Čertov einen Besuch abstatten, um mit ihm über den Maler Oskar Wutti zu reden.

»Eine Reportage über den Wutti? Warum eigentlich nicht? Der ist schon lange nicht mehr in der Öffentlichkeit vorgekommen. Ist möglicherweise interessant, was der so macht«, sagte Čertov und lehnte sich in seinem Drehsessel zurück. »Aber dich kümmert der Wutti nicht besonders.«

»Er hat etwas mit Melitta Schober zu tun.«

»Ah, daher weht der Wind. Meinetwegen mach was. Mir wäre allerdings lieber, du würdest endlich etwas über Bienen und Politik schreiben.«

»Das wird schon noch. Ich arbeite daran«, sagte Ernesto. »Spätestens, wenn der Fall vorbei ist.«

3

Oskar Wuttis Atelier lag in einem Haus in der Nähe des Kirschnerhofes in Maria Rain. Von der Fassade waren Teile des Putzes abgeplatzt, die Fenster waren alt und die Farbe verblasst. Ernesto parkte direkt vor der Haustür, die schräg offenstand und den Blick freigab in einen blaugrau getünchten Vorraum. Dort war ein sehr alter Stromkasten in die Wand eingelassen. Die Keramiksicherungen ragten wie Pilze aus den Schraubversenkungen und in einem schwarzen Zählerkasten lief silbern und rot die Zählscheibe für den elektrischen Strom.

Diesmal hatte Fritz Hochegger Zeit für das Fotoshooting, aber er war noch nicht eingetroffen. Deshalb machte sich Ernesto allein auf den Weg.

Er hatte noch kaum drei Schritte in den Vorraum getan, als eine Katze maunzend um seine Beine strich. Das getigerte Tier schmiegte sich an ihn und ließ sich streicheln. Schon im Vorraum roch es nach Farbe und nach Leim, und durch eine weitere Tür sah Ernesto einen Teil des Ateliers. Da hingen einige kleinere Arbeiten an der Wand, aber auf der Staffelei war eine große Leinwand aufgestellt. Wutti stand davor und trug mit einem breiten Pinsel Farbe auf.

»Den guten Hausgeist Mia haben Sie schon kennengelernt«, sagte Wutti. »Kommen Sie nur herein. Ich zeige Ihnen gleich alles.« Er holte noch einmal mit dem Pinsel aus und setzte mit Schwung ein breites Farbband auf die Leinwand. Nun konnte Ernesto die Komposition sehen. Es war ein rot grundiertes Viereck, in das Wutti heftige, schwarze Akzente setzte. Die Farbe ging bis an den Rand und über die Ecken hinaus. Das Schwarz war wie ein Gewitterregen, der auf das Rot niederging.

Als Ernesto den Blick hob, sah er die kleineren Arbeiten an der Wand. Eine stach unter den anderen hervor. Es war ein Porträt von Melitta Schober im Halbprofil. Das Bild war in Öl ausgeführt und trug, obwohl es ganz konkret und akkurat war, eindeutig die Handschrift von Oskar Wutti.

»Wann haben Sie das gemalt?«, fragte Ernesto.

»Ich hab es extra für Sie heute aufgehängt. Es sollte ein Geschenk an Melitta sein, ist aber noch nicht trocken genug, um außer Haus zu gehen. Jetzt wird es eine Erinnerung bleiben.«

»Das heißt, es ist noch nicht so lange her?«

»Ein paar Wochen. Nein, doch schon fast zwei Monate, seit wir damit angefangen haben. Es hat lange gedauert von der Skizze zum Bild. Ich glaube, ich werde noch ein Bild von ihr malen, aus dem Gedächtnis, eines, auf dem auch Bienen vorkommen.« Wutti streifte den Pinsel ab und legte ihn zur Seite. Sein Hemd war mit Farbspritzern bedeckt, und selbst auf seiner Stirn war ein schwarzer Klecks zu sehen. Sich die Hände abwischend, bedeutete er Ernesto, ihm zu folgen. Sie gingen in einen weiteren Raum, in dem ein Zeichentisch stand. Es dauerte nicht lange, bis Wutti die Skizzen gefunden hatte. Die Zwischenzeit nutzte Ernesto, um sich umzusehen. An den Wänden hingen gerahmte Blätter aus Büttenpapier. Die meisten waren Variationen in Schwarz. Keile und Blöcke, die sich tief in den Untergrund zu fressen schienen. Einige rote Bilder dazwischen, Tupfen, die sich unordentlich über die Oberfläche verteilten.

Auf dem Tisch hatte Wutti einige Blätter ausgelegt. Jedes zeigte Melitta Schober, einmal das Gesicht von vorne, von der Seite. Studien der Hände und ein paar Bleistiftzeichnungen, auf denen sie in einem Sessel sitzend zu sehen war. Wutti hatte ihre muskulösen Arme und Schultern mit seinen Strichen betont.

»Sie wollte ein Porträt von sich für ihre Praxis«, sagte Wutti und schob die Skizzen wieder zusammen. »Und ich habe ein Modell bekommen für eine Zeit.«

»Wie oft ist sie Ihnen Modell gestanden?«

»Keine Ahnung. Sie war einige Male hier, und ich war oft bei ihr im Bienenhaus. Ich habe ihr auch Wachs abgekauft zum Modellieren.«

»Am Tag ihres Todes?«

»Nein, ich wollte ihr diese Woche noch einmal das Bild zeigen, habe ein paar Kleinigkeiten verändert.«

»Die Polizei hat Sie schon befragt, nehme ich an?«

»Dazu gibt es doch gar keinen Grund.«

Ernesto war vor dem Schreibtisch stehen geblieben und nahm nun eine Skizze nach der anderen zur Hand und betrachtete sie genau.

Wuttis Strich war auch hier deutlich. Wenn er den Zeichenstift ansetzte, zog er eine kräftige Linie. So hatte er Melitta Schober auf das Blatt gebannt. Die Zeichnungen waren mit der gleichen Schnelligkeit hingeworfen, wie die meisten seiner Bilder. Es war die sichere Hand eines geübten Malers.

»In ihren anderen Werken ist nie irgendetwas Gegenständliches zu sehen«, sagte Ernesto nach einer Weile und blätterte die Zeichnungen noch einmal durch.

»Ich selbst finde das Gegenständliche überholt. Im Grunde geht es in der Malerei um die Erforschung der Farben und Formen. Wie sich die Farben zueinander verhalten. Das möchte ich ergründen.«

»Das Schwarz in Ihren Bildern?«

»Sie meinen, weil Schwarz keine Farbe ist? Schwarz sind alle Farben auf einmal, und gleichzeitig ist es die Abwesenheit von Licht, eine Anti-Farbe. Die stelle ich in Kontrast zu den wirklichen Farben.«

»Störe ich?«, kam es von draußen. Fritz Hochegger trat ein, die Kamera trug er um den Hals.

»Du verspätest dich«, sagte Ernesto.

Statt zu antworten, schoss Hochegger ein Foto von Ernesto und Wutti.

»Am besten fangen wir gleich hier an«, sagte er. »Wenn Sie sich an den Zeichentisch setzen und sich ein Blatt nehmen, kann ich Sie direkt bei der Arbeit fotografieren. Das ist ein schönes Motiv.« Sagte es und er drückte Wutti mit einer Hand auf den Stuhl, der vor dem Zeichentisch stand. »Sehen Sie zu mir, ja, so ist es gut.«

»Das heißt, Sie kannten Melitta Schober schon lange«, begann Ernesto.

»Wie man sich halt so kennt im Dorf«, antwortete Wutti.

»Sehen Sie nicht Ernesto an, sondern mich«, mischte sich Hochegger ein.

»Also haben Sie auch mitbekommen, dass sie Dominik Ogris verlassen hat, um mit Isolde Hartmann zusammen zu sein?«

»Das ist niemandem verborgen geblieben, und alle haben sich darüber gewundert. Es ist getuschelt worden, dass sie jetzt mit einer Frau …«

»Kommen Sie, machen wir noch ein Foto bei der Staffelei«, sagte Hochegger und winkte die beiden aus dem Raum. »Stellen Sie sich gleich davor, den Pinsel nehmen Sie in die Hand. Sie müssen nicht malen, aber tun Sie wenigstens so. Ja, perfekt, und jetzt noch ein Foto von dem roten Bild da und wir sind auch schon wieder fertig«, sagte Hochegger, hob die Kamera noch einmal, um eine Gesamtaufnahme des Ateliers zu machen, und war gleich wieder verschwunden.

»Ist der immer so eilig unterwegs?«, fragte Wutti.

»Normalerweise ist er etwas geduldiger. Aber er hat eine stressige Woche«, sagte Ernesto. »Was haben die Leute so über Melitta Schober erzählt?«

»Was man halt so redet. Dass niemand versteht, warum sie den Dominik verlassen hat. Eine bessere Partie könnte es für sie gar nicht geben. Vor allem aber haben sich die Leute darüber echauffiert, dass sie lesbisch geworden ist. In so einem Dorf wie dem unseren. Ich glaube, sie ist die Einzige, die das offen zugegeben hat. Ich fand es übrigens mutig und ein bisschen naiv. Einige Leute haben sie geschnitten, andere haben über sie gelacht.«

»Es heißt Melitta Schober und Isolde Hartmann seien kein sehr glückliches Paar gewesen.«

»Was das anbelangt, bin ich überfragt. Die einen sagen so, die anderen das Gegenteil. Wie es halt kommt. Es hat auch geheißen, sie hätte sich nicht ohne Grund von Dominik Ogris getrennt. Aber dazu kann ich auch nur Gerüchte verbreiten. Mit mir hat sie über solche Sachen nie geredet.«

»Worüber haben sie denn geredet?«

»Über die Kunst und die Bienen. Melitta wollte ganz genau wissen, wie ich das meine mit den Farben, dass ich nach bestimmten Mustern und Formen suche, die zu den Farben passen, die sie sozusagen fassen.«

»Melitta Schober hat sich also für Ihre Arbeit interessiert?«

»Sehr sogar. Ich würde sagen, es ist in den letzten Jahren eine Freundschaft zwischen uns entstanden.«

»Erzählen Sie mir trotzdem von den Gerüchten, die es gegeben hat?«

»Das wird Ihnen nicht verborgen bleiben, wenn Sie im Dorf herumfragen, also kann ich es Ihnen gleich sagen.«

Die Leute hatten Melitta Schober bewundert und viele hatten sie auch beneidet. Aber dann kam der Bruch mit Dominik

Ogris, und es schien den meisten so, als würde sie sich damit vom Dorf abwenden. War es nicht seit jeher so ausgemacht, dass sie den Bauernsohn heiraten würde, die beiden Höfe vereint noch größer sein würden und die Familien Schober und Ogris endlich eine?

Für die Trennung von Dominik machte man Isolde Hartmann verantwortlich. Sie hätte Melitta verführt, ihr schöne Augen gemacht und ihr weiß Gott was versprochen. Sie könnten zusammen etwas aufbauen, sich lösen vom Vorhersehbaren und ein neues, abenteuerliches Leben beginnen. Aber im Dorf würde das auf Schwierigkeiten stoßen, hatte man sie gewarnt. Die Leute würden sich nicht von Isolde Hartmann behandeln lassen, und ihre Tiere würden sie nicht zu Melitta bringen. Doch das blieben leere Drohungen. Selbst als sie die Praxis noch nicht eröffnet hatte, kamen die Hunde- und Katzenbesitzer zu Melitta, und Isolde Hartmann konnte sich auch nicht darüber beklagen, dass ihr die Patienten davonliefen.

Bald tauchten die ersten Gerüchte auf, dass sich Melitta Schober auch ohne die neue Liebe zu Isolde Hartmann von Dominik Ogris getrennt hätte. Er sei ihr schon lange nicht mehr gewachsen gewesen, meinten einige am Stammtisch im Gasthaus. Dazu müsse man sich die beiden doch nur einmal ansehen. Sie, die studiert hatte und sich eine eigene Existenz aufbaute. Er, der vom väterlichen Acker noch nicht einmal die Nase gehoben hatte, der nichts selbst entscheiden durfte. Das passte doch nicht mehr zusammen.

»Das reden die Leute«, sagte Oskar Wutti und sah sich sein eigenes Bild an. Er hielt den Kopf ein wenig schräg, als würde ihm das helfen, die Details besser zu beurteilen. »Ich glaube, das Bild verträgt noch einiges an Schwarz.«

»Warum hat sich Melitta Schober also von Dominik Ogris getrennt? Weil sie sich neu verliebt hatte oder weil sie nicht mehr zueinander passten?«

»Suchen Sie sich eine Möglichkeit aus, oder nehmen sie eine dritte. Kann ja sein, dass ihr einfach langweilig war oder so. Ich höre zwar, was die Leute sagen, aber ich gebe nichts darauf.«

4

Weil er gerade in der Gegend war, beschloss Ernesto, Helmut Schober einen Besuch abzustatten. Vielleicht hatte Steinkellner dem Vater mehr von den Ermittlungen verraten als ihm. Ernesto fuhr aus dem Ort hinaus und über die Bahnlinie, bis er zum Hof kam. Er parkte vor dem Wohnhaus direkt neben Helmut Schobers Wagen. Er klopfte an die Haustür, und Schober öffnete. Er trug ein Unterhemd und Jeans und hatte eine Flasche Bier in der Hand.

»Wenn Sie Neuigkeiten hören wollen, sind Sie bei mir ganz falsch«, sagte Schober und bat Ernesto in die Küche. »Aber ein Bier können Sie gerne haben.«

»Nein, lieber nicht«, sagte Ernesto. »Ich bin mit dem Auto unterwegs. War gerade in der Gegend, und dachte mir …«

»Sie sind nicht von Isoldes Schuld überzeugt?«, fragte ihn Schober.

»Es ist alles ein wenig dünn.«

»Behaupten Sie.«

»Sie könnten es auch selbst gewesen sein«, sagte Ernesto.

»Das sagen Sie mir hier in meinem Haus, wo meine Tochter tot ist. Ich sollte Sie auf der Stelle hinauswerfen.« Er hob drohend die halbvolle Bierflasche.

»Ich sage ja nicht, dass Sie es waren. Aber es gibt einige Leute mit einem Motiv, und Sie könnten auch eines haben.«

»Ich?«, schrie Schober. »Was soll ich gegen meine Tochter haben?« Tränen standen ihm in den Augen.

»Vielleicht wollten Sie den Hof doch nicht hergeben.«

»Ach, was soll ich mit dem Hof, wenn ich Melitta nicht habe. Jetzt werde ich alles verpachten oder gleich verkaufen.«

»An wen?«

»An die Ogris', an wen denn sonst? Ich mag nicht mehr, und es ist mir auch zu viel. Außerdem werde ich nicht jünger. Müssen der Werner und der Dominik jetzt sehen, wie sie zurecht kommen.«

Auf dem Tisch lagen Etiketten für Honiggläser. Es waren jene, die Oskar Wutti designt hatte. Ernesto erkannte sie gleich wieder.

»Ein schönes Porträt hat der Wutti von Ihrer Tochter gemalt, ich habe es heute gesehen.«

»Der Wutti, das hat mir gar nicht gefallen.«

»Warum denn das? Das Bild ist ganz hervorragend geworden. Es war doch für die Praxis gedacht, oder?

»Das Bild ist nicht das Problem, nur, wie es dazu gekommen ist.«

»Wie meinen Sie das?«

»Wenn Sie nach einem Verdächtigen suchen, schauen Sie sich doch den Wutti einmal genauer an. So besessen, wie der von Melitta war … Immer und immer wieder hat er sie gezeichnet.«

»Das ist doch ganz normal als Vorarbeit zu einem Gemälde.«

»Trotzdem, nicht auf diese Weise. Ich kann es gar nicht aussprechen.«

»Sie meinen die Aktzeichnungen.«

»Die hat er Ihnen gezeigt?«

»Ein paar.«

»Aber nicht alle, nehme ich an. Isolde war schon ganz eifersüchtig, weil er immer da war. Wer weiß, und in Wirklichkeit ist er der Grund für die ganze Katastrophe.«

»Weil er sie gezeichnet hat?«

»Weiß man, was da sonst noch vorgefallen ist? Ich weiß es nicht. Das müssen Sie die Isolde fragen.«

»Das werde ich«, sagte Ernesto. »Ich werde sie noch einmal in der Haft besuchen, falls sie nicht vorher entlassen wird.«

»Das glauben Sie wirklich?«

Ernesto zuckte mit den Schultern. Es war müßig, darüber zu spekulieren. »Hat sich Steinkellner bei Ihnen gemeldet?«

»Der Kommissar? Nein, kein Wort habe ich von ihm gehört. Aber ich glaube, er ist sich seiner Sache sehr sicher.«

»Das ist er oft«, sagte Ernesto. Er ließ Helmut Schober mit seiner Bierflasche alleine und fuhr zurück in die Redaktion nach Klagenfurt.

15. Kapitel

1

Das Licht des Tages hielt sich jetzt länger über dem Horizont. Ernesto und Sonja sahen zwischen den Bäumen die Sonne flimmern, während sie in der Laube saßen und zu Abend aßen. Ernesto hatte sich nur ein paar Scheiben Brot aufgeschnitten und dazu Butter und ein Glas Honig mitgenommen. Auf Sonjas Teller lagen ein zerteilter Paprika und ein paar Tomatenscheiben. Mit spitzen Fingern griff sie danach und steckte sie sich in den Mund. Bis jetzt hatte sie in der Keramikwerkstatt gearbeitet, sich nur eine frische Hose und ein T-Shirt angezogen und war Ernesto gefolgt. Später würde sie ihre Arbeit fortsetzen. Es wartete ein neuer Auftrag auf sie. Ein Teeservice mit grüner und blauer Glasur, das wollte sie zwischen die anderen wichtigen Projekte schieben, damit es rechtzeitig fertig wurde.

Darüber redeten sie eine Weile und mieden das Thema Melitta Schober. Mit dem Messer strich Ernesto den Honig glatt, und dann biss er in das Brot. Die Süße breitete sich in seinem Mund aus, und er kaute andächtig. Ein Jammer, wenn es heuer keinen oder nur sehr wenig Honig geben sollte. Aber vielleicht brachten der Juni und der beginnende Juli doch etwas Honigtau. Man musste das Wetter abwarten.

Theuersberger hatte recht, wenn es nicht regnete, war alles vergebens. Es würde nicht genug Läuse geben, die die Oberfläche der Rinden und Blätter anbohrten und den Pflanzensaft schlürften. Also würden sie auch keinen Honigtau ausscheiden, den die Bienen sammeln konnten. Das Ergebnis wäre ein völliger Ausfall beim Waldhonig.

»Wie sieht es mit dem Honig aus?«, fragte Sonja zwischen zwei Bissen.

»Nicht besonders«, antwortete Ernesto. »Bei zwei Stöcken ist schon ein wenig mit Wachs verdeckelt. In den anderen noch gar nichts.«

»Wirst du noch warten?«

»Ein, zwei Wochen. Aber wahrscheinlich ist es umsonst. Ich habe die Stöcke schon gefüttert. In dem Fall schleudert man doch nur das Futter wieder heraus. Besser auf den Sommerhonig warten.«

»Der auch nicht kommen wird. Hast du dir schon einmal überlegt …«

»… aufzuhören?«, vollendete Ernesto den Satz. »Die ganze Zeit, aber wenn das alle machen, sieht es schlecht aus mit der Bestäubung und überhaupt mit dem ganzen Ökosystem. Es gibt kaum noch Insekten, um achtzig Prozent sollen die Populationen teilweise schon geschrumpft sein. Kannst du dich noch erinnern, vor ein paar Jahren, wie viele Nachtfalter um unser Hoflicht geschwirrt sind? Die ganze Wand war voll davon.«

Aber diese Tage waren lange vorbei. Der Wandabschnitt rund um das Hoflicht blieb nun beinahe leer, auch wenn das Licht den ganzen Abend brannte.

Die Falter waren verschwunden, die Eulen, die Schwärmer und die Spinner. Und mit ihnen blieb auch ein Bewohner der hohlen Baumstämme fern.

Die mit sirrendem Flügelschlag jagende Fledermaus hatte sich nicht mehr sehen lassen. Seit diesem Jahr flog sie nicht mehr knapp über den Köpfen durch den Hof auf der Jagd nach Insekten. Sie rastete nicht mehr im Gebälk des alten Schuppens, wo sie manchmal den Tag verschlief.

Sie war abgewandert oder gestorben, ohne Nachwuchs heranzuziehen.

2

Ernesto ignorierte Betty, die ihn anstupste und ihr Frühstück wollte. Auf dem Rücken liegend schloss er die Augen und fragte sich, was er an diesem Tag vorhatte. Er würde noch einmal mit Isolde Hartmann sprechen. Später würde er Major Steinkellner anrufen und ihn zu den letzten Entwicklungen befragen.

Die Bienen wagten sich um diese Uhrzeit noch kaum aus den Stöcken hervor. Ernesto kontrollierte den Bienenschwarm, den er eingefangen hatte. In den letzten Tagen hatten die Bienen beinahe das ganze Futter aufgenommen. Ernesto holte den Kanister und füllte nach.

Den Kanister wieder sicher verstaut, machte sich Ernesto den ersten Kaffee des Tages. Er blieb vor dem Automaten stehen, während das Wasser durchlief, und verlor sich in Gedanken. Seine Notizen lagen drüben am Schreibtisch, aber er benötigte sie im Moment nicht. Es war ihm völlig klar, in welche Richtung seine Fragen gehen mussten.

Sonja sah ihm zu, sagte aber wenig, nahm ihm eine Tasse Kaffee aus der Hand und küsste ihn. »Du hast kaum geschlafen«, meinte sie und setzte sich an den Küchentisch. »Die halbe Nacht hat das Licht gebrannt.«

»Habe ich dich gestört?«

»Nein, ist schon in Ordnung. Ich kann gut schlafen, wenn du liest.«

Ernesto gähnte, und Sonja lächelte darüber.

Als Ernesto seinen Kaffee ausgetrunken hatte, küsste er Sonja noch einmal und fuhr los, den Stausee entlang und auf die Packer Bundesstraße Richtung Klagenfurt. Seine Arbeit für heute musste ein wenig warten. Er wollte gleich ins Gefängnis und geriet in den Morgenverkehr. Eltern, die ihre Kinder zur Schule brachten, Handwerker in Kleinbussen, die ersten Staus an den Kreuzungen, an denen die Ampeln jedes Mal auf Rot schalteten, wenn Ernesto sich näherte. Über die Freisprechanlage versuchte er, Auer zu erreichen, allerdings ging der Chef vom Dienst nicht an sein Mobiltelefon, und in seinem Büro war er auch noch nicht.

Deshalb hinterließ ihm Ernesto eine Nachricht auf der Mailbox. Heute würde es etwas später werden, bis er zum Dienst erschien, er hatte noch einen wichtigen Termin.

Der Verkehr ging stockend weiter, und es dauerte lange, bis Ernesto von der Völkermarkter Straße auf den St. Veiter Ring Richtung Gefängnis einbiegen konnte und zunächst keinen Parkplatz fand. Er musste in die Tiefgarage, was ihn ärgerte, weil er keine Lust hatte, die Gebühren zu bezahlen, aber es ging nicht anders an diesem Vormittag.

Schon als er läutete, wusste er, dass dieser Besuch sich in die Länge ziehen würde. Der Beamte hinter der Plexiglasscheibe sah ihn an, öffnete die Tür aber nicht. Also trat Ernesto näher und klopfte. Langsam erhob sich der Beamte und kam aus seiner Kanzel hervor. Links und rechts am Gürtel baumelten der Schlagstock und das Pfefferspray. Er betätigte den Summer und öffnete die Tür einen Spaltbreit.

»Der Besucherraum ist voll. Kommen Sie ein anderes Mal wieder.«

»Ich besuche eine Frau, die in Untersuchungshaft ist.«

»Tut nichts zur Sache.«

Ernesto zog seine Brieftasche und hielt dem Mann seinen Presseausweis unter die Nase. »Es geht um ein Interview, und ich brauche das heute noch.«

»Haben Sie überhaupt eine Genehmigung?«

»Liegt vor, können Sie im Computer sicher abrufen.«

»Sie dürfen aber nicht in den Besucherraum.«

»Ist mir ganz gleich.«

»Warten Sie im Gang und verhalten Sie sich ruhig. Ich werde die Gefangene holen lassen.«

Der mit brauner Farbe gestrichene Gang war eng, und Ernesto musste sich die ganze Zeit an die Wand drücken, weil breitbeinige Justizwachebeamte vorbeimarschierten und ihn ignorierten. Das Mobiltelefon, seine Brieftasche und seine Schlüssel hatte er wieder in den Spind beim Eingang gesperrt.

Für eine weitere halbe Stunde stand er da und wartete. Endlich winkte ihm der Beamte vom Einlass und übergab ihn an eine Kollegin. Zwei Sicherheitstüren weiter fand er Isolde Hartmann in einem kleinen Büro.

»Sie sind der Einzige, der mich besucht«, sagte Isolde Hartmann.

»Major Steinkellner war sicher schon öfter hier.«

»Aber der glaubt nicht an meine Unschuld.«

»Ich glaube nicht an Ihre Schuld, das ist ein Unterschied.«

»Ist mir ganz gleich, wie Sie es drehen. Hauptsache, Sie unternehmen was.«

»Deshalb bin ich hier. Ich werde Ihnen ein paar unangenehme Fragen stellen.«

»Nur zu.«

»Waren Sie die erste lesbische Beziehung, die Melitta Schober hatte?«

»Geht es noch intimer?«

»Wenn es nicht wichtig wäre, würde ich nicht fragen«, sagte Ernesto.

»Keine Ahnung, ich nehme einmal an, dass es so war.«

»Weil sie erst jetzt diese Seite an sich entdeckt hatte oder weil sie sich vorher nicht getraut hat?«

»Wieso ist das wichtig?«

»Es geht um ein mögliches Motiv.«

»Man wechselt nicht über Nacht seine sexuelle Orientierung, würde ich einmal behaupten«, sagte Isolde Hartmann und erzählte, wie glücklich Melitta Schober gewesen war, als sie es endlich ihrem Vater gesagt hatten.

»Wie hat der es aufgenommen?«

»Gut.«

»Einfach nur gut, keine Irritation?«

»Es war ihm peinlich, darüber zu reden, und es war ihm peinlich, wenn wir uns geküsst haben. Aber was erwarten Sie?«

»Und wie hat ihr Exfreund reagiert?«

»Der Dominik? Nicht so gut wie der Vater, das kann man getrost sagen. Er war total beleidigt, und ich glaube, auch in seiner Ehre gekränkt.«

»Wie hat sich das gezeigt?«

Der Beginn des Dramas war nun mehr als zwei Jahre her. Melitta trennte sich von Dominik, ohne ihm von Isolde zu erzählen. Als er es herausfand, stellte er sie zur Rede. Laut und drohend wollte er wissen, ob sie ihn wirklich für eine Frau verlassen wollte.

»An die Szene erinnere ich mich noch sehr gut. Er tat, als wäre ich gar nicht im Raum und fragte Melitta alle möglichen Sachen.« Sie schüttelte den Kopf. »Ob es mit mir besser wäre im Bett oder ob sie das jetzt überhaupt nicht mehr interessiere. Solche Sachen. Halt nicht in so einem netten und feinen Ton. Sie können es sich vorstellen.«

Obwohl Melitta nicht auf seine Wut einstieg, beruhigte er sich nicht. Er war außer sich und wollte unbedingt wissen, warum sie ihn verlassen hatte. Doch Melitta Schober antwortete ihm nicht. Er müsse sich damit abfinden, etwas anderes bleibe ihm gar nicht übrig, ihr Entschluss stehe fest. Sie verlasse ihn endgültig und würde ein neues Leben beginnen.

»War es wirklich so einfach?«, fragte Ernesto.

»Für ihn war es schwer. Er konnte es nicht akzeptieren, dachte bis zum Schluss, Melitta würde irgendwann zur Besinnung kommen und zu ihm zurückgehen. Dabei war sie eben gerade zu sich gekommen.«

»Wie meinen Sie das?«

»Die beiden hatten nichts mehr gemeinsam. Sie hatten sich seit ihrer Kindheit gekannt und wussten alles voneinander. Ich glaube, sie hatten sich auseinandergelebt.«

Vielleicht war das Ende ihres Studiums der entscheidende Moment, an dem Melitta erkannte, dass sie sich weiterentwickelt hatte und Dominik nicht.

Das Leben in Wien und die Zeit an der Veterinär-Uni veränderten Melitta nicht, aber sie brachten stärker hervor, was in ihr angelegt war. Der Drang nach Selbstständigkeit, nach Unabhängigkeit. Ihr Horizont hatte sich geweitet, und nun erschien ihr der Junge aus ihren Kindertagen wie eine Erinnerung an schöne, aber vergangene Zeiten.

»Wenn ich das richtig verstanden habe, hat er das Nein nicht annehmen können«, sagte Ernesto.

»Er hat sich schwer getan. Am Anfang hat er geschwiegen, aber bald ist er jeden Tag aufgetaucht, um zu reden. Wirklich jeden einzelnen Tag. Es war immer die gleiche Leier.«

Warum jetzt, warum für eine Frau, immer wieder die Frage, warum sie ihn für eine Frau verlassen hatte. Doch Melitta hatte keine Antwort darauf, jedenfalls keine, die Dominik zufriedenstellte.

Aber man dürfe die alte Liebe nicht einfach so wegwerfen, etwas, das über Jahre gewachsen und gereift war, von dem sie beide dachten, es würde ewig halten. Das war Dominiks Position, und er war nicht bereit, sie einfach aufzugeben. Er legte ihr jeden Tag Blumen vor das Bienenhaus. Sie bat ihn, er möge damit aufhören, und es dauerte sehr lange, bis er es tatsächlich bleiben ließ.

»Nach all den Jahren war er immer noch verliebt in sie. Eigentlich rührend, nicht wahr?«, sagte Isolde Hartmann. »Aber auch ein bisschen beängstigend.«

»Wieso das?«

»Weil er so hartnäckig war.«

Melitta ließ sich darauf ein, ihn öfter alleine zu treffen. Sie wollte, dass sie Freunde blieben. Das waren sie schon ihr ganzes Leben lang, und das sollte nicht enden, weil ihre Liebe erkaltet war. »Ihre jedenfalls«, sagte Isolde Hartmann. »Mir war dieses Arrangement nicht recht, und das habe ich auch deutlich gesagt.«

»Gab es deswegen Streit?«, fragte Ernesto.

»Und was für einen.« Isolde Hartmann lachte. »Ich war eifersüchtig, auch wenn ich mir sicher war, dass zwischen ihnen nichts mehr lief.«

»Wir sind weit von dem Thema abgekommen, das ich mit Ihnen eigentlich besprechen wollte.«

»So? Was wollten Sie denn wissen?«

»Eigentlich bin ich wegen Ihres Alibis gekommen. Hat sich da schon etwas ergeben?«

»Wie meinen Sie das?«

»Hat Major Steinkellner Ihre Angaben überprüft?«

»Dass ich in meiner Praxis war und quasi ein lückenloses Alibi habe? Hat er, und er konnte nichts finden, das das Gegenteil belegt. Die Logdaten auf meinem Computer sind eindeutig.«

»Trotzdem sitzen Sie immer noch hier.«

»Ich bin zuversichtlich, dass sich das bald ändert«, sagte Isolde Hartmann.

»Das sind gute Neuigkeiten. Bleibt immer noch das Bienengift. Das können Sie nicht einfach wegerklären.«

»Weil es mir gestohlen wurde.«

»Eben das glaubt Ihnen Steinkellner nicht. Sie werden aber trotzdem bald freikommen. Davon bin ich überzeugt.« Ernesto wollte ihr noch ein paar Fragen zu Oskar Wutti stellen, da öffnete die Beamtin die Tür und verkündete, dass die Besuchszeit in fünf Minuten vorbei war.

»Nur ganz kurz«, sagte Ernesto gleichermaßen zu Isolde Hartmann wie zur Beamtin. »Dieser Wutti, der gehörte doch zu den Freunden von Melitta?«

»Hat sich so ergeben. Zuerst waren es nur die Etiketten, aber Melitta und mir gefiel, was er so machte.«

Sie besuchten ihn öfter in seinem Atelier, das lag nicht weit von Isolde Hartmanns Praxis, und sie ließen sich seine Bilder erklären, die ganze Theorie der reinen und unreinen Farben, der Kontraste und von Schwarz und Weiß. Dabei entstand die Idee für das Porträt von Melitta Schober, und Wutti begann, Melitta zu zeichnen. Manchmal sollte auch Isolde mit auf die Skizze. Die hatte Wutti Ernesto aber nicht gezeigt. Es waren viele Zeichnungen, viele mit ihnen beiden, viele nur von Melitta.

»Er meinte, er müsse sie ganz kennenlernen. Was auch immer das heißen mag. Ein bisschen besessen war er schon von ihr.«

3

Neue Ermittlungsschritte im Fall Melitta Schober

Verdachtsmomente weisen in verschiedene Richtungen.

Obwohl die Hauptverdächtige im Mordfall Schober nach wie vor in Untersuchungshaft sitzt, weitet die Polizei ihre Ermittlungen wieder aus und konzentriert sich jetzt auf das größere Umfeld des Opfers. Noch einmal wurden alle, die am Tag der Tat mit Melitta Schober Kontakt hatten, überprüft, teilt Major Horst Steinkellner mit. Dabei hätten sich durchaus neue Ansatzpunkte für weitere Ermittlungen ergeben.

Besonderes Augenmerk lege die Kriminalpolizei dabei auf jene Personen, die mit dem Umgang mit Bienen vertraut sind, denn der Täter muss über spezielles Wissen verfügt haben.

Diese Meldung erwartete Ernesto, als er in der Redaktion eintraf. Sie war, wie so oft, nichtssagend und kurz. Kaum ließ sich ihr entnehmen, in welche Richtung Steinkellner nun zu ermitteln trachtete, noch verlor die Mitteilung ein Wort über das Schicksal von Isolde Hartmann.

Die Meldung war eine halbe Stunde alt. Ernesto rief Steinkellner an und erreichte ihn prompt. Zuerst wiederholte Steinkellner nur, was in der Presseaussendung stand, aber Ernesto wollte ihn damit nicht davonkommen lassen.

»Alles Weitere würde den Gang der Ermittlungen gefährden«, sagte Steinkellner.

»Sie können mir wenigstens sagen, wie lange Isolde Hartmann noch in Haft bleibt.«

Steinkellner druckste herum, dazu könne er keine Auskunft erteilen.

»Die Untersuchungshaft muss irgendwann geprüft werden. Wann ist das?«

»Dauert noch ein paar Tage. Allerdings wird sich eine Verlängerung wohl nicht ausgehen«, sagte Steinkellner und berichtete, dass er Ernestos Hinweis auf Theuersberger weiterverfolgt hatte. Es stimmte, und es war nicht zu leugnen. Der Mann war Imker und kannte sich mit Bienengift aus. Doch eine Einvernahme von Theuersberger hatte nichts ergeben.

»Die ganze Zeit hat er mir vorgebetet, was für ein esoterischer Schwachsinn diese Apitherapie ist, aber über Bienengift wollte er uns nichts verraten. Obwohl klar ist, dass er sich damit auskennt, und zwar sehr gut. Der Mann betreibt eine große Imkerei. Der kennt alle Facetten seines Berufes«, sagte Steinkellner.

»Er hat ein Motiv, er hatte die Gelegenheit, und die Fähigkeiten hat er auch«, sagte Ernesto. »Wenn es danach geht, können Sie ihn in Untersuchungshaft nehmen.«

»Was das anbelangt, müssen Sie Auffenstein fragen. Aber ich glaube nicht, dass er Untersuchungshaft beantragen wird. Nicht in diesem Fall.«

»Das ist aber ungerecht.«

»Diese Ungerechtigkeit wird sich auflösen, glauben Sie mir.«

»Mir wäre lieber früher als später. Sie sind noch einmal alle durchgegangen, die an diesem Tag am Tatort waren?«

»Alle, die wir auf den Zetteln identifizieren konnten, und die, von denen wir so wissen.«

»Das sind eine ganze Menge, nicht wahr? Was ist mit diesem Ogris? Dem Werner Ogris?«

»Über den hat sich Theuersberger ausgelassen. Sicher eine halbe Stunde lang hat er nur über diesen Ogris geschimpft, wie schlimm das ist, dass er ihre Bienen vergiftet hat. Er würde ihn anzeigen, jetzt erst recht, nachdem Melitta tot war. Nun würde er sich rächen und ihm so viel Geld abknöpfen, wie nur irgendwie möglich. Und wenn jemand Melitta Schober umgebracht hatte, dann Ogris und kein anderer.«

»Aber Werner Ogris hat wohl kaum die nötigen Fähigkeiten«, sagte Ernesto.

»Bis jetzt wissen wir noch nicht, welche Fähigkeiten das genau sind. Ich nehme die Spur jedenfalls ernst.«

»Haben Sie jemals schon etwas von einem gewissen Oskar Wutti gehört? Dem Künstler?«, sagte Ernesto. »Kann ja sein, es findet sich noch ein zusammengeknüllter Zettel mit einem W irgendwo bei den Asservaten.«

»Sie verdächtigen den Mann? Was hat er denn Ihrer Meinung nach mit der Sache zu tun?«

»Ich verdächtige grundsätzlich alle, die irgendwie in der Nähe waren«, sagte Ernesto.

16. Kapitel

1

Wer zuerst zugeschlagen hatte, wollte später niemand mehr mit Sicherheit sagen. Sie schoben sich gegenseitig die Schuld zu. Werner Ogris behauptete, Lorenz Theuersberger hätte schon zu einer Ohrfeige ausgeholt, und im Reflex hatte er darauf mit einem Fausthieb geantwortet. Theuersberger beharrte darauf, zuerst die geballte Faust gesehen und erst danach die Hand erhoben zu haben. Die ersten Schläge glitten an den zum Schutz angewinkelten Armen ab. Die nächsten Hiebe gingen in der Luft an den Köpfen und Körpern vorbei, bis doch einer traf und Ogris ein paar Schritte zurücktaumelte, die Hände ausstreckte und Theuersberger am Arm packte und zu sich heranzog. Sie gerieten in eine Rangelei, in der sie sich ineinander verkeilten und einander fortwährend beschimpften, bis Theuersberger endlich losließ und abwehrend die Arme in die Höhe streckte.

So schilderte Helmut Schober die Szene der Polizei und wenig später Ernesto. Das wäre doch sicher eine Geschichte für die Zeitung, meinte Schober, auch wenn es eine unwürdige war. Ernesto hörte ihm zu und fuhr gleich los. Als er am Hof ankam, war die Polizei noch vor Ort, hatte die Kontrahenten voneinander getrennt und vernahm sie nun.

Ein lächerliches Schauspiel hatte sich hier zugetragen, berichtete Helmut Schober. Schon vor mehr als einer Stunde war zuerst Werner Ogris und wenig später Lorenz Theuersberger am Hof aufgetaucht. Jeder von ihnen wollte noch einmal sein Beileid aussprechen, und als sie zu reden begannen, kam kein Mitleid dabei heraus, sondern nur Anschuldigungen.

Was wäre gewesen, wenn diese Schweinerei mit den Pestiziden aufgekommen wäre, fragte Theuersberger. Das hätte Werner

Ogris ein Vermögen gekostet, alleine die Strafe, die dafür zu zahlen wäre, einmal ganz abgesehen von den toten Bienenstöcken. Die wären das geringste Problem daran gewesen. Außerdem sei die Sache noch nicht ausgestanden. Das Gutachten existiere, und auch wenn es nicht eindeutig war, für eine Anzeige reiche es allemal. Da rege sich der Richtige auf, konterte Ogris. Von wegen Anzeige. Davor hätte doch Theuersberger sich fürchten müssen, mit seinen fremdländischen Bienen. Und so war es hin und her gegangen, bis die beiden sich wieder zu prügeln begannen, diesmal mit gezielten Schlägen gegen das Gesicht. Das war der Moment, in dem Helmut Schober die Polizei anrief.

Gerade jetzt, da Helmut Schober seine Erzählung beendet hatte, erhob sich Theuersberger von den Stufen des Bienenhauses und ging auf Werner Ogris zu. Die Polizei ließ ihn gewähren.

»Ich weiß ganz genau, dass du es warst«, sagte Theuersberger zu Ogris. »Wie du es gemacht hast, ist mir ein Rätsel, aber gemacht hast du es.«

»Du willst mir einen Mord in die Schuhe schieben? Das ist ja die Höhe, wirklich wahr.«

»Wie lange planst du das schon? Seit Monaten? Brauchst es gar nicht zu leugnen.«

Ogris machte einen Ausfallschritt und traf Theuersberger mit der Faust an der Schulter. Beinahe im gleichen Moment erwiderte Theuersberger den Angriff mit einem Fußtritt, der Ogris am linken Schienbein traf. Die Männer gingen in die Knie. Schon waren drei Beamte zur Stelle und trennten die Streithähne. Sie drohten ihnen mit Handschellen und Verhaftung, wenn sie nicht friedlich sein konnten. Besser wäre es, sie würden sich entfernen und ihrer Wege gehen. Mit einer Anzeige hätten sie aber zu rechnen.

Theuersberger drehte sich weg, machte ein paar Schritte zur Seite. »Die Sache ist noch nicht zu Ende. Ich werde bei der Kriminalpolizei gegen dich aussagen.«

»Ein Ablenkungsmanöver«, kam es von Ogris.

Darauf antwortete Theuersberger nicht mehr, machte eine wegwerfende Handbewegung und stieg in sein Auto. Als er außer Sicht war, setzte sich Werner Ogris auf den Boden und stützte den Kopf in die Hände. An den Fingerknöcheln hatte er Schrammen. Das Haar hing ihm in die Stirn. Die Polizisten zogen sich zurück, verabschiedeten sich von Helmut Schober und fuhren davon.

Schober half Ogris hoch. Der stöhnte und wischte sich das Gesicht mit einem Taschentuch ab. Er hatte einen Kratzer unter dem rechten Auge abbekommen. Im Taschentuch blieb Blut.

»Ihr Idioten«, sagte Schober. »Was machst du? Kannst du dich nicht zusammenreißen?«

»Ich? Er hat doch angefangen, und jetzt ist er abgehauen, der feige Hund. Ich hätte ihm noch gerne eine mitgegeben.« Ogris deutete einen Schlag an. »Entschuldige, Helmut. Ich weiß, wir haben uns oft gestritten, die Melitta und ich. Aber ich habe sie doch gern gehabt.«

2

Bis Ernesto seine Regionalausgabe fertig hatte, war es schon spät. Die meisten Redakteure waren gegangen, und selbst Auer wollte für heute Schluss machen. Ernesto schrieb noch eine Kurzmeldung über die Rauferei und schickte Auer die Texte. Sie gingen die Seiten gemeinsam durch und gaben sie frei.

»Und wer von den beiden war es?«, fragte Auer beim Hinausgehen.

»Ich gebe noch keine Tipps ab, aber beide hatten ein gutes Motiv.«

»Dass die so aufeinander losgehen, …«

»… hat nur am Rande etwas mit dem Mordfall zu tun. Die mögen sich schon lange nicht. Die Geschichte reicht sicher ganz weit zurück, und dabei dreht es sich nicht nur um die toten Bienen.«

Eine halbe Stunde später war Ernesto zu Hause und küsste Sonja. Sie war noch in der Töpferwerkstatt beschäftigt und hatte den Brennofen geöffnet. Vorsichtig schichtete sie die Schüsseln und Tassen in den Ofen und verschloss ihn. Sie würde ihn heute noch in Gang setzen, damit sie die gebrannten Stücke übermorgen entnehmen konnte. In der Zwischenzeit machte Ernesto Kaffee und brachte Sonja eine Tasse. Während sie den Ofen programmierte, bereitete er eine Jause vor, schnitt Salami auf und Käse und holte die Butter aus dem Kühlschrank. Als Sonja von draußen kam, arrangierte er gerade die Teller auf dem Tisch.

»Es ist ja fast ein Wunder, dass du bei der Schlägerei nichts abbekommen hast.«

»Ich war nur Zuschauer, und auch das nicht das ganze Drama lang.«

»Kommt die arme Frau endlich aus dem Gefängnis?«

»Es wird nicht mehr ewig dauern«, sagte Ernesto und nahm sich ein Stück Salami. »Es gibt eine Reihe von Verdächtigen, das kann Steinkellner nicht ignorieren.«

»Die zwei?«

»Die zwei immer noch, und ich würde diesen Künstler, den Oskar Wutti, nicht außer Acht lassen.«

»Du hast Steinkellner von ihm erzählt?« Sonja schüttelte den Kopf und biss von ihrem Brot ab. »Das ist nicht dein Ernst.«

Ernesto lachte. »Die Theorie ist gar nicht von der Hand zu weisen. Er könnte am Tatort gewesen sein, zugeben hat er es allerdings noch nicht.«

Während sie aßen und redeten, lag Betty ausgestreckt neben dem Tisch und wartete geduldig, dass ein paar Käsereste für sie abfielen. Ihre Ohren bewegten sich von Zeit zu Zeit, als ob sie der Unterhaltung ganz aufmerksam folgen würde.

3

Am Morgen ließ sich Ernesto Zeit. Er sah Sonja dabei zu, wie sie die Töpferscheibe in Gang setzte. Fast gleichzeitig begann sein Mobiltelefon zu läuten. Sonja verscheuchte ihn, für ihre Arbeit brauchte sie absolute Ruhe.

»Sind Sie verrückt geworden, Valenti?«, kam es von der anderen Seite der Leitung.

»Wutti. Was verschafft mir die Ehre?«

»Sie waren das doch, oder etwa nicht?«

»Was soll ich gewesen sein?«

»Sie haben mir die Polizei auf den Hals gehetzt. Hier ist alles voller Beamten. Die Spurensicherung ist in meinem Atelier. Das ist absurd. Ich werde mich über Sie beschweren.«

»Beruhigen Sie sich«, sagte Ernesto. »Machen Sie sich keine Sorgen. Das ist sicher nur Routine. Aber sagen Sie nichts. Ich bin gleich bei Ihnen.«

Während der Fahrt versuchte Ernesto, Steinkellner zu erreichen. Doch der ignorierte seine Anrufe. Auch Wolfgang Havlicek hob nicht ab. Als Ernesto das Atelier erreichte, begegnete er zuerst Havlicek, der etwas in seinen Van räumte.

»Das haben wir Ihnen zu verdanken«, sagte Havlicek. »Ohne Ihren Hinweis wären wir nie draufgekommen, zu wem das W von vierzehn Uhr gehört.«

»Sagen Sie das bloß nicht laut«, meinte Ernesto.

»Sie sind eben ein aufrechter Bürger, der seine Erkenntnisse mit den Behörden teilt. Das kann nicht einmal Auffenstein abstreiten.«

»Um Gottes willen.«

»Wenn bei der Sache etwas herauskommt, ist er Ihnen etwas schuldig. Das wird er zwar niemals zugeben …«

Havlicek hatte noch nicht einmal ausgeredet, als Oskar Wutti aus dem Atelier gestürmt kam. »Sie stecken doch alle unter einer

Decke«, herrschte er Ernesto an. »Haben Sie den Artikel nur vorgeschützt, um mich aushorchen und der Polizei melden zu können?«

»Sie waren am Tatort?«, fragte Ernesto.

»Das wollte der Major auch wissen. Ich war oft in dem Bienenhaus. Das habe ich Ihnen doch erzählt.«

»Aber waren Sie an jenem Tag dort?«

»Warum wollen Sie das wissen?«

»Weil Sie vielleicht ein Alibi brauchen.«

»Ich war an diesem Tag in meinem Atelier. Mehr kann ich dazu nicht sagen.«

»Es gibt noch zwei unbekannte Fingerabdrücke«, sagte Havlicek. »Sehen wir uns einmal an, ob Ihre dabei sind, dann wissen wir schon mehr.«

»Aber das können Sie nicht machen«, beharrte Wutti.

»Sie sehen doch, dass wir genau das können«, antwortete Havlicek und schloss die Seitentür des Vans.

Ernesto folgte Wutti ins Atelier. Für eine Hausdurchsuchung sah es halb so schlimm aus. Bilder waren abgehängt, standen schräg an die Staffelei gelehnt, und die Laden im Zeichenraum waren aufgezogen. Es fehlten wohl einige Skizzen. Wutti machte sich daran aufzuräumen, sortierte die Blätter zurück in die Schubladen. Es waren Entwürfe von Etiketten dabei. Das meiste aber waren Zeichnungen in Schwarz und Rot.

»Sie müssen hier nicht herumstehen und mir zusehen. Sie können nichts mehr tun. Es ist alles vergebens.«

»Die Fingerabdrücke sind Ihre?«

»Ganz sicher sogar.«

»Also waren Sie doch bei Melitta Schober. Warum sagen Sie das nicht? Damit machen Sie sich nur verdächtig.«

»Sie haben alles durchwühlt.« Wutti sah Ernesto an. »Dabei habe ich mit der Sache überhaupt nichts zu tun.«

4

Für den Nachmittag war eine Pressekonferenz angesetzt. Staatsanwalt Auffenstein kündigte in der Einladung neue Ermittlungsschritte im Fall Schober an.

Ernesto konnte sich schon denken, worauf das hinauslief, aber vorerst schrieb er einen Bericht über die Hausdurchsuchung bei Wutti. Zuvor rief er noch Steinkellner an, aber der meinte, er werde vor der Pressekonferenz nichts sagen, sonst hieße es wieder, er würde mit der Presse plaudern, und das hatte Auffenstein ausdrücklich untersagt.

»Die Geschichte mit Wutti ist schon online«, sagte Ernesto. »Darüber können Sie also getrost mit mir reden. Außerdem habe ja leider ich Sie auf diese Idee gebracht.«

»Das kann man so nicht sagen, aber ich gebe zu, Ihr Hinweis war hilfreich.«

»Absicht war das keine.«

»Sie haben den Verdacht aber geschickt platziert. Mir war sofort klar, dass dieser Wutti einer von denen war, die wir noch nicht am Tatort festgemacht hatten.«

»Aber warum gleich eine Hausdurchsuchung?«

»Die Verdachtsmomente haben es gerechtfertigt.«

»Was auch bei anderen Personen der Fall ist«, sagte Ernesto.

»Dazu werde ich keine Auskunft erteilen.«

»Sie haben ihn doch schon verhört, und Sie haben Zeichnungen beschlagnahmt.«

»Die werden gerade ausgewertet. Ich kann nur sagen, er hat Melitta Schober exzessiv gezeichnet.«

Ernesto gab es bald auf, Steinkellner Löcher in den Bauch zu fragen. Was er wissen wollte, hatte er herausgefunden.

Als er mit seiner Regionalausgabe fertig war, spazierte er hinauf in die Kulturredaktion. Čertov war mit der Ausgabe von übermorgen beschäftigt. Eine Theaterpremiere stand an, er hatte die Proben besucht und tippte gerade seine Kritik. Ohne ein Wort zu sagen, räumte Ernesto einen Sessel frei und setzte sich, zündete eine Zigarette an und rauchte schweigend.

Die Reportage über Wutti hatte er schon fertig im Kopf. Einerseits wollte er auf seine informellen Arbeiten eingehen. Diese wuchtigen Farbkompositionen gefielen Ernesto nicht nur, es schien auch so etwas wie eine Theorie dahinter zu stecken. Wenn man die Bilder lange betrachtete, strahlten sie eine enorme Aggressivität aus. Sie hatten nichts Meditatives, wie man es von vielen Künstlern kannte, die sich dem Informellen verschrieben hatten, und sie waren auch nicht abstrakt, denn es gab nichts, wovon sie abstrahierten.

Andererseits waren da die Porträts und Aktzeichnungen. Auch wenn Wutti das als Auftragsarbeit empfand, konnten sie als eigenständiger Teil seines Werkes gelten. Möglicherweise gefiel es ihm nicht, wenn Ernesto das so darstellte, es hatte jedoch etwas für sich. Wutti sah die Spannung in seinem eigenen Werk nicht. Zwischen der Anbetung der Farben und den konkreten Formen, die er in seinen Zeichnungen darstellte, lag ein Abgrund, der ein ganzes Jahrhundert umfasste.

»Dafür, dass du den Mann fast ins Gefängnis gebracht hast, bist du ganz schön angetan von seiner Arbeit«, sagte Čertov.

»Er kann ein Mörder und ein Künstler sein«, antwortete Ernesto.

»Was die Frage nach der Moral und der Kunst aufwirft.«

»Das wäre doch einmal ein Thema für ein Essay.«

»Ach, völlig abgedroschen«, sagte Čertov. »Aber deine Meinung würde mich schon interessieren.«

»Wenn er Melitta Schober umgebracht hat, sind seine Zeichnungen handwerklich immer noch hervorragend, sie wären aber auch Indizien in einem Mordprozess«, sagte Ernesto.

»Aber man könnte die Kunst als reine Kunst betrachten«, warf Čertov ein.

»Völlig undenkbar. Es schwingt immer mit, was der Autor möglicherweise damit bezweckte.«

»Du kannst doch nicht sicher sein, was der Autor wollte.«

»Aber in dem Fall besteht die Möglichkeit, dass es eine Verbindung zu einem Verbrechen gibt.«

»Was wäre das Motiv?« Čertov nahm sich jetzt auch eine Zigarette. »Er hat sie doch nur gezeichnet.«

»Das war schon etwas mehr als bloß professionelles Interesse. Dazu hätte er sie nicht so oft und so ausführlich zeichnen müssen.«

»War Melitta Schober eine schöne Frau?«

»Er fand etwas an ihr, soviel ist sicher«, antwortete Ernesto. »Schönheit? Du stellst heute aber die großen Fragen.«

»Bleiben wir bei der Moral.«

Čertov kam mit dem berühmtesten Beispiel. Er wollte von Ernesto wissen, ob er Benvenuto Cellini für einen großartigen Bildhauer hielt, obwohl der von sich selbst behauptete, drei Menschen umgebracht zu haben.

Ernesto weigerte sich, eine einfache Antwort zu geben. Stattdessen hielt er einen Vortrag, in dem er ausführte, wie schwierig es war, Kunstwerk und Künstler zusammen zu denken oder zu trennen. Immerhin hatte der Künstler das Werk geschaffen und stand als ganze Person hinter dem Werk.

Andererseits konnte man ein Bild, eine Skulptur oder einen Roman auch verstehen und genießen, ohne dass man eine Ahnung von ihrem Schöpfer hatte. In der Öffentlichkeit allerdings würde so ein Zusammenhang zu einer Sensation werden. Der Mörder fertigte Akte seines zukünftigen Opfers an. Wutti hätte zwar nicht viel davon, wenn er im Gefängnis saß, er wäre dennoch schlagartig berühmt.

5

Auffenstein kam diesmal überaus pünktlich zu seiner eigenen Pressekonferenz und warf Ernesto einen strafenden Blick zu. Das Medieninteresse war weiter geschrumpft. Nur ein TV-Team eines kleinen Lokalsenders und ein weiterer Journalist saßen in den Reihen. Die anderen Redaktionen warteten auf die schriftliche Zusammenfassung, die Auffensteins Sekretär verschicken würde, sobald die Veranstaltung vorbei war. Im Grunde hatte Ernesto überlegt, es genauso zu machen, aber er wollte sich sehen lassen und vielleicht ein paar Fragen stellen.

Die erste Mitteilung kam für Ernesto nicht überraschend. Auffenstein berichtete von der Spurensicherung bei Oskar Wutti und über die Verdachtslage. Den Namen des Mannes zu verschweigen, sei nicht mehr nötig, da die Presse schon dafür gesorgt habe, dass er der Öffentlichkeit bekannt sei.

Der Maler hatte sich verdächtig gemacht, indem er verschwiegen hatte, dass er sich zur möglichen Tatzeit am Tatort befand. Wie sich herausgestellt hatte, waren seine Fingerabdrücke im Bienenhaus zu finden, und mittlerweile leugnete er auch nicht mehr, Melitta Schober an diesem Tag aufgesucht zu haben. Sie hätten das Porträt besprochen, das er von ihr angefertigt hatte. Bei seiner Befragung hatte sich Wutti zusehends in Widersprüche verwickelt. Über seine Beziehung zum Mordopfer machte er unterschiedliche Angaben, aber die Verdachtsmomente reichten aus, um Wutti vorläufig in Gewahrsam zu nehmen und ihn zu weiteren Befragungen einzubehalten. Ernesto fragte, ob sich zum Motiv etwas ergeben hatte. Doch dazu wollte Auffenstein keine Auskunft geben.

Im zweiten Teil der Pressekonferenz verkündete Auffenstein, dass Isolde Hartmann mit sofortiger Wirkung aus der Untersuchungshaft freigelassen würde. Ein Tatverdacht bestehe weiterhin, aber Flucht- und Verdunkelungsgefahr nicht mehr. Deshalb sehe man von dieser scharfen Maßnahme ab und entlasse Isolde Hartmann.

»Heißt das, Sie verdächtigen nun sowohl Hartmann als auch Wutti?«, fragte Ernesto.

»Sie haben mich ausgezeichnet verstanden, Valenti, und Sie wissen, dass Ermittlungen manchmal seltsame Wendungen nehmen.«

»Können Sie etwas konkreter werden, Herr Staatsanwalt?«, fragte Ernesto. »Werden Sie nun gegen Oskar Wutti Untersuchungshaft beantragen?«

»Das zu entscheiden, ist noch zu früh.«

»Wenn Sie beide verdächtigen, verdächtigen Sie sie also zusammen?«

»Wie meinen Sie das?«, fragte Auffenstein.

»Könnten Sie Komplizen sein?« Ernesto erhielt auf die Frage keine Antwort. Auffenstein erklärte die Veranstaltung für beendet und erhob sich.

Das TV-Team packte seine Sachen zusammen, und der Redakteur kam auf Ernesto zu. Er wollte wissen, ob Ernesto die Nummer von diesem Wutti hatte. Ein Interview wäre eine tolle Gelegenheit. »Wutti ist verhaftet und sitzt auf einer Polizeistation«, sagte Ernesto knapp.

»Von dort wird er irgendwann wieder freikommen«, meinte der Redakteur.

»Vermutlich früher als später. Der Mann steht im Telefonbuch. Ich hab mich da schon weit genug aus dem Fenster gelehnt«, sagte Ernesto und ging aus dem Saal die Treppe hinunter und ins Freie. Langsam schlenderte er zurück in die Redaktion. Er ergänzte seinen Artikel über die Hausdurchsuchung und schrieb einen Bericht über die Freilassung von Isolde Hartmann. Die würde er frühestens morgen anrufen und um eine Unterredung bitten. Jetzt war es langsam Zeit, Schluss zu machen. Noch einmal kontrollierte er seine Seiten und sah, dass alles fertig war.

Auch Auer hatte schon drübergeschaut. Er saß noch in seinem Büro und nickte Ernesto zu, als dieser sich aus seinem Computer ausloggte und Auer winkte, bevor er aufbrach.

17. Kapitel

1

Die Dessertteller klackten gegeneinander, als Ernesto sie auf dem Tisch in der Laube abstellte. Er hatte die Tischdecke vorher abgewischt und Sets aufgelegt. Nun teilte er die Teller aus, bestückte jeden mit einem Eierbecher, einem Messer und einem Löffel. Das Brot hatte er auf ein großes Brett gelegt und schnitt jetzt Stücke davon ab.

Die weichen Eier kochten in der Küche vor sich hin und als der Timer piepste, nahm er den Topf vom Herd und ließ kaltes Wasser über die Eier rinnen.

»Sonja, das Frühstück ist fertig«, rief er in die Töpferwerkstatt, und Sonja kam lächelnd auf ihn zu. Er hielt den Topf mit den Eiern in der Hand, drehte ihn weg und küsste sie. Daraufhin teilte er die Eier aus. Zwei blieben noch für später übrig. Mit der Spitze des Messers köpfte er das Ei und legte das obere Teil beiseite, streute Salz und Pfeffer darüber und begann zu essen. Mit der anderen Hand nahm er ein Stück Brot und tunkte es in das herabtropfende Eigelb.

»Musst du heute irgendwo hin?«, fragte Sonja und nahm einen Löffel voll von dem weichen Ei.

»Nicht dass ich wüsste.«

»Machen wir uns einen gemütlichen Tag. Ich habe heute auch keine Termine mehr. Der Brand ist gut gelungen. Du musst dir die Stücke später ansehen. Die Teller sind wirklich ganz außergewöhnlich geworden.«

»Lass uns gleich schauen gehen«, sagte Ernesto.

»Nein, zuerst essen wir. Es ist gerade so gemütlich hier.«

Ernestos Blick schweifte von Sonja zu den Apfelbäumen, wo die Schafe und Ziegen ästen. Die Früchte auf den Bäumen waren vom Hagel angeschlagen, und einige begannen sich nun dunkel zu verfärben. Die Äpfel würden wohl nicht reifen, sondern vorher abfallen. Aber noch hatten sie selbst gepressten Apfelsaft vom vorigen Jahr, und Ernesto schenkte Sonja und sich ein Glas davon ein. Er schmeckte ein wenig säuerlich und süß zugleich.

»Das ist heuer unser erstes Frühstück im Freien«, sagte Sonja und nahm einen Schluck aus dem Glas. »Ich hoffe, das können wir noch ganz oft machen in diesem Sommer.«

»Jeden Tag wird es sich nicht ausgehen«, sagte Ernesto. »Aber sehr, sehr oft. Wenn es ein schöner Sommer wird. Danach sieht es jedenfalls aus.« Er kratzte die Eierschale aus, legte sie weg und nahm sich das nächste weichgekochte Ei.

Ein Surren kam näher. Es war eine Biene, die sich von den Stöcken hinten beim Schuppen hierher verirrt hatte. Normalerweise gab es in der Laube keine Bienen. Diese jedoch flog eine Runde über dem Apfelsaft und zog dann hoch. Ernesto dachte schon, sie würde zwischen den Rosenblättern verschwinden, als sie tiefer ging und direkt auf Sonja zuhielt. Sonja duckte sich, wollte die Biene mit den Händen abwehren, doch da hatte sie Sonja bereits erreicht und in die Schläfe gestochen. Brummend verfing sich die Biene in Sonjas Haar. Sonja schrie auf.

Mit zwei Schritten war Ernesto bei ihr und griff nach der Biene, konnte sie aber nicht erreichen. Er musste fester zupacken und zog Sonja an den Haaren. Die Biene surrte und stach Sonja noch tiefer. Ihr Stachel pumpte Gift unter die Haut. Erst jetzt bekam Ernesto die Biene zwischen die Fingerspitzen und zerdrückte sie.

»Sie hat mich gestochen!«, rief Sonja entrüstet. »Warum hat sie mich gestochen? Ich habe ihr doch gar nichts getan.«

»Lass einmal sehen«, sagte Ernesto und drehte Sonjas Kopf in seine Richtung. Der Stich war deutlich zu erkennen. Eine rote Stelle direkt neben dem Auge und ein roter Kreis, der sich schnell vergrößerte. Der Stachel steckte nicht mehr in der Wunde. Trotzdem strich Ernesto mit dem Finger darüber, nur um ganz sicher zu sein.

»Au. Du tust mir weh«, sagte Sonja laut und entzog sich Ernesto. Sie stand auf und ging zurück ins Haus. Ernesto überholte sie, eilte zur Tiefkühltruhe und riss sie auf. Oben in einem der Körbe lagen die Eisbeutel, und Ernesto schnappte sich einen.

Sonja hockte im Wohnzimmer auf der Couch und hielt sich den Kopf. Sie nahm Ernesto den Eisbeutel ab, drückte ihn gegen die Schläfe und zischte vor Schmerz.

»Das tut verdammt noch einmal wirklich weh. Die hat ja gar nicht mehr aufgehört zu stechen.« Sie verzog das Gesicht. »Der Schmerz wird immer schlimmer.«

»Leg dich hin und lagere die Füße hoch«, sagte Ernesto und half ihr dabei.

Er legte ihr einen Polster unter den Kopf und einen zweiten unter die Fersen. Daraufhin setzte er sich zu ihr und beobachtete sie, aber er blieb nicht lange sitzen. Denn als er sah, wie ihr Gesicht an Farbe verlor, holte er ihr ein Glas Wasser.

»Du musst etwas trinken«, sagte er und drückte ihr das Glas in die Hand.

Sie stützte sich auf und nippte zuerst nur.

»Trink es aus«, sagte er.

»Ja«, antwortete sie, tat es und ließ sich wieder auf das Kissen fallen. »Bringst du mir den anderen Eisbeutel?« Ernesto nahm ihr den alten ab und steckte ihn wieder in die Gefriertruhe, holte den anderen.

»Wie kommt diese Biene in die Laube? Und wie kommt sie dazu, mich anzufallen?«, wollte Sonja wissen.

»Sie war auf einmal da. Vielleicht hat sie der Apfelsaft angelockt, obwohl ich das nicht glaube«, sagte Ernesto und fasste nach Sonjas Bein. Er setzte sich wieder neben sie und sah ihr ins Gesicht. Der Eisbeutel verdeckte die Einstichstelle. »Lass mich einmal sehen«, sagte er und beugte sich vor. »Ich glaube, es schwillt immer mehr an.«

»Die hat mich auch mit der vollen Ladung erwischt«, sagte Sonja und drehte den Eisbeutel um. »Mich hat ja schon öfter eine Biene gestochen. Erinnerst du dich noch? Letztes Jahr beim Schleudern, direkt in den Mittelfinger. Das hat aber nicht annähernd so weh getan wie das hier.«

»Du musst einfach ein bisschen liegen bleiben«, sagte Ernesto. »Kann ich dir sonst noch etwas bringen?«

»Ich weiß nicht. Mir wird, glaube ich, schlecht.«

Sonjas Ohr begann anzuschwellen. Es wölbte sich und wurde immer dicker, bis es fast zu platzen schien. Unruhig rutschte Sonja auf der Couch hin und her. Ohne ein weiteres Wort drückte sie Ernesto den Eisbeutel in die Hand, und er tauschte ihn wieder aus.

Auf ihren Armen bildete sich ein rotfleckiger Ausschlag. Sonja kratzte sich stöhnend, hob ihr T-Shirt, und Ernesto bemerkte, dass sich die Quaddeln auch am Rücken ausbreiteten. So etwas hatte er noch nie gesehen, und dennoch wusste er, was es war. Sonja hatte eine allergische Reaktion.

Es war Samstagvormittag. Hausarzt war heute keiner erreichbar, und Ernesto blieb nichts anderes übrig, als den Ärztenotruf zu wählen. Ernesto erklärte, seine Frau sei von einer Biene gestochen worden und anders als die anderen Male reagiere sie nun mit Ausschlag und heftigen Schmerzen.

»Liegt Atemnot vor?«, fragte die Frau beim Ärztenotruf.

»Nein, bis jetzt noch nicht. Aber bis vor einer Viertelstunde hat meine Frau auch noch keinen Ausschlag gehabt.«

»Ich gebe Ihnen die Nummer des diensthabenden Arztes. Rufen Sie gleich dort an.«

Ernesto notierte die Nummer und wählte sie sofort, nachdem er aufgelegt hatte. Der Arzt meldete sich nach dem ersten Läuten.

»Ich bin in zwanzig Minuten bei Ihnen«, sagte er.

»Zwanzig Minuten«, meinte Ernesto, als er wieder ins Wohnzimmer kam. »Gib mir den Eisbeutel. Ich bring dir einen neuen.«

»Es juckt so, ich könnte mir die Haut vom Leib kratzen. Das fühlt sich fürchterlich an.«

Ernesto tauschte wieder die Eisbeutel und sah, wie sich die Schwellung in Sonjas Gesicht ausgebreitet hatte. Nun war das Auge fast ganz zu, das obere Lid war prall und rot und selbst die Nasenwurzel schien wie überwuchert.

Die Uhr zeigte, dass seit seinem Telefonat mit dem Arzt gerade einmal fünf Minuten vergangen waren. Es kam ihm vor wie mindestens eine halbe Stunde. Nach weiteren fünf Minuten überlegte er, ob er den Arzt nicht noch einmal anrufen sollte. Aber er beherrschte sich. Der Arzt war sicher schon auf dem Weg.

»Wie geht es dir?«, fragte Ernesto.

»Ich kann auf diesem Auge nichts sehen, und es juckt am ganzen Körper. Wenn der Arzt nicht gleich kommt, weiß ich auch nicht.«

»Atmen kannst du?«

»Hör auf, mir Angst zu machen.«

»Es ist jetzt zehn Minuten her«, sagte Ernesto mit Blick auf die Anruferliste. »Hältst du es aus? Kann ich dir irgendetwas bringen?«

»Mir ist kalt.«

Ernesto lief ins Schlafzimmer und holte eine Decke, legte sie über Sonja und steckte sie fest. »Ist es ein wenig besser?«

»Geht schon, aber so etwas habe ich noch nie erlebt. Einmal hat mich eine Wespe gestochen, da hatte ich so einen dicken Arm. Aber sonst war doch nie etwas. Ich verstehe das nicht, dass ich auf einmal allergisch reagiere.«

»Es braucht nur eine Biene zu viel sein, man weiß es nicht.

Das hast du selbst gesagt.« Ernesto setzte sich wieder zu ihr. »Warten wir noch einen Moment, wenn du es erträgst. Aber wenn er nicht bald kommt, rufe ich noch einmal an.«

Die Zeit verging, und der Arzt tauchte nicht auf. Nun waren es zwanzig Minuten, nein zweiundzwanzig. Ernesto wählte noch einmal die Nummer.

»Ich bin gleich bei Ihnen«, sagte der Arzt. »Ich wollte eine Abkürzung fahren, aber da war eine Straßensperre, wegen eines Felssturzes. Gleich in Ihrer Nähe. Deshalb musste ich einen Teil der Strecke wieder zurück.« Noch während er sprach, fuhr ein Wagen in den Hof und die Tür ging auf.

Der Arzt kam mit seinem Koffer in der Hand ins Wohnzimmer. Ernesto packte Betty beim Kragen und beförderte sie hinaus ins Freie. Sie trollte sich, weil sie merkte, dass sie im Weg war. Als Ernesto zurückkam, hatte der Arzt seinen Koffer schon geöffnet und Sonja die Blutdruckmanschette angelegt.

»Sehr niedrig«, sagte er kurz. »Setzen Sie sich auf.« Er hörte Sonja am Rücken und an der Brust ab. Ohne ein weiteres Wort legte er Sonja einen Venenzugang und begann, ihr eine Ampulle nach der anderen zu spritzen. Das dauerte eine ganze Weile, und Ernesto stand daneben. Er wollte fragen, aber die stumme Autorität des Arztes hielt ihn davon ab. Der sagte immer noch nichts, und arbeitete konzentriert.

»Das Jucken sollte bald besser werden«, meinte er. »Jetzt bekommen Sie noch etwas für den Kreislauf, und dann hängen wir eine Kochsalzlösung an.« Auf dem Wohnzimmertisch häuften sich die Tupfer und Ampullen.

»Wie geht es Ihnen?«, fragte er und fühlte noch einmal Sonjas Puls.

»Es wird schon besser«, sagte sie. »Aber es ist alles geschwollen und juckt.«

»Wir werden das noch zehn Minuten beobachten,« sagte der Arzt und begann, ein Formular auszufüllen. »Wie ist es denn überhaupt passiert?«, wollte er wissen und wandte sich an Ernesto. Der erzählte ihm die Geschichte vom plötzlich unterbrochenen Frühstück.

»Sie haben selber Bienen?«

»Aber die stehen weit weg von der Laube.«

»Das kann immer wieder geschehen. Wer einmal allergisch reagiert, dem kann das beim nächsten Stich wieder passieren. Ja, es ist sogar ziemlich sicher.« Er schrieb weiter auf seinem Formular, trug die Medikamente ein, die er verabreicht hatte und notierte die Zeit. »Wie fühlen Sie sich?«, fragte er wieder. »Lassen Sie mich noch einmal den Blutdruck messen.« Erneut streifte er Sonja die Blutdruckmanschette über. »Damit bin ich gar nicht zufrieden. So werden Sie nicht zu Hause bleiben können«, meinte er und zu Ernesto gewandt: »Rufen Sie die Rettung an. Die sollen mit Blaulicht kommen, aber ohne Sirene, und Notarzt brauchen wir auch keinen.«

Es dauerte noch einmal zwanzig Minuten, bis die Rettung da war. Die beiden Sanitäter hievten Sonja in einen Rollstuhl. Ernesto und der Arzt folgten ihnen ins Freie und sahen zu, wie Sonja auf die Liege befördert wurde. Einen Gurt nach dem anderen legte die Sanitäterin um Sonjas Beine und über den Bauch und schob die Liege in den Wagen.

Bevor sie abfuhren, sprach der Arzt kurz mit der Sanitäterin. Sie würden Sonja in die Notaufnahme bringen. Er beugte sich noch einmal zu Sonja, sagte etwas, das Ernesto nicht verstand, und schon schlossen sich die Türen, und der Rettungswagen fuhr vom Hof. Das alles hatte keine zehn Minuten gedauert.

»Bevor Sie gehen«, sagte Ernesto zum Arzt. »Warten Sie einen Moment. Ich habe noch etwas für Sie.« Er verschwand im Haus und kam mit einem Glas Honig wieder zurück. »Ich möchte mich bedanken.« Er drückte ihm den Honig in die Hand. »Ist noch vom letzten Jahr, damit er wieder flüssig wird, stellen Sie ihn einfach bei dreißig Grad ins Wasserbad.«

»Danke, ich kenne mich aus«, sagte der Arzt, grüßte und stieg in sein Auto.

Ernesto blieb zurück und stand im leeren Hof. Er wusste nicht, was er jetzt anfangen sollte. Betty kam von der Weide zurück und drückte ihre Schnauze gegen seine Hand. Obwohl sie sonst immer alle Leute begrüßen musste, überschwänglich an ihnen hochzuspringen versuchte, hatte sie sich diesmal gar nicht blicken lassen.

»Braver Hund«, sagte Ernesto und begann im Wohnzimmer aufzuräumen.

2

Lange wartete Ernesto nicht. Er wollte Sonja nicht alleine lassen, und er wollte wissen, was los war. Deshalb setzte er sich bald ins Auto und fuhr zum Klinikum in Klagenfurt. Die Tiefgarage war wegen Corona gesperrt, sonst gab es kaum Parkplätze. Als er doch einen gefunden hatte, musste er erst nach einem Ticketautomaten suchen, und dabei hätte er fast seine Maske im Auto vergessen. Dann stand er endlich vor der Notaufnahme, und ein Mann in blauer Uniform und mit FFP2-Maske fing ihn ab.

»Ohne Maske kommen Sie hier nirgends hinein«, sagte der Security-Mitarbeiter.

Ernesto setzte die Maske auf, die er bis jetzt am Handgelenk getragen hatte.

»Das ist die Notaufnahme. Sind Sie verletzt oder brauchen Sie Hilfe?«

»Ich suche meine Frau«, sagte Ernesto.

»Rufen Sie diese Nummer an.«

Sonja war gar nicht mehr in der Notaufnahme, erfuhr Ernesto. Man hatte sie auf die Dermatologie gebracht. Er solle dort läuten, aber es könnte sein, dass man ihn nicht hineinließ. Die

Covid-Bestimmungen waren immer noch sehr streng. Ob er dreimal geimpft sei? Ernesto bejahte.

Die Abteilung für Dermatologie lag am anderen Ende des Krankenhausgeländes. Er machte sich auf den Weg. Zum ersten Mal seit dem Stich wurde ihm wirklich bewusst, in welcher Gefahr Sonja die ganze Zeit über geschwebt hatte. Wäre die allergische Reaktion heftiger verlaufen, hätte sie ohne weiteres Atemprobleme bekommen können. Zwar hatte er sie mehrmals danach gefragt, aber wie dramatisch das sein hätte können, fiel ihm erst jetzt ein. Was hätte er gemacht, wenn ihr Hals zugeschwollen wäre? Hätte er überhaupt etwas tun können, außer auf den Arzt und die Rettung zu warten, und hätten die Sonja helfen können?

Ganz ähnlich war das mit Melitta Schober passiert. Nur hatte ihr jemand das Gift gegeben und sie dann allein gelassen. Sie musste gar keinen allergischen Schock erleiden bei der Menge an Gift, die ihr verabreicht worden war. Ihr hatte niemand geholfen. Der Täter hatte vielleicht sogar zugesehen, wie sie erstickt war.

Mittlerweile war er bei der Dermatologie angelangt und suchte nach einer Klingel. Auf einem Schild war zu lesen, dass man hier nur in Notfällen anläuten durfte. Die Klingel daneben zierte kein Hinweis, also drückte Ernesto darauf. Eine Frauenstimme ertönte und fragte ihn, was er wolle.

Ernesto wurde ausnahmsweise eingelassen und fand Sonja in einem Gangbett in ihren Straßenkleidern. Ein Beutel mit Kochsalzlösung hing an einem Haken über ihrem Kopf.

»Das ist schon der dritte. Ich muss dringend aufs Klo«, sagte sie und lachte. »Es geht mir wieder gut. Ich werde entlassen.«

»Sind Sie der Mann?«, fragte eine Schwester, die aus einem Behandlungszimmer trat. »Kommen Sie gleich mit und hören Sie sich an, was der Herr Doktor zu sagen hat.« Sie schob das Bett mit Sonja in den Raum. Dort saß ein weißgekleideter Mann auf einem Drehsessel und sah Sonja und Ernesto über den Rand seiner Brille an.

»Ein paar Sachen müssen wir noch besprechen, bevor ich Sie gehen lasse«, sagte der Doktor. »So wie es aussieht, haben Sie eine Bienengiftallergie. Genau kann man das erst sagen, wenn man es ausgetestet hat, doch so fulminant, wie Sie reagiert haben, besteht meines Erachtens kein Zweifel. Deshalb müssen Sie ab nun ein paar Dinge bedenken und Medikamente bei sich führen. Ich schreibe Ihnen Tabletten auf und eine Lösung zum Einnehmen. Falls Sie gestochen werden, nehmen sie auf der Stelle vier Tabletten und trinken das halbe Fläschchen aus.«

Sonja nickte, sagte aber nichts.

»Sie müssen sich nicht fürchten. In den meisten Fällen genügt das vollkommen. Wenn Sie dennoch Symptome entwikkeln, Hautausschlag, Fieberschub oder gar Atemnot, müssen Sie unbedingt den Epi-Pen benutzen, den ich Ihnen ebenfalls verschreibe. Tragen Sie diese Dinge immer bei sich, am besten in der Handtasche, so haben Sie sie griffbereit. Wie man den Epi-Pen benutzt, zeige ich Ihnen beiden gleich. Auch Sie«, wandte er sich an Ernesto. »Auch Sie müssen wissen, wie er funktioniert, damit Sie im Notfall eingreifen können.«

Er hatte schon die ganze Zeit mit einem Gegenstand gespielt, der aussah wie ein übergroßer Kugelschreiber. Jetzt nahm er ihn wie ein Messer in die Faust und hob ihn in die Luft.

»Wenn Sie den Epi-Pen einsetzen, dürfen Sie nicht zögern und nicht zimperlich sein. Entfernen Sie die Schutzkappe, dann nehmen Sie ihn so in die Faust und rammen ihn in den Oberschenkel. In diesem Moment durchstößt er die Haut, und der Pen setzt das Adrenalin frei. Probieren Sie es aus, der ist nicht geladen.«

Sonja nahm den Epi-Pen in die Faust, den Daumen oben am Auslöser. Mit Schwung ließ sie den Epi-Pen auf ihr Bein niedersausen. Es klickte, als er auftraf.

»Machen Sie es gleich noch einmal, damit Sie die Scheu verlieren«, sagte der Arzt. »Das war schon ganz in Ordnung.« Also hob Sonja den Epi-Pen noch einmal und wiederholte die Bewegung. Wieder klickte er, als er am Stoff ihrer Hose aufkam.

»Muss man den Stoff nicht vorher entfernen?«, fragte Ernesto.

»Besser ist es, aber die Nadel geht durch eine Hose oder ein Hemd ohne weiteres durch«, antwortete der Arzt. »Kommen Sie, probieren Sie es auch. Sie müssen es können, wenn der Ernstfall eintritt.«

Auch Ernesto nahm den Epi-Pen in die Hand, besah ihn sich von allen Seiten und prüfte den Mechanismus.

Mit dem vorderen Ende nach unten nahm Ernesto den Epi-Pen zur Hand und führte ihn zunächst gegen seinen eigenen Oberschenkel. Er spürte, wie der Pen nachgab und das Klicken ertönte.

»Gehen Sie in eine Apotheke und holen Sie sich, was ich Ihnen aufgeschrieben habe. Für heute verordne ich Ihnen Bettruhe.«

18. Kapitel

1

»Ich werde dich für eine halbe Stunde alleine lassen und die Schafe und Ziegen versorgen«, sagte Ernesto, als Sonja sich auf der Couch ausgestreckt hatte. Sie nickte nur und schloss die Augen. Für ein paar Momente blieb Ernesto in der Türlaibung stehen und betrachtete Sonja. Noch bevor er sich wegdrehte, war sie eingeschlafen. Die Medikamente hatten das Schlimmste abgewendet, aber der Stress und die Aufregung hatten Sonja erschöpft, und es war gut, wenn sie sich jetzt ausruhte.

Schnell sah Ernesto bei den Tieren nach dem Rechten, gab ihnen Wasser und schüttete ihnen ein paar Rübenschnitzel in die Raufe. Dann legte er sich zu Sonja auf die Couch und schlief neben ihr ein.

Als er erwachte, war es Sonntag in der Früh. Die Sonne war noch nicht aufgegangen, aber es dämmerte schon. Sonjas Atemzüge gingen gleichmäßig und ruhig. Eine Zeit lang hörte Ernesto ihr zu, bis er doch aufstand und sich Kaffee machte. Mit der Tasse in der Hand trat er in die Kühle des Morgens. Dabei fiel ihm ein, dass er nun wohl seine Bienen aufgeben würde müssen. Selbst wenn sie so weit von der Laube entfernt standen, war es zu unsicher. Die eine Biene hatte ihren Weg gefunden, und andere würden es ihr gleichtun. Es war zu gefährlich für Sonja.

Ein Stück weit ging er hinaus zu den Bienen, hielt aber auf halber Distanz inne und schlenderte wieder zurück zum Haus und in die Küche. Sonja schlief noch immer. Die Schwellung in ihrem Gesicht war zurückgegangen, aber das eine Auge war so zugekniffen, dass Sonja sicher nichts sehen konnte. Die Ohren und der Hals waren gerötet. Es war erstaunlich, was ein einzelner Bienenstich anrichten konnte.

Als Sonja am Montagmorgen noch auf wackeligen Beinen in ihre Werkstatt wollte, hatte Ernesto ein mulmiges Gefühl. Er ging vor ihr her und blickte in die Runde, ob sich nicht von irgendwoher eine Biene näherte.

»Du solltest noch nicht arbeiten«, meinte er und öffnete die große Tür.

»Ich habe keine Zeit, krank zu sein, und es geht mir auch schon besser, und für den Notfall habe ich ja die Medikamente.«

»Eigentlich mag ich dich nicht allein lassen.«

»Das wird schon, fahr du nur und löse endlich den Fall.«

2

In der Redaktion widmete sich Ernesto zuerst seiner Regionalausgabe. Die Bande von Jugendlichen hatte angeblich wieder zugeschlagen und diesmal ein Vereinslokal aufgebrochen und ein paar Schnapsflaschen geklaut. Dabei war mehr Sachschaden entstanden, als die Beute wert war. Es gab einige Spuren, und als Ernesto am Polizeiposten anrief, sagte man ihm, dass Verhaftungen bevorstanden. Das war sicher der letzte Streich der Bande, so viel konnte man ihm versprechen. Die Fotos der Polizei zeigten ein aufgebrochenes Kunststofffenster und einen verwüsteten Raum, in dem die Sessel kreuz und quer verstreut lagen.

Außerdem gab es eine Presseaussendung des Wolfsberger Bürgermeisters zur Verkehrsberuhigung am Hohen Platz. Das Thema sollte mit den Anrainern an einem Runden Tisch besprochen werden. Dabei dürfe es keine Alleingänge der Politik mehr geben. Das hieß nichts anderes, als dass die Kaufleute in Wolfsberg ihren Bürgermeister in die Knie gezwungen hatten und die Fußgängerzone nicht kommen würde.

Die freien Mitarbeiter hatten vor allem Berichte von Gemeinderatssitzungen geschickt. Ernesto teilte die Seiten der kommenden Tage ein.

Seine Gedanken wanderten zu Melitta Schober. Steinkellners Vorgehen erschien ihm willkürlich. Auch wenn er zu erklären versucht hatte, warum er und Auffenstein es auf Oskar Wutti abgesehen hatten, ergab das wenig Sinn. Wutti hatte sich nicht gemeldet, als der Tod von Melitta Schober bekannt wurde, und er hatte zunächst verschwiegen, dass er an ihrem Todestag bei ihr gewesen war. Das machte ihn verdächtig. Alle anderen, die noch infrage kamen, hatten entweder ein Alibi, oder sie hatten es wenigstens nicht geleugnet, am Tatort gewesen zu sein. Mehr hatte Auffenstein nicht gebraucht, um eine Durchsuchung anzuordnen.

Ernesto rief Steinkellner an und ließ sich das alles noch einmal erzählen, schlauer wurde er daraus nicht, aber erfuhr einiges über die Liste der Verdächtigen, die der Major im Moment führte. Da stand der Vater mittlerweile ganz unten.

Die Streitigkeiten um die Hofübergabe reichten als Motiv nicht aus. Der Vater hatte sich in den Verträgen seine Rechte gesichert, und was auch immer Melitta Schober unternommen hätte, sie hätte ihn nicht vom Hof vertreiben können.

Helmut Schober war viel mehr ein Zeuge als ein Tatverdächtiger. Auch wenn er angab, weder etwas Ungewöhnliches gesehen noch gehört zu haben, war er schon zu Hause, als der Mord geschah. Es könnte also sein, dass er ein Auto bemerkt hatte, eine Gestalt. Erinnern konnte er sich allerdings an nichts.

Was gegen ihn sprach, war die Todesursache. Als Imker hatte er sicher eine Ahnung, wie man jemandem so viel Bienengift verabreicht. Ernesto widersprach nicht, obwohl er nicht mehr davon überzeugt war, dass sich nur ein Imker dieses Wissen verschaffen konnte. Genauso gut hätte es der zweite auf der Liste, Werner Ogris, wissen können. Es sprach nichts dagegen, dass er bei Isolde Hartmann eingebrochen war und das Bienengift gestohlen hatte.

»Was für mich immer noch sehr danach aussieht, als hätte Isolde Hartmann den Einbruch nur fingiert«, sagte Steinkellner.

»Bei der Hausdurchsuchung hat man nichts gefunden, oder?«

»Natürlich hat sie die Beweise verschwinden lassen.«

»Also sind Sie von Wutti als Täter wieder abgekommen?«

»Ich halte ihn nach wie vor für sehr verdächtig«, sagte Steinkellner. »Sie sind alle verdächtig, mehr oder weniger.«

»Werner Ogris können Sie wohl ausschließen. Der hat ein Alibi für den Nachmittag.«

»Nur bis vierzehn Uhr. Danach hat ihn und seinen Sohn niemand mehr im Gasthaus gesehen. Wir haben alles noch einmal nachgeprüft und mit den Leuten geredet. Der Kellner erinnert sich genau an die beiden und auch an die anderen Gäste. Aber gegen zwei Uhr nachmittags sind sie gegangen.«

»Das ist eine interessante Neuigkeit«, sagte Ernesto. »Trotzdem ist es doch unwahrscheinlich, dass es Werner Ogris war. Er hätte wieder zu Melitta Schober zurück müssen.«

»Kann gut sein, dass er sich Mut angetrunken hat.«

»Was sagt denn sein Sohn zu der ganzen Angelegenheit?«

»Der behauptet, sie seien zusammen nach Hause gefahren und dort hätten sie den Nachmittag bei der Arbeit verbracht. Zum Teil können sie das auch beweisen. Irgendwer war ein paar Stunden mit dem Traktor auf dem Feld. Das zeigen die GPS-Daten«, erklärte Steinkellner. »Eine Lücke bleibt dennoch. Zwischen vierzehn und siebzehn Uhr wissen wir nicht genau, wo sich die Mitglieder der Familie Ogris aufgehalten haben.«

»Eigentlich wissen wir das auch für die Zeit nach siebzehn Uhr nicht«, sagte Ernesto. »Wenn Sie sagen, dass es nur GPS-Daten gibt, wissen wir nicht, wer den Traktor gefahren hat.«

3

Für Steinkellner blieb Isolde Hartmann die Hauptverdächtige, auch wenn Ernesto Gegenargumente brachte. Die Polizei hatte sie freilassen müssen, weil sie weder Beweise noch ein Geständnis von ihr hatte, aber das bedeutete nichts. So war es auch schon in anderen Fällen gewesen, und am Ende hatte sich der erste Verdacht als richtig erwiesen. Ernesto werde schon noch sehen, dass der Mord so gut wie gelöst war.

»Und was ist jetzt mit Theuersberger?«, fragte Ernesto.

»Was soll mit ihm sein?«

»Als er ging, war Melitta Schober noch am Leben. Werner Ogris kam eine halbe Stunde später vorbei.«

»Theuersberger kann am Nachmittag zurückgekehrt sein.«

»Immerhin wäre das möglich«, gab Ernesto zu.

»Wenn es stimmt, was Sie erzählen, Valenti, hat er ein starkes Motiv.«

»Sie sind der Spur nachgegangen?«

»Und ob. Ich habe geradezu einen Schnellkurs in Imkerei gemacht und mir das Bienenwirtschaftsgesetz erklären lassen. Sie haben einen Punkt. Havlicek bestätigt das auch. Es wird Theuersberger ein Vermögen kosten, wenn er neue Königinnen kaufen muss. Doch das wird er so oder so machen müssen.«

»Erst, wenn er angezeigt wird. Anders wird das Gesetz derzeit nicht exekutiert.«

»Aha«, machte Steinkellner. »Das ist allerdings interessant.«

Steinkellner wollte Ernesto nicht verraten, was er als Nächstes vorhatte. Nur so viel konnte er mit Sicherheit sagen: Einige entscheidende Ermittlungsschritte standen kurz bevor, und in ein oder zwei Tagen würde man endgültig wissen, wer für die Tat verantwortlich war.

Nach dem Telefonat ging Ernesto ins Freie. Es hatte wieder zu regnen begonnen, auch wenn es nur ein Nieseln war, das sich auf Straßen und Gehwege legte. Ernesto zündete sich eine Zigarette an und ließ sich den Regen auf den Kopf und ins Gesicht fallen. Dabei machte er ein paar Schritte vor der Redaktion auf und ab. Die Sekretärin rief ihm zu, dass er sich verkühlen werde, wenn er so im Nassen herumstehe, aber Ernesto winkte ab.

Während die Zigarette verglühte, dachte Ernesto nach. Langsam wurde ihm klar, wie die Dinge zusammenhingen. Schritt für Schritt ging er den Tagesablauf noch einmal durch, überlegte, wer Melitta Schober wann besucht hatte. Wann wer wieder gegangen war. Es ergab sich ein Zeitfenster am Nachmittag, in dem die Tat verübt worden sein musste. Auch hatte Ernesto nun eine Ahnung, wie der Mord ausgeführt worden war. Aber bevor er sich dem Fall Melitta Schober zuwenden konnte, musste er noch seine Regionalausgabe fertigstellen. Ernesto wischte sich den Regen aus dem Gesicht und setzte sich hinter seinen Schreibtisch. Dabei fiel ihm die Messerstecherei von letzter Woche wieder ein. Es hatte keine weitere Polizeimeldung dazu gegeben. Also rief er am Posten an, und dort sagte man ihm, dass man den mutmaßlichen Täter auf freiem Fuß angezeigt habe. Das Opfer sei nach drei Tagen aus dem Krankenhaus entlassen worden. Auch das Opfer habe eine Anzeige wegen tätlichen Angriffs erhalten, das sei der Stand der Dinge. Ernesto wollte es genau wissen, machte sich auf und spazierte durch den sachten Regen Richtung Innenstadt.

Das Café Maria hatte noch geschlossen, aber Ernesto klopfte an die Scheibe, und die Wirtin kam und öffnete. Sie begrüßte ihn nur mit einem Nicken und sagte nichts.

»Gibt es schon einen Kaffee?«, wollte Ernesto wissen.

»Es ist noch geschlossen. Ich weiß eh, warum du da bist.« Maria klopfte den Kaffeebehälter aus, ließ eine Portion durch die Mühle und drückte den Behälter in die Maschine. »Die Geschichte mit dem Messer, oder nicht?«

»Die Messerstecherei«, bestätigte Ernesto und zündete sich eine Zigarette an.

»Hier ist Rauchverbot«, sagte sie und schob ihm einen Aschenbecher hin.

»Ja«, sagte Ernesto.

»Wenn der Joe nicht gewesen wäre, könntest du mich in der Leichenhalle besichtigen. Der Ladinger ist durchgedreht und ist auf mich los, gewürgt hat er mich, und der Joe ist mit dem Messer dazwischen gegangen. Wollte ihm eh nichts tun. Aber der ist ihm mehr oder weniger hineingelaufen. Wenn du das schreibst, kannst du bitte meinen Namen weglassen. Das ist nicht gerade die beste Werbung.«

»In einem Lokal in der Innenstadt«, sagte Ernesto.

»Danke dir.«

»Aber warum ist er durchgedreht, der Ladinger?« Ernesto hatte eine ungefähre Ahnung, von wem die Rede war. Ein Stammkunde des Lokals, der oft unter der Woche kam, um sich zu betrinken. Ein eher schweigsamer Kerl.

»Was weiß ich? Ich hab ihm gesagt, dass er kein Bier mehr bekommt, weil er schon total besoffen ist und ich nicht will, dass er mir wieder ins Lokal kotzt.«

»Hast du ihm das so gesagt?«

»Allerdings.«

»Eine wilde Geschichte«, sagte Ernesto und trank seinen Kaffee aus.

4

Das Wartezimmer war leer, und die Tür zur Ordination stand offen. Ernesto klopfte und steckte den Kopf in den Raum. Isolde Hartmann lehnte am Fenster und sah hinaus. Als sie sich umdrehte, wirkte sie nicht überrascht.

»Es hat sich noch nicht herumgesprochen, dass ich wieder im Dienst bin«, sagte sie und bot Ernesto den Platz des Patienten an.

»Das wird schon wieder«, meint er. »Es ist seltsam, dass ich hier sitze. Meine Frau würde eher Ihre Hilfe brauchen.« Er erzählte ihr von der allergischen Reaktion und den dramatischen Folgen, die das ausgelöst hatte.

»Habe ich das Ihnen zu verdanken, dass ich jetzt wieder frei bin?«, fragte Isolde Hartmann.

»Früher oder später hätte man sie ohnehin gehen lassen«, antwortete Ernesto.

»Dass die sich jetzt auf Oskar konzentrieren, ist aber auch lächerlich.«

»Auf Wutti? Es ist wirklich übertrieben. Auch wenn ich daran sicher mit schuld bin. Ich hätte ihn Major Steinkellner gegenüber nicht erwähnen dürfen. Aber er war an dem Tag am Tatort, das hat er zugegeben.«

»Mittlerweile frage ich mich, wer eigentlich nicht dort gewesen ist«, sagte Isolde Hartmann.

»Wäre Wutti nicht doch ein Kandidat?«, fragte Ernesto. »Nur rein theoretisch. Er hatte doch tatsächlich eine Obsession für Melitta entwickelt.«

»Obsession ist ein großes Wort. Ich hatte halt den Eindruck, dass sie ihm schon sehr gefiel. Er hätte nicht Nein gesagt. Bei mir bin ich mir dagegen nicht so sicher. Mich hat er nicht halb so oft gezeichnet, aber von mir sollte er ja auch kein Porträt malen.«

»Das wäre doch nur konsequent gewesen. Ein Porträt für Ihre Praxis.«

»Das wollte ich nicht. Aber wenn ich Melittas Porträt bekommen kann, hätte ich es gerne. Das wird jetzt wohl Helmut erben, und der ist gerade nicht so gut auf mich zu sprechen.«

»Der wird sich beruhigen.«

»Kaum, wenn er dauernd von Dominik bearbeitet wird. Dabei, was hab ich für ein Interesse an den Feldern und dem Wald? Das ist mir alles ganz gleichgültig. Sollen sie damit machen, was sie wollen.«

»Das ist doch ein wunderbares Motiv?«, fragte Ernesto.

»Was? Die Pacht der Felder?«

»Hätte Melitta das gewollt?«

»Niemals. Lieber hätte sie es verkommen lassen, als es Dominik zu geben. Das war schon ein Thema zwischen ihr und ihrem Vater.«

Bei der Hofübergabe konnte Melitta die Pachtverträge, die mit der Familie Ogris bestanden, nicht kündigen. Es waren einige Felder und ein gutes Stück des Waldes. Helmut Schober hatte das schon vor Jahren an Werner Ogris verpachtet, vor allem, weil er selber die Arbeit nicht mehr machen wollte und weil die Grundstücke kaum etwas einbrachten. Melitta hatte selbstverständlich gewusst, dass gewisse Grundstücke verpachtet waren, aber über das Ausmaß war sie doch erstaunt. Werner Ogris kam zu ihr und machte ihr ein Kaufangebot, das sie ablehnte. Wenn es nach ihr gegangen wäre, hätte sie die Verträge gekündigt, aber der Notar sagte, es gebe keine Möglichkeit, das zu ändern.

So akzeptierte sie die Bedingungen, ohne damit besonders glücklich zu sein, und nun nach ihrem Tod sah es ganz so aus, als würden die Ogris' sich sehr schnell auch den Rest der Grundstücke holen. Diesen Eindruck hatte Ernesto gewonnen, als er Helmut Schober und Dominik Ogris das letzte Mal gemeinsam gesehen hatte. Aber davon erzählte er Isolde Hartmann nichts.

»Das war eines der Themen zwischen ihr und Dominik«, sagte Isolde Hartmann. »Er wollte immer mehr von ihrem Grund, und sie wollte ihn nicht hergeben. Wer weiß, wozu es einmal gut ist, hat sie immer gesagt.«

»Aber das war nicht der einzige Streitpunkt zwischen ihr und Dominik?«

»Nein.« Isolde Hartmann lachte auf. »Er wollte nicht nur den Hof, er wollte auch sie zurück. Daran hat er keinen Zweifel gelassen.«

»Wie wollte er das anstellen?«

»Mit Hartnäckigkeit und Drohungen.«

Regelmäßig alle paar Tage kam er vorbei, um zu plaudern, wie er sagte. Doch die Gespräche wurden oft und sehr schnell laut, weil Melitta sich weigerte, auf seine Vorschläge einzugehen. Ob sie es nicht doch noch einmal miteinander probieren wollten. Nach all den Jahren war es normal, dass man sich stritt, aber man konnte sich auch wieder versöhnen, und er würde es ihr nicht nachtragen, dass sie ihn mit einer Frau betrogen hatte.

Wenn das nicht verfing, und es verfing nie, wurde Dominik durchaus deutlicher. Er fragte sich, wie sicher eine Frau alleine wohl wäre, in der Nacht hier heraußen am Land. Ob es nicht besser wäre, einen Mann an der Seite zu haben statt einer Frau. Das wäre doch generell besser.

»Das heißt, er hat ihr gedroht?«

»Man konnte es so verstehen«, sagte Isolde Hartmann und fuhr in ihrer Erzählung fort.

Im Grunde begriff Isolde Hartmann nicht, warum sich Melitta immer wieder mit Dominik traf. Es machte ihr keine Freude, ganz im Gegenteil ärgerte sie sich jedes Mal von Neuem, und manchmal hatte sie auch ein wenig Angst.

»Immer wieder sagte er, es könne ihr leicht etwas passieren«, meinte Isolde Hartmann.

»Hat sie das nie zur Anzeige gebracht?«

»Soweit ich weiß, nicht. Sie fand das zwar beängstigend, aber ganz ernst genommen hat sie es auch nicht.«

»Ist er jemals weiter gegangen? Ist er gewalttätig geworden?«

»Ehrlich gesagt, habe ich keine Ahnung«, sagte Isolde Hartmann. »Ich glaube nicht. Jedenfalls nicht, seit ich Melitta kenne. Was davor war, darüber hat sie nicht viel geredet. Nur, dass er sich in den letzten Jahren aufgeführt hat wie ein Arsch und sich erst wieder um sie zu kümmern begonnen hat, als sie ihn verlassen hat.«

»Ich habe heute mit Steinkellner über Sie geredet«, wechselte Ernesto das Thema. »Er ist nicht von Ihrer Unschuld überzeugt.«

»Das kann ich mir vorstellen, so wie der mich bearbeitet hat. Aber mit Wutti hat er ein neues Opfer gefunden, an dem er sich austoben kann.«

»An Ihrer Stelle würde ich das nicht auf die leichte Schulter nehmen und mir einen guten Anwalt suchen. Die Angelegenheit ist noch lange nicht vorbei.«

»Das klingt nicht gut.«

»Irgendwann in den nächsten Tagen wird etwas passieren. Da bin ich mir ziemlich sicher«, sagte Ernesto. »Major Steinkellner wird etwas unternehmen. Was, kann ich noch nicht sagen. Aber wahrscheinlich wird er weitere Hausdurchsuchungen anordnen.«

»Bei mir gibt es nichts zu holen. Das Bienengift ist gestohlen worden, und sonst hat man auch nichts gefunden. Hier habe ich schon das meiste wieder aufgeräumt, aber in meiner Wohnung sieht es aus, als sei ein Wirbelsturm hindurchgefegt. Ein zweites Mal werden die mir das hoffentlich nicht antun.«

»Wenn der Verdacht besteht, dass sie beim ersten Mal nicht gründlich genug gesucht haben, …«

»Aber das ist unmöglich. Das können die doch nicht machen.«

»Solange Major Steinkellner und Staatsanwalt Auffenstein Sie im Visier haben, wird Ihr Alltag nicht zurückkehren, ganz im Gegenteil. Steinkellner wird Sie unter Druck setzen in der Hoffnung, dass Sie einen Fehler machen.«

19. Kapitel

1

Der Weg von Isolde Hartmanns Praxis zum Hof der Ogris war nicht sehr weit. Ernesto hatte die Seitenscheibe heruntergelassen, und der warme Wind blies ihm ins Gesicht. Unterwegs versuchte er, Fritz Hochegger zu erreichen, aber der Cheffotograf ging nicht ans Telefon. Dafür sagte Ernesto Auer Bescheid, dass er heute nicht mehr ins Büro kommen werde, und er rief auch Sonja an. Die war schon wieder in der Werkstatt und kümmerte sich um ihre Keramik.

»Halte dich von den Bienen fern«, sagte Ernesto. »Ich bitte dich.«

»Wird gemacht, kein Ausflug zu den Bienen, nicht einmal in die Laube«, versprach Sonja.

»Ich werde heute erst sehr spät nach Hause kommen. Möglicherweise überhaupt erst morgen.«

»Pass auf dich auf.«

»Das mache ich.« Er beendete das Gespräch und bog in die Hofeinfahrt, stellte den Wagen neben dem Traktor ab und ging auf das Wohnhaus zu. Davor blieb er eine Weile stehen. Er wusste nicht, wen er antreffen würde, und so überlegte er sich mehrere Strategien. Als er klingelte, rührte sich drinnen jemand, und es dauerte nur ein paar Augenblicke, bis die Tür geöffnet wurde. Dominik Ogris sah Ernesto fragend an.

»Zu Ihnen wollte ich«, sagte Ernesto.

»Kommen Sie herein. Wer sind Sie gleich noch? Sie sind von der Zeitung?«

Ernesto stellte sich vor und setzte sich an den Küchentisch. Es roch nach Essen.

»Störe ich Sie beim Kochen?«, fragte Ernesto.

»Nein, ich räume nur auf. Meine Eltern sind nach Klagenfurt gefahren, aber Sie wollten ja mit mir sprechen.«

»Über Melitta Schober.«

»Was gibt es da noch zu sagen?«

»So einiges. Hat Major Steinkellner Sie einmal befragt?«

»Einmal? Der war in letzter Zeit dauernd hier und hat vor allem mit meinem Vater gesprochen. Jetzt hat mein Vater kein Alibi mehr, angeblich. Aber wir waren die ganze Zeit zusammen.«

»Auch als Sie vom Gasthaus wieder zurück waren?«

»Jeder hat seine Arbeit gemacht. Das ist doch ganz normal.«

»Erzählen Sie mir lieber von Melitta Schober.«

»Warum sollte ich das tun?«

»Weil jedes Detail helfen kann, den Fall aufzuklären.«

Dominik Ogris war die ganze Zeit über in der Küche hin und her gelaufen. Nun setzte er sich Ernesto gegenüber, erhob sich aber gleich wieder und stellte sich zur Kaffeemaschine, schenkte sich eine Tasse ein und bot auch Ernesto eine an.

»Ich könnte Ihnen jede Menge Geschichten über Melitta verraten. Als Kind war sie immer so fröhlich, das sagt auch meine Mutter.« Dominik Ogris berichtete vom alltäglichen Leben auf einem Bauernhof. Dass sie beide schon früh mit anpacken mussten, die Hühner füttern zum Beispiel, das war eine Tätigkeit, die man mit neun oder zehn ganz gut erledigen konnte. Das war keine schwere Arbeit, aber trotzdem eine große Hilfe.

»Aber Melitta wollte da schon zu den Bienen, und ihr Vater hat uns mitgenommen, obwohl wir sicher eher eine Last waren«, meinte Dominik Ogris. »Mich hat das damals auch fasziniert. Keiner hatte Angst. Wenn einer gestochen wurde, hat man den Stachel herausgezogen, und gut war es.«

»Warum war Melitta später so vorsichtig? Ihr Vater sagt, sie sei nur mit Schleier und Anzug zu den Bienen gegangen«, wollte Ernesto wissen.

»Ah, der Alte. Sie hat irgendwann gehört, dass man bei jedem Stich allergisch reagieren könnte, und deshalb wollte sie so wenig wie möglich gestochen werden. Das war alles. Ich kann nicht sagen, ob das eine blöde Idee von ihr war oder nicht. Aber sie war meistens sehr vorsichtig.«

»Meistens?«

»Wenn es schnell gehen musste, hat sie auch schon einmal ohne Schutz in eine Beute gegriffen. Sie ist so gut wie nie gestochen worden, weil sie einfach wusste, was sie tat.«

»In letzter Zeit war Ihr Verhältnis nicht mehr so eng wie in der Jugend.«

»Wir waren immer noch Freunde.«

»So groß war die Freundschaft nicht mehr, habe ich gehört.«

»Wer hat Ihnen das erzählt? Ich wette, das war die Isolde. Sie konnte es nicht ertragen, dass wir uns immer noch gut verstanden haben.«

»So ungefähr«, sagte Ernesto.

»Eben das stimmt so einfach nicht.« Dominik Ogris erklärte, wie tief ihre Freundschaft immer noch gewesen war und wie eifersüchtig das Isolde Hartmann gemacht hatte. Eine Freundschaft, die in der gemeinsam verbrachten Kindheit wurzelte. Die Freundschaft war viel inniger, als es ihre Liebe jemals gewesen war. Sie hatten sich ineinander verliebt, als sie sechzehn und siebzehn Jahre alt waren, da kannten sie einander schon ein ganzes Leben. Nun war diese Liebe zu Ende gegangen, das tat weh, gab Dominik Ogris zu, doch viel wichtiger war, dass ihre Freundschaft weiterging.

»Sie waren eifersüchtig«, sagte Ernesto.

»Dass ich nicht lache«, gab Dominik Ogris zurück. »Am Anfang, ja, da wollte ich Melitta wieder zurück.«

»Warum haben Sie Ihre Meinung geändert?«

»Habe ich nicht. Jederzeit hätte ich sie wieder zurückgenommen. Aber wenn sie glücklich war, sollte es so sein.«

»Sie sind niemals wütend geworden?«

»Natürlich war ich das eine oder andere Mal vielleicht ein wenig ungehalten, das ist sicher vorgekommen.«

»Und bei solchen Gelegenheiten haben Sie ihr gesagt, was Sie von ihrer Beziehung zu Isolde Hartmann halten.«

»Das habe ich ihr immer wieder gesagt. Alle haben sich darüber das Maul zerrissen. Es war einfach nicht gut für sie, auch wenn sie angeblich sehr glücklich war. So recht geglaubt habe ich ihr das nie, schon deshalb nicht, weil sich die beiden dauernd nur gestritten haben.«

»Wegen Ihnen?«, fragte Ernesto.

»Wegen allem. Die sind sich doch wegen jeder Kleinigkeit in den Haaren gelegen. Deshalb habe ich auch gedacht, dass Melitta sie verlassen und zu mir zurückkommen wird.«

Dominik Ogris erzählte von einem Streit, den er mitangesehen hatte. Der wurde so heftig geführt, dass Isolde Hartmann Melitta sogar eine Ohrfeige androhte.

»Aber Melitta hätte sich schon zu wehren gewusst«, meinte Dominik Ogris. »Wenn wir uns gestritten haben, hat sie öfter zugeschlagen.«

»Und Sie haben zurückgeschlagen?«

»Schuldig sind wir uns nichts geblieben. Unter Freunden soll das schon einmal vorkommen. Das war nichts Ernstes, wirklich nicht.«

Ernesto trank von seinem Kaffee und spielte mit einer Zigarette, schwieg für ein paar Momente. Die Wohnküche, in der sie saßen, war mit Blumen geschmückt. Bei dem Stickbild, das die Heilige Familie zeigte, stand eine Vase mit Rosen.

»Sie sind sehr religiös?«, fragte Ernesto.

»Meine Mutter vor allem. Sie geht jeden Sonntag zur Messe. Ich früher auch, jetzt nicht mehr so häufig. Sie sehen nicht so aus, als ob Sie an Gott glauben würden.«

»Wie muss man denn aussehen?«

»Ich weiß nicht, anders jedenfalls. Sie sehen aus wie jemand, der an gar nichts glaubt.«

»Da würden Sie sich wundern, aber das spielt hier keine Rolle, was ich glaube oder nicht.«

»Sie können es ruhig sagen, wenn sie das lächerlich finden. Melitta hat sich, was das anbelangt, keinen Zwang angetan.«

»Sie war nicht religiös?«

»Nicht, seit sie auf der Uni war. Das hat sie verändert. Vorher ist sie am Sonntag noch manchmal mitgegangen. Seit sie studiert hat, eigentlich seit dem zweiten Jahr, wollte sie das nicht mehr. Irgendwie kann man sagen, dass da unsere Liebe …« Er sprach nicht weiter.

»Also hat es schon länger nicht mehr richtig gepasst?«

»Was wissen Sie schon?«

»Darüber haben Sie sich auch gestritten, nehme ich einmal an?«

»Über die Kirche? Kaum, das war nicht so wichtig. Ich wollte sie zurück, das war es, um was es gegangen ist. Letztlich immer nur darum.«

»Ich nehme an, Major Steinkellner hat Ihnen die gleichen Fragen gestellt.«

»Der hat alles Mögliche gefragt, ich kann mich gar nicht mehr an alles erinnern. Er wollte ganz genau wissen, wann wir uns zum letzten Mal getroffen haben. Das war zwei Tage vor ihrem Tod. Wir waren auf ein Getränk in Klagenfurt.« Dominik Ogris erzählte von einem Café am Alten Platz, wo man am Nachmittag unter Sonnenschirmen sitzen konnte und das Leben an einem vorbeizog. Dort hatten sie sich öfter getroffen, so auch an diesem Tag. Es ging in dem Gespräch um nichts Ernstes. Die Erinnerung war durch die Nachricht über Melittas Tod beinahe ausgelöscht. Nur vage entsann er sich, dass Melitta ihm von der Hochzeit erzählt hatte. Das wusste er noch, weil er genau das nicht hören wollte, nicht erfahren wollte, welches Kleid sie ausgesucht hatte und wie aufgeregt sie war. Sie berichtete ihm von den Vorbereitungen, die im Laufen waren, dass sie gerade mit dem Caterer telefoniert hatte, und dass sie nachher noch zum Konditor musste, um Kostproben für die Torte abzuholen.

Das Fest sollte direkt am Hof stattfinden. Die neuen Räumlichkeiten der Praxis und einen Teil der Tenne wollten sie dafür nutzen. Dort sollten Tische aufgestellt werden, und eine Band sollte spielen. Aber das würde nun alles nicht mehr stattfinden, meinte Dominik Ogris.

»Das ist Ihre letzte Erinnerung an sie?«, fragte Ernesto.

»Ich sehe noch, wie sie aufsteht und den Alten Platz hinuntergeht. Das war das letzte Bild«, antwortete Dominik Ogris.

»Danach haben Sie sie nicht mehr getroffen?«

»Nein.«

»Aber das glaubt Ihnen Steinkellner nicht. Mit Ihrem Vater haben auch Sie jedes Alibi verloren.«

»Was soll das heißen?«

»Sie könnten an diesem Nachmittag bei ihr gewesen sein. Es wäre ganz leicht gewesen, und niemand hätte es bemerkt.«

»Wollen Sie mir unterstellen, ich hätte etwas mit ihrem Tod zu tun?«

»Ich sage nur, was sich Major Steinkellner sicher auch schon denkt.«

»Aber das ist absurd.«

»Besonders abwegig ist es nicht«, sagte Ernesto. »Sie haben ein Motiv, und Sie hatten die Gelegenheit.«

»Das sagen Sie mir ins Gesicht?«

»Major Steinkellner wird das in den nächsten Tagen sicher noch genauer überprüfen.«

»Was meinen Sie damit?«

»Es würde mich nicht wundern, wenn er bei verschiedenen Leuten eine Hausdurchsuchung durchführen würde.«

2

Als Ernesto Dominik Ogris verließ, war der immer noch ziemlich aufgebracht. Aber Ernesto hatte keine Zeit mehr, sich Ogris' Geschichten anzuhören. Wenn Ernestos Plan funktionieren sollte, musste er heute noch mit Lorenz Theuersberger sprechen, und das wollte er gleich erledigen. Der Weg zu Theuersberger war nicht weit, mit dem Auto kaum fünf Minuten. Am Hof stand ein Pritschenwagen mit Bienenbeuten auf dem Anhänger. Die Insekten surrten laut über ihren Behausungen. Ernesto wunderte sich, dass um diese Uhrzeit Bienenstöcke versetzt wurden und machte einen Bogen um den Wagen mit den Beuten. Die Bienen konnten einer noch so sanftmütigen Rasse angehören, sie waren aufgeregt und auf Verteidigung eingestellt. Ernesto duckte sich und schritt auf das große Gebäude zu, in dem sich die Imkerei befand. Bei der Tür begrüßte ihn der Hund mit eingezogenem Schwanz, auch ihm war das Bienengeschwader nicht geheuer.

Zwei Personen in Imkeranzügen tauchten auf. Zuerst konnte Ernesto ihre Gesichter nicht erkennen. Als sie näherkamen, sah er, dass Theuersberger nicht dabei war. Die Männer gingen an Ernesto vorbei zu dem Pritschenwagen mit den Bienenstöcken, stiegen ein und fuhren davon. Das Gesurre in der Luft nahm kaum ab. Vorsichtig steckte der Hund seine Schnauze ins Freie, zog sich jedoch gleich wieder zurück.

Irgendwo im Inneren der Halle rumorte es. Eine Tür wurde geöffnet und wieder geschlossen. Ernesto folgte den Geräuschen und fand Theuersberger im Raum mit der großen Schleuder. Gerade war er dabei, einen Deckel hochzustemmen und ins Innere eines Bottichs zu spähen.

»Was gibt es da zu sehen? Hat er sich schon geklärt, der Honig?«, fragte Ernesto.

Theuersberger blickte hoch.

»Sie sind das. Haben Sie sich vor den Bienen im Hof nicht gefürchtet?«

»Näher als notwendig gehe ich an die nicht heran«, sagte Ernesto. »Warum haben Sie die überhaupt im Hof stehen?«

»Eine Notmaßnahme. Der Grundstücksbesitzer wollte die Bienen unbedingt los werden, noch heute. Hat mir nicht einmal verraten, warum. Deshalb haben wir sie gleich geholt und stellen sie hinter der Halle auf. Dort sind schon welche, und sie werden sich bald wieder beruhigen.«

»Auf mich haben die ziemlich aufgeregt gewirkt.«

»Das legt sich schnell. Aber Sie sind nicht gekommen, um über Bienen zu diskutieren.«

»Eigentlich schon, aber vielleicht nicht gerade über diese da draußen, oder vielleicht doch genau über die.«

»Das verstehe ich jetzt nicht.«

»Die sind doch von Ihrer eigenen Züchtung. Die wollte ich mir einmal näher ansehen, aber das ist sicher kein guter Zeitpunkt.«

»Nein.« Theuersberger lachte. »Viel zu sehen gibt es so oder so nicht. Manche haben einen orangen Ring am Hinterleib, und das genügt den Fanatikern schon, um zu sagen, das ist keine echte Carnica-Biene.«

»Aber es ist ja auch keine, sondern eine Buckfast.«

»Das behaupten Sie und diese Fanatiker. Ich wusste gar nicht, dass Sie zu dieser extremen Fraktion gehören.«

»Ich gehöre nirgendwohin«, sagte Ernesto. »Die Gutachten, die ich gelesen habe, sprechen davon, dass viele von Ihrer Fraktion, also eigentlich alle, die überprüft wurden, Buckfast-Bienen halten. Von Carnica oder Hybriden keine Spur.«

»Na, wenn Sie wollen, ziehen Sie sich einen Anzug über und kommen Sie mit.« Theuersberger führte ihn in einen kleineren Raum, in dem Bienenbeuten und Ausrüstungsgegenstände gelagert wurden. An ein paar Haken hingen Overalls mit Netzhauben. Ernesto schnappte sich einen und stieg hinein, zurrte umständlich an Reißverschlüssen, die die Haube mit dem Anzug verbanden, und war endlich fertig. Auch Theuersberger hatte einen Anzug angelegt und gab Ernesto noch ein Paar Handschuhe.

Als sie hinaus ins Freie traten, sah Ernesto den Pritschenwagen, der nun hinter der Halle stand. Die zwei Arbeiter in Imkeranzügen hievten einen Bienenstock von der Ladefläche. Die Bewegungen fielen ihnen schwer. Überall wirbelten Bienen herum, und die Beuten wogen doch gut dreißig bis vierzig Kilo.

Etliche Bienen donnerten gegen Ernestos Netzhaube und den Anzug. Sie ließen sich auf ihm nieder und ihr Surren war so laut, dass Ernesto zurückzuckte. Theuersberger hingegen öffnete eine Beute und zog ein Rähmchen heraus. Er deutete mit dem Finger auf das Gewusel von Bienen.

»Sehen Sie«, sagte er. »Da sind nur graue Bienen in diesem Stock, aber das ist nicht überall so.« Schnell ließ er das Rähmchen wieder zurückgleiten und deckte die Beute zu. Beim nächsten Stock zeigte er Ernesto eine Wabe, auf der verschiedenfarbige Bienen herumliefen. Einige hatten einen rötlich orangen Ring am Hinterleib.

»Genau diese Farbe ist das Problem«, erklärte Theuersberger und hielt Ernesto die Wabe hin. Der nahm sie und drehte sie in den Händen. Tatsächlich fand er die Königin mit ihrem dicken langen Hinterteil und auch sie trug einen orangen Ring.

»Das ist nur ein Teil des Problems, so wie ich das verstanden habe«, entgegnete Ernesto. »Aber im Grunde läuft es darauf hinaus. Was werden Sie unternehmen?«

»Wo kein Kläger, da kein Richter«, sagte Theuersberger. »Solange niemand eine Anzeige erstattet, habe ich nichts zu befürchten.«

»Also kommt es Ihnen gerade recht, dass Melitta Schober tot ist.«

»Wie können Sie so etwas sagen?« Theuersberger hob abwehrend die Hände.

»Aber es stimmt«, beharrte Ernesto.

»Es könnte jederzeit jemand anderes kommen, zum Beispiel Sie, und mich anzeigen. Das ändert gar nichts. Außerdem werden wir eine Lösung für das Problem finden. Da bin ich mir sicher. Die Novelle des Landesgesetzes wird für alle eine Änderung bringen, mit der wir leben können.«

»Das ist noch lange nicht ausgemacht. Es wird nur Major Steinkellner nicht interessieren. Der sieht in Ihrem Streit mit Melitta Schober ein Motiv. Um das zu verstehen, hat er sich sogar in die Materie eingelesen.«

»Der war, ich weiß nicht wie oft, hier und hat mich genervt«, sagte Theuersberger, verschloss auch diese Beute und deutete Ernesto, er möge ihm zurück in die Halle folgen. »Dieser Major, wie Sie sagen, hat direkt nach dem Streit gefragt. Ich habe ihm gesagt, was ich auch Ihnen schon gesagt habe.«

»Wie ich Steinkellner kenne, wird er nicht einfach aufhören. Haben Sie von der Hausdurchsuchung bei Oskar Wutti gehört?«

»Dem Maler? Was hat denn der mit der Sache zu tun?«

»Jedenfalls sieht es so aus, als würde Steinkellner nun systematisch vorgehen und einen Verdächtigen nach dem anderen unter die Lupe nehmen.«

»Was geht mich das an?«

»Ich glaube, Sie stehen irgendwo auf dieser Liste«, meinte Ernesto.

»Bei mir kann er schon kommen und nachsehen«, sagte Theuersberger. »Ich weiß ja nicht, was er sucht, aber hier wird er es nicht finden.«

20. Kapitel

1

Wenn alles so klappte, wie Ernesto sich das vorstellte, würde es eine kurze Nacht werden. Aber davon ging er nicht aus. Es begann schon damit, dass Fritz Hochegger auf sich warten ließ. So saß Ernesto alleine in seinem Auto in der Nähe der Praxis von Isolde Hartmann. Die Falle hatte er ausgelegt, jetzt musste er nur noch warten, wer hineintappte.

Ernesto telefonierte mit Sonja, während er den Eingangsbereich nicht aus den Augen ließ. Sie hatte sich ein wenig hingelegt, weil sie von den vielen Medikamenten immer noch müde war, sonst ging es ihr aber besser.

»Vielleicht dauert das hier gar nicht so lang«, sagte Ernesto.

»Aber du könntest auch bis morgen Vormittag dort sitzen, und es passiert nichts.«

»Das wollen wir nicht hoffen.«

»Bei deinem Glück …«

Ernesto legte auf und lehnte sich in seinem Sitz zurück. Schon jetzt tat ihm der Rücken weh, und die Bienenstiche von heute Nachmittag schmerzten. So viel zur Sanftmut der Züchtung von Theuersberger.

Zu kämpfen hatte Theuersberger jedenfalls. Die Frühjahrsernte war nicht besonders üppig ausgefallen. Der Großhandel zahlte keine guten Preise für den Honig, und für den Ab-Hof-Verkauf waren die Mengen zu groß. So steckte Theuersberger in einer Zwickmühle. Seine Bienen hatten kaum den überragenden Erfolg gebracht, den er sich vorgestellt hatte. Es ging ihm nicht anders als seinen vielen Kollegen. Zum Beispiel hatte auch Helmut Schober fast keine Ernte zu erwarten, erst der Sommer würde zeigen, ob sich dieses Bienenjahr für die Imker auszahlte.

Ernesto ließ seinen Blick die Straße hinauf und hinunter wandern. Es waren keine Passanten unterwegs, nur hier und da wurde ein Auto abgestellt. Am liebsten wäre er ausgestiegen, um sich die Füße zu vertreten, aber er wollte nicht riskieren, gesehen zu werden. So blieb er sitzen, wölbte seinen Rücken, um sich zu strecken. Auch hätte er gerne eine Zigarette geraucht, aber Hochegger würde sich wieder beschweren, deshalb ließ er es bleiben.

Es war mittlerweile nach zwanzig Uhr. Ernesto rief Fritz an. Der ging nicht ran, und Ernesto landete in der Mobilbox. Es wäre eine Katastrophe, würde in diesen Augenblicken die Falle zuschnappen, und es wäre niemand da, das Ergebnis zu fotografieren. Mit der Handykamera würde es wahrscheinlich nur unscharfe und verwackelte Bilder geben, auf denen man die Personen nicht genau erkennen konnte.

Trotzdem hielt Ernesto das Mobiltelefon in der Hand, bereit, auf den Auslöser zu drücken, falls sich jemand zeigen sollte. In der nächsten halben Stunde rührte sich allerdings gar nichts. Nicht einmal ein Spaziergänger oder ein Hund waren zu sehen. Nach dem langen Tag fielen Ernesto beinahe die Augen zu, und er mühte sich ab, wach zu bleiben.

Die Fenster der Praxis von Isolde Hartmann waren finster. Nur die Straßenlaterne vor dem Eingang erhellte den Bereich mit den Mülltonnen und dem Briefkasten.

Ein Wagen kam die Straße herauf. Er fuhr langsam, als suche er nach einem Parkplatz, tuckerte an Ernesto vorbei und verschwand aus seinem Sichtfeld. Wenn das der Mörder war, musste Ernesto ihn alleine überführen, ohne die Hilfe des Cheffotografen der Kärntner Tagespost. Probeweise hob er das Mobiltelefon hoch, sodass er über das Display den Eingangsbereich der Praxis sehen konnte. Die Wiedergabe war grobkörnig und große Schatten zogen sich durchs Bild. So würde das nichts werden.

An der Seitenscheibe klopfte es. Fritz Hochegger öffnete die Tür. »Ich habe doch noch nichts versäumt?«, fragte er.

»Wenn es so wäre, wäre es eh zu spät.« Ernesto zeigte ihm seine Handykamera, und Fritz schüttelte den Kopf.

»Für so etwas brauchst du schon ein deutlich besseres Handy. Wie alt ist deines? Fünf, sechs Jahre?«

»Keine Ahnung«, gab Ernesto zu. »Für meine Zwecke reicht es.«

»Offensichtlich nicht.« Fritz klopfte auf die Kamera, die er mitgebracht hatte. »Wo, sagst du, spielt sich die Action ab?«

»Dort drüben.« Ernesto zeigte auf die Praxis. »Ich weiß nur nicht, ob und was genau der- oder diejenige tun wird.«

»Du bist dir nicht sicher, wer von deinen Verdächtigen es war?«, fragte Fritz und hob seine Kamera hoch. Er machte ein paar Aufnahmen und sah sie sich gleich an. »Das Licht ist echt scheiße«, meinte er.

»Wird man ein Gesicht auf den Fotos erkennen?«, fragte Ernesto.

»Das müsste sich machen lassen. Sollen wir es ausprobieren? Du gehst hin, und ich fotografiere dich?«

»Nein, wir steigen jetzt auf gar keinen Fall aus. Erst wenn unser Verdächtiger etwas macht, das wir von hier aus nicht sehen und dokumentieren können.«

»Und du bist dir sicher, dass hier heute noch wer auftaucht?«

»Sonst haben wir einen gemütlichen Abend zusammen. Das ist doch auch nett.«

»Ich könnte mir einiges vorstellen, das ich lieber täte. Schlafen zum Beispiel. Ich war heute auf sieben Terminen, und später habe ich eigentlich noch einen gegen elf. Wäre also gut, wenn wir das bis dahin im Kasten haben.«

»Kann ich nicht versprechen. Gibt es halt keine Fotos von der x-ten Firmenfeier oder was weiß ich.«

»Botschafterempfang mit Rede des Landeshauptmanns.«

»Ist auch egal«, sagte Ernesto. »Holen wir uns die Fotos vom Pressedienst. Aber die hier musst du selber schießen.«

Sie schwiegen eine Weile, und Fritz Hochegger versuchte ein paar Einstellungen auf seiner Kamera. »Das müsste gehen«, sagte er und legte die Kamera in seinen Schoß. »Wie viele Verdächtige hast du noch übrig?«

»Drei sind es. Es würde mich sehr wundern, wenn einer der anderen hier auftauchen würde. Melittas Vater zum Beispiel halte ich für unschuldig. Sein Motiv ist schon sehr dünn, aber was weiß man? Menschen sind schon wegen absoluter Nichtigkeiten ermordet worden. Es genügt oft ein falsches Wort.«

»Wenn es im Affekt passiert«, entgegnete Fritz. »So wie du das beschreibst, war die Tat geplant.«

Der Entschluss der Täterin oder des Täters musste schon einige Zeit zurückliegen. Wochen vor der Tat war das Bienengift aus der Praxis von Isolde Hartmann entwendet worden. Isolde Hartmann könnte es selbst gewesen sein. Sie hatte den Einbruch fingiert, ihn angezeigt und das Gift in der Zwischenzeit irgendwo anders versteckt.

»Das glaubst du aber nicht?«, fragte Fritz und prüfte noch einmal seine Kamera.

»Es wäre ein gefinkelter Plan.«

»Den du aber bezweifelst.«

»Ich könnte mir eher vorstellen, dass es den Einbruch wirklich gegeben hat. Es kann nur jemand gewesen sein, der von der Existenz des Bienengiftes wusste und auch eine Ahnung davon hat, was man damit anstellen kann. Dafür kommen nicht so viele Personen infrage. Ich glaube, Oskar Wutti, zum Beispiel, können wir ausschließen.«

»Wer bleibt noch übrig?«

»Das ist die Frage. Und die ist schwer zu beantworten. Steinkellner glaubt, jeder Imker verfügt über das notwendige Wissen, um diesen Mord zu begehen. Ich bin Imker, und ich hatte bis gestern nicht den geringsten Schimmer, wie das Bienengift in Melitta Schobers Körper gekommen ist.«

»Jetzt weißt du es aber?«

»Deshalb sind wir hier.«

2

Weit weg schlug eine Autotür zu. Ernesto horchte auf und sah sich um. Da war niemand. Die Straße entlang blieb es ruhig. In der letzten Stunde war nur eine Frau mit ihrem kleinen Hund vorbeigekommen. Jetzt aber rührte sich etwas. Aus dem Schatten bei den parkenden Autos löste sich jemand und trat ins Licht der Straßenlaternen. Die Gestalt war noch nicht vollständig zu sehen, doch Ernesto wusste schon, um wen es sich handelte.

»So, es geht los«, sagte er zu Fritz und stieß ihn mit dem Ellbogen an. »Du kannst anfangen.«

Ohne ein Wort zu sagen, hob Fritz Hochegger die Kamera und begann zu fotografieren.

Als der Mann näherkam, war sich Ernesto sicher. Es handelte sich um Dominik Ogris. Sein Gesicht war nun deutlich zu erkennen. Er hielt direkt auf Isolde Hartmanns Praxis zu, zögerte kurz, als er beim Eingangsbereich ankam, ging durch die Hecken und geriet außer Sicht.

»Los«, sagte Ernesto. »Wir müssen hinterher.«

»Was ist, wenn er uns bemerkt?«

»Das müssen wir riskieren. Vielleicht bricht er noch einmal in die Praxis ein.«

»Kein besonders gute Idee.«

Ernesto hob die Augenbrauen und stieg aus. »Vorsichtig und leise«, sagte er.

Sie pirschten sich an und hielten bei den Mülltonnen inne. Von Dominik Ogris war weder etwas zu sehen noch zu hören.

Ernesto winkte Fritz und verschwand zwischen Hecken und Haus. Einen Schritt nach dem anderen arbeitete er sich vor, bis er an der Hausecke stand. Mit dem Rücken zur Wand beugte er sich ein wenig zur Seite und lugte um die Ecke.

Dort hockte Dominik Ogris auf dem Boden und suchte etwas in der Tasche, die er mitgebracht hatte. Ernesto nickte Fritz zu, und der fotografierte Ogris, wie er gerade dabei war, einen länglichen Gegenstand aus der Tasche zu ziehen. Er setzte das Brecheisen am Fensterrahmen an und versuchte sein Glück, aber er glitt von der Oberfläche ab. Das Brecheisen schepperte zu Boden. Gleich versuchte er es noch einmal und scheiterte wieder. Mit einer Hand fuhr er sich übers Gesicht und blickte auf. Ernesto und Hochegger verschwanden hinter der Hausmauer und hofften, Dominik Ogris habe sie nicht gesehen.

Schritte näherten sich. Dominik Ogris kam auf Ernesto und Hochegger zu. Sie mussten sich schleunigst zurückziehen. Deshalb rannten sie die Mauer entlang bis zum Eingang der Praxis und weiter in die Hecken auf der anderen Seite. Um zum Wagen zu flüchten, war keine Zeit, da hätte Ogris sie bemerkt.

So hockten sie hinter einem Busch und beobachteten Ogris, der nun beim Eingang haltmachte. Einen Augenblick zögerte er, drückte die Schnalle hinunter und versuchte, die Tür zu öffnen. Die war aber versperrt. Im Licht der Straßenlaterne riskierte er es nicht, einen Einbruchsversuch zu starten. Stattdessen wandte er sich ab und steuerte auf die Mülleimer zu. Dort öffnete er den Deckel, kramte in seiner Umhängetasche und warf etwas hinein. Er schloss den Deckel und ging schnellen Schrittes die Straße hinunter.

Die ganze Zeit hatte Fritz Hochegger fotografiert. Jeden einzelnen Schritt und jede Bewegung von Dominik Ogris hatte er festgehalten. Nun lud er alles auf einen USB-Stick und übergab ihn Ernesto. Es war halb elf. Wenn er sich beeilte, kam er noch rechtzeitig zu dem Botschafterempfang.

»Das wird dich trotzdem noch einen halben Tag kosten«, sagte Ernesto. »Besser, du bleibst hier und erledigst es gleich.«

»Was denn?«

»Deine Zeugenaussage. Ich rufe Steinkellner an. Der wird in einer halben Stunde spätestens auftauchen, und weil du alles fotografiert hast, wird er ein Interview von dir wollen. Wenn du nicht bleibst, zitiert er dich morgen aufs Kommissariat, und das dauert für gewöhnlich ewig und drei Tage.«

»Mit dir brockt man sich immer was ein«, sagte Fritz und schnorrte sich eine Zigarette von Ernesto.

3

Major Horst Steinkellner beugte sich über die offene Mülltonne und sagte lange nichts. Neben ihm stand Wolfgang Havlicek und fotografierte die Beweismittel, die dort im Abfall lagen. Er wechselte die Position, und der Blitz flammte erneut auf.

»Das da, was immer das auch ist, hat Dominik Ogris weggeworfen?«, fragte Steinkellner und drehte sich zu Ernesto um.

»Wir haben nichts angefasst«, sagte Ernesto. »Und ja, das sind die Beweise. Es ist ein Insulin-Pen, wie ihn Diabetiker verwenden, einige leere Ampullen, in denen sich vermutlich das Bienengift befand, und das Mobiltelefon von Melitta Schober.«

»Damit hat er Melitta Schober das Gift verabreicht, mit diesem Insulin-Pen?«

»Das nehme ich an.«

Ernesto zeigte mit der ausgestreckten Hand auf den Pen und erklärte, wie er darauf gekommen war. Alles hatte mit Sonjas allergischer Reaktion angefangen und mit dem Epi-Pen, mit dem sie sich im Notfall Adrenalin spritzen musste. Der Arzt hatte den Epi-Pen wie ein Messer in der Hand gehalten und damit zugestoßen. Dabei hatte Ernesto zum ersten Mal eine Idee davon bekommen, wie das Gift in Melitta Schobers Körper gekommen sein könnte. Es musste dazu so ein ähnliches Gerät verwendet worden sein wie ein Epi-Pen, nur eben eines, das man nachfüllen konnte.

»Was wir da vor uns haben, ist genau so ein Pen«, sagte Ernesto. »Wenn Sie ihn untersuchen, werden Sie wahrscheinlich Spuren von Bienengift finden. In den Ampullen sowieso.«

Der Mörder hatte einen leeren Insulin-Pen mit Bienengift gefüllt, war damit zu Melitta Schober gegangen und hatte ihr das Gerät in die Haut am Hals gerammt. Die Einstichstelle war so geringfügig, dass sie unter der Schwellung verschwunden und später nicht mehr nachweisbar war.

»Das ist eine ganz schön raffinierte Methode«, sagte Steinkellner. »Wie kommt man darauf?«

»Er hatte Jahre Zeit, sich seine Rache zu überlegen. Der Hass ist gewachsen, und er hat nach einem Weg gesucht, um beiden zu schaden. Melitta Schober und Isolde Hartmann. So konnte er Hartmann die Tat in die Schuhe schieben. Oder er konnte es zumindest versuchen.«

Ernesto trat ein paar Schritte zurück und überließ Havlicek den Platz an der Mülltonne. Nachdem er alles fotografiert hatte, ging Havlicek daran, die Beweismittel zu sichern. Mit einer Pinzette beförderte er die Ampullen in einen Plastikbeutel, beschriftete ihn und trug ihn davon.

Melitta Schober hatte Dominik Ogris bei ihren Treffen ausführlich über ihre gemeinsamen Projekte mit Isolde Hartmann erzählt. Dabei hatte sie ihm sicher auch von ihrer Idee, sich in die Apitherapie zu vertiefen, berichtet. Vielleicht hatte Dominik Ogris nachgefragt, ganz sicher hatte er das getan, um mehr darüber herauszufinden, und Melitta Schober hatte bereitwillig geantwortet.

»Es dauert noch ein paar Minuten, bis wir ihn haben«, meinte Steinkellner. »Die Streife müsste schon bei seinem Haus sein.«

»Bringen Sie ihn her, und die Sache wird sich schnell klären.«

Ernesto erzählte, wie er auf Dominik Ogris als Tatverdächtigen gekommen war. Ogris hatte zwar nie zugegeben, am Tatort gewesen zu sein, aber es bestand doch die Möglichkeit, dass er einen Sprung bei Melitta Schober vorbeigeschaut hatte. Die Höfe waren nur einen kurzen Fußmarsch voneinander entfernt. Ihr Streit vom Tag davor wirkte noch nach, und so machte er sich auf, um die Angelegenheit ein für alle Mal zu klären. Sein stärkstes Motiv war die konsequente Zurückweisung durch Melitta Schober. Er wollte sie unbedingt wieder an sich binden, aber dafür bestand keine realistische Chance. Sie liebte ihn nicht mehr, und daran würde sich auch nichts ändern, so sehr er sie auch bedrängte.

»Sie sagen, das Motiv sei verschmähte Liebe?«, fragte Steinkellner.

»Ganz genau. Die anderen Sachen mögen im Hintergrund eine Rolle gespielt haben. Aber wegen ein paar Feldern und einem Stück Wald hat er sie nicht umgebracht.«

»Sie sehen das auch so?«, sprach Steinkellner Fritz Hochegger an.

»Ich fotografiere hier nur«, antwortete Hochegger. »Und ich würde langsam, aber sicher gerne gehen.«

»Machen Sie Ihre Aussage«, sagte Steinkellner und wies einen Beamten an, zu protokollieren, was Hochegger beobachtet hatte. »Wo waren wir stehen geblieben?«, fragte er Ernesto.

»Beim Motiv. Verschmähte Liebe«, sagte Ernesto. »Alles sehr genau geplant. Zuerst muss es lange in ihm gegärt haben. Es war keine Tat im Affekt. Das war von Anfang an klar. Ogris fasste den Entschluss schon vor Wochen, wenn nicht gar Monaten.«

Er brach in Isolde Hartmanns Praxis ein und entwendete das Bienengift. Dabei ging er so geschickt vor, dass er keine Spuren hinterließ. Nun, beim zweiten Einbruchsversuch, scheiterte er am neuen Sicherheitsfenster.

»Was hat er sich nur davon versprochen?«, fragte Steinkellner. »Wir hätten doch sofort bemerkt, dass die Beweise untergeschoben sind.«

»Nachdem ich ihm das von der Hausdurchsuchung erzählt habe, ist er wohl in Panik geraten.«

»Wir haben bei ihm doch gar keine Hausdurchsuchung geplant.«

»Das wusste er aber nicht«, sagte Ernesto. »Darauf habe ich gesetzt. Dass der Täter unruhig wird und etwas unternimmt.«

»Was, wenn es Isolde Hartmann gewesen wäre? Die hätte die Beweise kaum in ihrer eigenen Mülltonne entsorgt.«

»Wir wären ihr gefolgt und hätten gesehen, was sie macht. Aber diese Frage erübrigt sich jetzt wohl.«

Ein Wagen mit Blaulicht kam die Straße entlang und hielt in der Einfahrt zur Praxis. Die Vordertüren gingen auf und zwei Beamte stiegen aus. Sie öffneten den Fond des Wagens und warteten, bis Dominik Ogris sich aus dem Sitz gestemmt hatte.

»Was mache ich hier?«, fragte er und blieb beim Auto stehen.

»Das wissen Sie ganz genau«, sagte Ernesto und zeigte auf die Mülltonne. »Sie haben versucht, Isolde Hartmann Beweismaterial unterzuschieben.«

Dominik Ogris sagte nichts.

»Es ist zwecklos, es zu leugnen«, sagte Steinkellner. »Ich habe die Fotos gesehen. Wir wollen von Ihnen nur noch wissen, ob Sie die Tat gestehen?«

Immer noch sagte Ogris nichts.

»Ich wette, dass der Insulin-Pen seiner Mutter gehört«, meinte Ernesto. »So ist er überhaupt auf die Idee gekommen.«

»Haben Sie Melitta Schober getötet?«, fragte Steinkellner und trat näher an Ogris heran.

»Ich wollte ihr einen Schrecken einjagen. Aber dass sie stirbt, wollte ich nicht«, sagte Ogris und wich vor Steinkellner zurück.

»Bei dieser Menge an Gift haben Sie es in Kauf genommen«,

sagte Steinkellner. »Ich verhafte Sie wegen des Mordes an Melitta Schober. Wir werden die Einvernahme am Revier fortsetzen.« Er nickte den Beamten zu, und die setzten Ogris wieder in den Wagen. Eine Weile sagte Steinkellner nichts, sah Havlicek zu, wie er die letzten Beweise sicherte und Fingerabdrücke von der Mülltonne nahm.

»Sie hatten Glück, dass ich um diese Uhrzeit noch an mein Handy gegangen bin«, sagte Steinkellner zu Ernesto.

»Sonst hätte ich den Polizeiposten in Klagenfurt verständigt. Die hätten Sie schon aufgetrieben«, sagte Ernesto. »Ich wusste, dass etwas passieren würde, ich konnte nur noch nicht genau sagen, was, und Sie hätten sich wohl nicht mit mir gemeinsam auf die Lauer gelegt.«

»Nein«, sagte Steinkellner. »Das wohl nicht.«

4

Es war schon nach Mitternacht, als Ernesto zu Hause ankam. Betty begrüßte ihn, als er die Tür öffnete, sprang an ihm hoch und leckte ihm über die Hand.

In der Küche brannte Licht, aber Sonja war nicht da, ihr Platz am Tisch war verwaist. Ernesto sah im Wohnzimmer nach. Dort lag Sonja auf der Couch, ihm den Rücken zugewandt, und schlief. Eigentlich hätte er sie gerne aufgeweckt, um ihr von der Falle zu erzählen, die er dem Täter gestellt hatte, und wie gut das funktioniert hatte, doch er ließ sie in Ruhe. Sie brauchte den Schlaf.

Stattdessen setzte sich Ernesto zum Laptop und loggte sich in das Redaktionssystem ein. Eine Zeit lang las er die Berichte des Tages, korrigierte einen Artikel, den ein freier Mitarbeiter geschickt hatte. Aber die Arbeit lenkte ihn nicht ab. Also stand er auf und ging ins Freie, um eine Zigarette zu rauchen. Er wollte wissen, ob Ogris mittlerweile gestanden hatte, also wählte er ohne große Hoffnung Steinkellners Nummer. Der ging nach dem dritten Läuten ran.

»Sie haben ihn schon verhört?«, fragte Ernesto.

»Sobald wir am Revier waren.«

»Was ist dabei herausgekommen?«

»Er hat ein wenig gebraucht, aber er hat die ganze Geschichte erzählt, und es war fast genauso, wie Sie vermutet haben.«

»Also hat er sie umgebracht?«

»Das hat er gestanden, obwohl er immer noch behauptet, dass es keine Absicht war.«

»Wie kann es keine Absicht sein, bei dieser Vorgehensweise? Das ist ein von langer Hand geplanter Mord und nichts anderes«, sagte Ernesto.

»Ich bin davon überzeugt, dass das Gericht das genauso sehen wird«, sagte Steinkellner.

Ernesto saß in der Laube und sah in die Nacht hinaus. Die Luft war mild, und das Hoflicht zeichnete Schatten in den Rosenstrauch. Das Mobiltelefon zeigte zwei Uhr Früh. Doch Ernesto ging nichts in Bett. Er kehrte zu seinem Laptop zurück und legte einen Online-Artikel an. Er begann zu schreiben: »Verdächtiger im Mordfall Melitta Schober gesteht.«

Nachwort

Seit vielen Jahrzehnten werden von Wissenschaftlern Klimamodelle vorgestellt, die uns eine düstere Zukunft voraussagen. Je nachdem, wie sehr wir die Erderwärmung noch eindämmen können, drohen weitreichende Veränderungen der Natur. Ganze Landstriche könnten unbewohnbar werden. Menschen werden aus diesen Gegenden fliehen, weil sie weder über ausreichend Nahrung noch über genügend Wasser zum Überleben verfügen.

Schon jetzt häufen sich Missernten und Dürren weltweit. Extreme Wetterereignisse nehmen zu und werden in den kommenden Jahrzehnten häufiger werden. Gerade während ich diese Zeilen schreibe, also im Winter 2022/23, hält eine langandauernde Wärmeperiode Österreich im Griff. Die Temperaturen lagen 2,1 Grad über dem Mittelwert.

Das klingt vielleicht auf den ersten Blick nicht dramatisch, aber Ziel der UNO ist es, den weltweiten Anstieg der Temperaturen bei 1,5 bzw. maximal zwei Grad zu begrenzen. Schon dieser Anstieg kann unvorhersehbare Folgen haben. Für Mitteleuropa, also auch für Österreich, ist sogar mit einem noch stärkeren Anstieg zu rechnen.

Schon jetzt haben wir es in mehreren aufeinanderfolgenden Sommern mit zunehmender Wasserknappheit und gleichzeitig mit vermehrten Wetterextremen, also Überschwemmungen und Starkregenereignissen, zu tun gehabt. Der Sommer 2022 war der heißeste der Messgeschichte. Die Hitze dieser Monate forderte in Europa etwa 20.000 Todesopfer. Laut WHO ist die Klimakatastrophe die größte Bedrohung für die Gesundheit der Menschen weltweit. Nicht nur die Hitze selbst, sondern auch die vermehrte Ausbreitung von Krankheiten durch Insekten, Parasiten, Bakterien und Viren wird uns noch vor schier unlösbare Schwierigkeiten stellen.

Diese weltumspannenden Katastrophen, die ich hier nur ganz oberflächlich angerissen habe, kann man schwer in einem Roman darstellen. Diese in sich greifenden Phänomene, die der Mensch zwar beeinflusst und auslöst, die ihn aber übersteigen, lassen sich kaum als Erzählung fassen. Deshalb habe ich mich entschlossen, einen Punkt herauszunehmen, um das Problem daran sichtbar zu machen.

Die Honigbiene hat in den letzten Jahren ungemein an Popularität gewonnen. Sie ist zum Symbol für die Bedrohung der Natur durch menschliche Eingriffe geworden. Als ich vor Jahrzehnten meinen Großvater gelegentlich zur Bienenhütte begleitete, hat noch niemand über die Gefahr gesprochen, in der sich die Bienen heute befinden. Kein Wunder. Damals war die Varroamilbe erst im Anmarsch und die Klimakatastrophe war noch kaum am Horizont auszumachen, obwohl auch zu dieser Zeit schon Organisationen wie der Club of Rome warnten und sich erste Umweltschutzbewegungen gründeten.

Heute, kein halbes Jahrhundert später, ist Gefahr in Verzug, ja, die Gefahr ist nicht mehr abzuwenden, und das betrifft unter anderem auch die Bienen, die Insekten ganz allgemein. In Deutschland, und für Österreich gilt Ähnliches, hat die Biomasse der Insekten in den letzten 27 Jahren um 76 Prozent abgenommen. Insekten bilden aber die Lebensgrundlage für zahlreiche andere Arten, für viele Vögel und Säugetiere. Also gehen auch ihre Bestände wegen Nahrungsknappheit zurück.

Die Honigbiene wird vermutlich nicht aussterben, solange es Imker gibt, die sich um sie kümmern, sie gegen die aus Asien eingeschleppte Varroamilbe behandeln und so die Völker vor dem Kollaps schützen. Sollte die Behandlung aber ausbleiben, wird sich die Bienenpopulation drastisch reduzieren, und damit würde auch die Bestäubungsleistung ausbleiben und als Konsequenz daraus würden die Erträge der Landwirtschaft vor allem im Obstbau enorm sinken.

Schon allein diese Zusammenhänge, die sich rund um die Honigbiene auftun, sind unglaublich komplex, vielfältig und weitreichend. Ich habe versucht, die Geschichte aus dem Blickwinkel von Imkerinnen und Imkern darzustellen, die unmittelbar mit den Auswirkungen der Klimakatastrophe konfrontiert sind, die sehen, wie ihre Bienen leiden, und die machtlos sind gegen die Entwicklungen, die ihnen die vom Menschen zerstörte Natur aufzwingt.

Ganz unmittelbar werden hier die Auswirkungen der Klimakatastrophe sichtbar. Direkt unter ihren Händen erleben Imkerinnen und Imker die Veränderungen, die sich von Jahr zu Jahr verschärfen. Früher war es zum Beispiel undenkbar, dass man seine Völker im Frühjahr füttern muss. In den letzten Jahren ist das aber in verschiedenen Gegenden immer wieder vorgekommen. Manche Lagen lassen auch kaum noch nennenswerte Honigernten zu, was die Wirtschaftlichkeit der Bienenhaltung massiv in Frage stellt. Österreich kann schon jetzt seinen Honigbedarf nicht selbst decken und ist auf Importe angewiesen. Diese Situation wird sich in den nächsten Jahren und Jahrzehnten noch weiter verschlimmern.

Die Klimakatastrophe ist schon weit fortgeschritten. Sie ist bis zu einem gewissen Grad nicht mehr aufzuhalten und viele Veränderungen werden sich in absehbarer Zeit auch nicht rückgängig machen lassen. Dennoch müssen wir versuchen, die Entwicklung so gut wie möglich zu verlangsamen und vielleicht sogar zu stoppen. Dazu sind allerdings weitreichende Maßnahmen und Verhaltensänderungen notwendig, zu denen kaum jemand bereit scheint. Der Ernst der Lage ist noch immer nicht bei den Menschen angekommen. Das hängt mit vielen Faktoren zusammen, unter anderem damit, dass die Dynamik und das Ausmaß der Katastrophe so schwer zu fassen und zu begreifen sind. Der Roman ist ein Versuch, dieser Schwierigkeit mit einem kleinen Beitrag zu begegnen.

DANK

Vor allem danke ich meiner Frau Ingrid, die auch dieses Buch begleitet hat. Ihr sorgfältiges und kluges Lektorat hat maßgeblich zum Werden und Gedeihen dieses Textes beigetragen. Ohne sie würde es dieses Buch gar nicht geben.

Die Arbeit an diesem Buch wurde durch ein Arbeitsstipendium des Bundes und ein Finalisierungsstipendium des Landes Kärnten gefördert.

LAND KÄRNTEN
Kultur

Maistrich

Krimi von Lisa Gallauner

Eigentlich freut sich der Sankt Lindenbaumer Polizeibeamte Friedrich Fesch schon seit Wochen auf ein beschauliches Maifest mit seiner Sissi. Doch dann ist da dieser vermaledeite Maistrich vor der Feschen Haustür, der zu etwas äußerst Unschönem führt. Mit einem Mal überrollt seine behutsam verdrängte Vergangenheit den Polizisten, und keiner weiß mehr mit Sicherheit, wer hier gut und wer böse ist - nicht einmal die Michi Mörderisch.

978-3-99074-222-8

4. Kapitel

1

Nachdem er die Regionalseite fertig gezeichnet und mit Artikeln gefüllt hatte, ging Ernesto ins Freie. Auch heute arbeitete er von der Redaktion in Wolfsberg aus, und bis auf die Sekretärin war er alleine. Er lehnte sich an die Hausmauer und hielt die Zigarette in der Hand. Eigentlich sollte er ins Rathaus gehen und mit dem Bürgermeister ein Interview über die Neugestaltung des Hohen Platzes führen. Aber dazu hatte er wenig Lust.

Den Kopf in den Nacken gelegt, rauchte Ernesto eine Weile und sah die Straße hinauf und hinunter. Wie üblich gab es wenig Verkehr. Sein eigener Wagen parkte vor dem aufgelassenen Kino. Das hatte er sich in den letzten Monaten so angewöhnt. Der Besitzer des Hauses hatte nichts dagegen. Bis es verkauft und abgerissen wurde, durfte Ernesto hier stehen.

Als er die Zigarette zu Ende geraucht hatte, kontrollierte er noch einmal seine E-Mails und die Seite der Landespolizeidirektion. Kein neuer Eintrag zu Melitta Schober, nur eine Meldung über einen Verkehrsunfall auf der Strecke zwischen Kühnsdorf und Eberndorf.

Ernesto rief beim Posten Eberndorf an, und dort sagte man ihm, dass der Einsatz noch im Laufen wäre. Soweit man es bis jetzt wusste, waren zwei PKWs direkt vor der Ortseinfahrt von Eberndorf miteinander kollidiert. An den Fahrzeugen war erheblicher Sachschaden entstanden. Die vierundvierzig Jahre alte Fahrerin des einen Autos war gerade mit dem Hubschrauber abtransportiert worden. Sie hatte Verletzungen unbestimmten Grades erlitten.

Die Arbeit an dem Artikel dauerte nicht lange. Schnell tippte er ein paar Sätze in die Onlinemaske und suchte ein Symbolfoto.

Aufnahmen vom Unfallort gab es keine. Bevor er ging, las er den Text noch einmal durch und stellte ihn auf Fertig.

Nach dem Besuch beim Wolfsberger Bürgermeister fuhr Ernesto nach Hause. Für heute hatte er alles erledigt, und die Geschichte über die Neugestaltung des Hohen Platzes konnte er auch morgen schreiben.

2

In den frühen Stunden des Nachmittags kontrollierte Ernesto den eingefangenen Schwarm. Alles schien in Ordnung zu sein. Bienen flogen aus und ein, ruhig und zielstrebig suchten sie sich ihren Weg. Das Einzige, was die Bienen im Moment brauchten, war Futter. Also holte Ernesto eine Futterschale aus der Werkstatt, stellte sie oben in den Deckel und füllte sie mit Futtersirup. Schon bald kamen die ersten Bienen hochgekrochen und leckten den Sirup auf.

Nachdem er seine Imkerjacke wieder ausgezogen hatte, setzte er sich in die Laube und rief Steinkellner an. Diesmal endete der Anruf in der Mobilbox. Für einen Moment überlegte Ernesto, ob er es für heute wirklich gut sein lassen sollte. Doch es fiel ihm ein, dass er seit dem letzten Treffen Havliceks Nummer hatte.

»Sie riechen das irgendwie, Valenti«, sagte Wolfgang Havlicek.

»Kann schon sein«, sagte Ernesto. »Gibt es einen Obduktionsbericht?«

»Das erfahren Sie morgen in der Pressemitteilung.«

»Sagen Sie es mir gleich, wenn wir schon miteinander plaudern.«

»Die Angelegenheit ist seltsam, Sie würden sagen, mysteriös.«

»Also hatte der Vater recht, keine eindeutige Todesursache?«, fragte Ernesto.

»So einfach ist es nicht.« Havlicek berichtete, was in der Pressemeldung stehen würde. Melitta Schober war tot aufgefunden und nach der Untersuchung durch den Notarzt an die Gerichtsmedizin überstellt worden. Nach einer ersten Totenbeschau konnte festgestellt werden, dass eine Schwellung im Halsbereich zum Verschluss der Luftröhre geführt hatte. Das wiederum hatte den Tod durch Ersticken verursacht.

»Das hat schon der Notarzt gesagt. Aber wodurch ist die Schwellung ausgelöst worden?«, wollte Ernesto wissen.

»Das ist eben das Eigenartige«, meinte Havlicek. »Der Notarzt und auch der Gerichtsmediziner haben angenommen, dass es sich um einen Bienenstich handeln muss. Alles spricht dafür. Es kann eigentlich keinen Zweifel geben.«

»Bei einem Bienenstich im Hals muss man gar nicht allergisch reagieren, um daran zu sterben, wenn ich das richtig verstanden habe«, sagte Ernesto.

»Das hat der Gerichtsmediziner auch so erklärt. Ich war bei der Obduktion dabei.« Havlicek beschrieb, welche Asservaten er gesichert hatte, bevor der Gerichtsmediziner den ersten Schnitt setzte. Schmutz unter den Fingernägeln, Fasern auf der Haut, da noch ein Partikel und dort noch etwas, das in den Haaren hängen geblieben war. Nichts Aufregendes auf den ersten Blick, und auch nicht auf den zweiten. Dennoch musste es sein, und Havlicek blieb, um die Obduktion zu begleiten. So selten das auch vorkommen mochte, es konnte immer ein Umstand zutage treten, der für den Fall relevant war.

Zuerst führte der Gerichtsmediziner eine äußere Untersuchung durch. Die Schwellung wurde vermessen und beschrieben. Als er der Leiche den Rachen öffnete und den Mundraum inspizierte, fand er eine tote Biene.

»So etwas hätte man vielleicht als Laie durchaus erwartet«, sagte Havlicek. »Aber mich macht das stutzig. Natürlich, möglich ist es. Die Biene fliegt in den offenen Mund, sticht, und die Person schließt den Mund und die Biene stirbt. Aber das ist doch eher sehr unwahrscheinlich. Die Biene sticht und fliegt wieder davon. So funktioniert das. Einzig ihr Stachel bleibt zurück. Es kann Stunden dauern, bis die Biene an ihren Verletzungen eingeht.«

»Wie ist also die Biene dorthin gekommen?«, fragte Ernesto.

»Das ist noch nicht alles. Ich habe die Biene untersucht. Sie war zwar tot, aber ihren Stachel hatte sie noch.«

»Also hat nicht diese Biene Melitta Schober gestochen, sondern eine andere. Wie kommt sie dann in den Rachenraum?«

»Das ist eine interessante Frage, auf die ich keine Antwort habe.«

3

Schon am nächsten Vormittag landete eine Presseaussendung der Staatsanwaltschaft in Ernestos E-Mails. Ernesto rief Staatsanwalt Auffenstein an und ließ sich von dessen Pressesprecher bestätigen, was er schon wusste.

Ermittlungen im Todesfall Schober

Der Obduktionsbericht im Fall Melitta Schober wirft Fragen auf. Die Polizei stellt neue Ermittlungen an, um zu klären, ob Melitta Schober ermordet wurde.

Der Tod von Melitta Schober (32) sorgt für Aufsehen. Die Imkerin, so der erste Augenschein, sei durch einen Bienenstich in den Hals verstorben. Der nun veröffentlichte Obduktionsbericht scheint diese Diagnose zu bestätigen, lässt aber viele Fragen offen. Die Todesursache konnte nicht abschließend geklärt werden.

»Bei so einer unklaren Lage müssen wir alle Möglichkeiten in Betracht ziehen«, meint Staatsanwalt Auffenstein in einer Aussendung. Die Staatsanwaltschaft unter der Leitung von Dr. Auffenstein hat nun die Kriminalpolizei damit beauftragt, die Ermittlungen fortzusetzen und die offenen Fragen zu klären.

Nachdem Ernesto den Artikel fertiggestellt hatte, meldete er sich noch bei Auer und sagte ihm, dass er unterwegs sei Richtung Maria Rain, um den Vater und die Freundin zu den neuesten Entwicklungen zu befragen. Er war sich ziemlich sicher, dass ihm bei dieser Gelegenheit Major Steinkellner über den Weg laufen würde.

»Damit ist das jetzt offiziell ein Fall und nicht nur eine Marotte von dir«, sagte Auer, als Ernesto im Begriff war, sein Büro wieder zu verlassen.

»Die Staatsanwaltschaft sieht das jedenfalls so. Was Steinkellner dazu zu sagen hat, wird sich noch zeigen.«

»Also bleib dran.«

4

Die Tür des Bienenhauses stand offen, auf den Stufen saß Isolde Hartmann und rauchte eine Zigarette. Sonst schien niemand hier zu sein. Aber das stimmte nicht, denn Ernesto hatte neben einem schwarzen Škoda Octavia geparkt, dem Wagen, den Major Horst Steinkellner für gewöhnlich fuhr.

»Hat Major Steinkellner Sie schon befragt?«, fragte Ernesto, als er Isolde Hartmann erreichte.

Sie nickte. »Er ist mit Helmut ins Haus hinüber gegangen. Er will sich Melittas Wohnung ansehen. Ich hatte keine Lust.«

»Möchten Sie mir erzählen, was er wissen wollte?«

»Jetzt sitze ich hier und begreife erst, was passiert ist«, sagte Isolde Hartmann. »Wir werden nie wieder gemeinsam zu den Bienen gehen.« Sie wischte sich über die Wangen, nahm einen Zug von ihrer Zigarette. »Sie hat immer gesagt, ich soll das lassen mit dem Rauchen. Als Medizinerin müsste ich es doch eigentlich besser wissen. Ja, müsste ich, und wenn das vorbei ist, höre ich auf. Ich erfülle ihr noch diesen einen Wunsch.«

Ernesto sagte nichts und zündete sich eine Zigarette an.

»Es kommt mir so vor, als gäbe es immer weniger Raucher«, fuhr Isolde Hartmann fort. »Aber das täuscht. Unter meinen Patienten, ich weiß auch nicht, gibt es schon noch viele. Was rede ich? Das wollen Sie von mir gar nicht hören. Es ist nur so, dass ich sie vermisse. Erst in den letzten Stunden, als ich zu begreifen anfing, dass sie tot ist. Man müsste das doch gleich verstehen, oder etwa nicht?«

»Ich weiß nicht«, sagte Ernesto.

»Als ich an diesem Tag aufgewacht bin, war ich glücklich«, so begann Isolde Hartmann zu erzählen, und bald konnte sich Ernesto vorstellen, was sie am Todestag ihrer Lebensgefährtin getan hatte.

Sie frühstückten gemeinsam. Dabei hatten sie keine Eile, weil Isolde Hartmann an diesem Tag keine Ordination hatte. Es war also nicht von Bedeutung, ob sie eine halbe Stunde länger in der Küche saßen oder nicht.

So gegen dreiviertel acht brach Isolde Hartmann nach Klagenfurt auf. Sie wollte einkaufen gehen und sich neue Kleider besorgen. Aber sie wollte auch das Hochzeitskleid anprobieren, das sie bei einer Schneiderin bestellt hatte. Es sollte eine Überraschung sein, und deshalb durfte Melitta Schober auf keinen Fall mitkommen.

Weil sie noch ein paar Änderungen vornahmen, dauerte der Termin bei der Schneiderin recht lang. Danach streifte Isolde durch ein Einkaufszentrum, besuchte eine Boutique und ein Schuhgeschäft. Zwischendurch trank sie einen Kaffee und begutachtete ihre Ausbeute. Ein Oberteil, einen neuen Rock und eine Hose für den Sommer. Zu diesem Zeitpunkt war es sicher schon gegen Mittag. Die Zeit war verflogen, ohne dass Isolde Hartmann viel davon mitbekommen hatte.

In dem Café, sie erinnerte sich nicht mehr an den Namen, hatte sie herumgetrödelt, ihre Social Media Accounts gecheckt